JN059701

新庄 耕 Shinjo Ko

地面師たち

ファイナル・ベッツ

集英社

地面師たち

ファイナル・ベッツ

一

指先がかすかにふるえていた。拳をにぎり、痛みを感じるまで力をこめる。手ににじんだ汗がいとわしかった。

稲田《いなだ》はチップをつかむと、テーブルのむこうにもうけられたディスプレイの出目表《でめひょう》に視線をのばした。

出目表にはここ何ゲームかの結果が記録されており、プレイヤーとバンカーからなる出目がそれぞれ青と赤のマークでならんでいる。

直近は、バンカー、バンカー、プレイヤー、バンカー、バンカー、プレイヤー、バンカーと規則的な流れで来ていた。流れにしたがっても、連続した目を追っても次はバンカーが来るように思える。もっとも、バカラに絶対はない。

迷ったのち、すべてのチップをテーブル上の〝BANKER〟と記された場所へ置いた。三連勝したものの、二万シンガポールドルでスタートした手元のチップは、いつのまにか八千シンガポールドルを割り込んでいる。一気に負けを取り返したかった。

稲田に便乗した右隣の中国人団体客がなにか大声を発しながら、次々とバンカーに張っていく。

ディーラーが賭けを締め切ろうとしたときだった。

オリエンタル系の強烈なコロンの香りがただよってきた。左隣の席に腰をおろした客が、黒褐色のほっそりとした手をのばし、プレイヤー側にチップを十枚ほど置く。いずれも、日本円にして八万円近くになる千シンガポールドルの高額チップだった。

稲田は左に目をやった。

タイトなベージュのミニドレスをまとったアフリカ系の若い女が、その奥に座る、自分と同じくらい大柄な紳士と談笑している。

六十がらみの紳士の横顔に、目が引き寄せられた。鼻は高いが、顔の感じからすると日本人かもしれない。ハリウッドセレブみたいに、白いリネンのシャツに涼しげなオフホワイトのジレをあわせ、胸ポケットにフレームの黒いサングラスを挿していた。アジア屈指の豪華なカジノとはいえ、平場にいる客の装いとしては少し浮いている。

男は澄ました顔で相槌を打ちながら、見たことのないチップを十枚ほど積み上げて遊んでいる。そのうちの一枚が、二連のリングがはめられた右手の小指からこぼれ、転がった。すぐに勢いをうしない、柿色のラシャの上で倒れる。

セルリアンブルーのそのチップは、ＶＩＰルーム専用のローリングチップにちがいなく、信じられないことに十万シンガポールドルの数字がきざまれている。たった一枚で日本なら高級車が買えてしまう額だった。

金を持っていることだけが取り柄の、どこぞの道楽が平場を冷やかしに来たらしい。真剣勝負に水を差された気がし、不愉快だった。

ディーラーが、オーケストラの指揮者さながら両手でテーブルのこちら側を制し、賭けを締め切った。間を置かず、シューボックスから素早い動作でカードを引いていく。

プレイヤー側の代表であるアフリカ系の女の前に二枚、ついでバンカーにもっとも多くのチップを張った稲田の前に二枚置かれた。

女があっさりとカードをひっくり返し、つまらなそうにディーラーの方へ投げる。ディーラーがテーブルにならべたそのカードは、ハートの九とクローバーの七だった。合計の下一桁は六点。バンカーは七点以上でないとプレイヤーに勝てない。

稲田は一枚目のカードに手を伸ばし、気持ちを静めるようにゆっくりとめくった。

ハートのキングで、零点。

バカラは、いわば丁半博打《ちょうはんばくち》の一種で、客は「プレイヤー」と「バンカー」に分かれた仮想の二人のどちらが勝つかを予想する。ゲームは、定められたルールのもと機械的に進行し、形ばかりに代表者がカードをめくる以外は客がなにか駆け引きをしたり、ゲームの途中で選択や判断をせまられたりする余地は一切ない。

最初にプレイヤーとバンカー双方に二枚のカード、その数字次第では、やや込みいった条件のもと三枚目のカードが配られる。勝負は、カードの合計数字の下一桁によって決まり、九点により近い方が勝ちとなる。ただし、十をふくむ絵札のカードはすべて零点とみなされるため、バンカーに賭けた稲田がこのゲームで勝つには、最終的に七、八、九のいずれかとならなくてはならなかった。

テーブルに伏せられた二枚目のカードから視線をはずし、バンカー側に積み上げられた自分のチップに目をやった。七千八百シンガポールドルあまり、日本円にして六十万円を超える。ついこの間までサッカー選手としてプロ契約していたクラブからの、毎月の支給額の三ヶ月分におよぶうえ、有り金のすべてでもあった。負ければ、すべてうしない、残るのは借金だけとなってしまう。

凝視したカードに手をそえ、縁に親指をかける。胸が高鳴っていた。

隣の中国人たちが口々に切れのある声を発しながら囃《はや》し立て、拳でテーブルをたたいている。

一気にはぐった。

ハートの七。

「サンキューソーマッチ」

稲田はカードを投げはなって快哉《かいさい》をさけび、歓喜に踊る中国人団体客からのハイタッチにこたえた。頭の中の片隅ですっと抜けるような感覚があり、脳髄《のうずい》の底が心地よくしびれていた。

次はどっちだ。倍増した手元のチップを積み上げ直しながら、ディスプレイの出目表に視線をむける。

バンカー二回、プレイヤー一回のパターンを二セット繰り返したあと、バンカーが二回つづいている。次は逆目のプレイヤーか……いや、そんなに都合よく出目がならぶとは思えない。バンカーが来そうな気がした。

どれくらい賭けよう。この四連勝で、一万五千シンガポールドルまでもどすことができた。間違いなく、流れに乗っている。ようやくつかんだ波にさからうべきではなかった。もう一度すべてのチップを賭けて勝てば、資金は倍増し、これまでの負けをとりもどすことができるどころか、トータルで一万シンガポールドルほどプラスに転じる。逆にそれで負ければ一万五千シンガポールドルをうしない、この異国で路頭に迷うことになってしまう。

負けは許されなかった。

稲田はチップの山をつかみ、そのまま〝ＢＡＮＫＥＲ〟の場所へスライドさせた。

どこかから、同じ目《ツラ》を追うな、という声が聞こえる気がする。やめとけ、という囁《ささや》きも聞こえた。首を振って心の雑音をはらった。

「ノーモアベット」

ディーラーが賭けを締め切る。

見ると、中国人団体客はみなバンカーの稲田に便乗し、紳士の肩にしなだれかかっているアフリカ系の女はプレイヤーにチップを置いていた。いつの間に連絡がいったのか、ＶＩＰ客対応のスーパーバイザーがディーラーの背後にひかえている。

カードが配られ、連れに気をとられている女にかわって、ディーラーがプレイヤーのカードをめくる。

クローバーの四とダイヤの四で八点。

中国人団体客から嘆息がもれる。無慈悲なナチュラルエイトだった。バンカーが勝つには九点を出すか、最低でも八点を出して引き分けに持ち込まなければならない。

にわかに呼吸が浅くなっているのを自覚しながら、稲田は一枚目を慎重にくつがえした。

ダイヤの九。

どよめきがテーブルをつつむ。

次で十、もしくはジャック、クイーン、キングのいずれかの絵札が出ればナチュラルナインとなり、バンカーが勝つ。可能性はそれなりに高い。そうなれば自分のもとに三万シンガポールドル、二百四十万円もの金が転がりこんでくる。勝ち筋だと思った。根拠はなかった。そんなものはなんの役にも立たない。

勝ったらひとまずカジノを引き上げ、日本の高級店に引けをとらないという、シンガポールでも指折りの鮨屋《すしや》で空腹を満たそうか。そのあとは、夜景が見渡せるようなバーか女のいるラウンジで酒を呑んでもいいし、階上のホテルに部屋をとってマッサージで体をほぐすのも悪くない。

稲田はカードの端に指をかけた。心臓が怖いぐらい激しく脈打っていた。

背後でのぞいている誰かが叱咤を飛ばす。別の誰かが怒号にも似た勇ましいかけ声をはなっている。

カードの左側が浮き、少しずつ立ち上がってくる。垂直になったカードから指を離した。みずからの重みでカードが右側に倒れていく。稲田は、表面をむけようとするカードに視線をそそいだ。絵札にちがいなかった。

ダイヤのエース。

ラシャの上に置かれたそのカードを見つめたまま動けなくなった。逆流した全身の血が頭にのぼるかのように、視界が白々とちらついていた。

無言のディーラーが手際よく稲田のチップを回収し、隣のアフリカ系の女へ賭けた倍の額のチップを支払っている。連れの紳士が流暢《りゅうちょう》な英語で賛辞をおくっていた。

次のゲームがはじまり、客がそれぞれのチップを張っていく。ディーラーが、すべてのチップをうしなった稲田の顔を機械的に一瞥《いちべつ》してから賭けを締め切った。

「ざけんなっ」

稲田はバカラテーブルに拳を振りおろした。

膝に力が入らず、脚がもつれてつんのめりそうになる。床に敷きつめられた絨毯《じゅうたん》のやわらかさがうとましかった。

あてどなくフロアをさまよい、時折、思い出したように稲田は頭上をあおいでいた。幾層にもなった格子状の羽板が、四階まで吹き抜けた天井一面に流線の模様をえがきながら、照明の光をやさしく加減している。砂漠にできた風紋に似たそれが、燃えさかる業火《ごうか》のように思えてきてならない。おろかな判断をくだし、結果も待たず勝った気になっていたほんの数分前の自分を、あの火の中へくべてしまいたかった。

稲田は、厳重なセキュリティゲートで仕切られたカジノの出口へ足をむけた。

壮大なガラスのドームでおおわれたショッピングモールを歩きながら、たすきがけにしたボディバッグに手をやる。百五十万円ほど現金が入っていた封筒は、いまやただの薄い紙袋となって触って確かめることもできない。財布には、十シンガポールドルもない紙幣と硬貨しか残っておらず、屋台で一膳飯でも食べればほとんどなくなってしまう。

どうしようか……。

頼みは、付帯する旅行保険目的で財布の中に入れてきていた二枚のクレジットカードだった。引き落とし先の銀行口座に金はほとんどなく、すでに十万円分のキャッシング枠も使い切ってしまっているが、偏屈な現金主義が幸いし、手をつけずにいたショッピング枠がそれぞれ数十万円ほど残っているはずだった。

ブランドショップばかりがつづく長いアーケードの先に、吹き抜けの広場が見えてきた。広場の奥には、さまざまな飲食店がつらなるフードコートがひろがっている。朝方に、コンビニエンスストアで買ったヨーグルトを口にしてから、水以外なにも腹に入れていなかった。

フードコートの一角をしめる飲茶屋《ヤムチャ》に寄り、海老蒸し餃子や焼売《しゅうまい》のほかにハイネケンの缶ビールを注文する。会計はクレジットカードで支払った。この場をしのいだところで返す当てなどないが、いまは四の五の言っている場合ではなかった。

おそろしく無愛想な女性店員が、蒸しあがるまでその辺で待ってろと顎をしゃくる。近くのテーブルでバッグをおろし、ハイネケンを口にふくんだ。よく冷えた酒が火照《ほて》った体の内側に染みわたり、疲労の深さを教えてくれる。どれくらいバカラに没頭していただろう。ゆうに八時間以上はテーブルにかじりつきっぱなしだった。半分まで一気に呑んで、アルコールでほぐれはじめた身を椅子の背にあずけた。

夕食時を過ぎたフードコートは、人影がまばらだった。

乱雑に散らかった食器を清掃係のスタッフが気怠《けだる》げに片付けている後ろで、国籍も年齢もさまざまなグループ客や男女が談笑しながら箸を動かしている。観光でおとずれているのだろう。心から休暇を楽しんでいるように映り、あらためて、この場にいる自分という人間が異質なものに思えてきた。

すべてのはじまりは、酔いの勢いで客引きの誘いに乗ったことだった。

記録的な猛暑がつづいた去年の夏、面白いところがあると客引きに連れられて訪れたのは、歌《か》舞《ぶ》伎町《きちょう》の雑居ビルにある裏カジノだった。さしてひろくない二十坪ほどのフロアに、ディーラーの立つゲームテーブルが何台か置かれ、紫煙につつまれた客がそこかしこに群がっていた。社会の裏側で荒々しく息づいている、その退廃的で危うい空気は、それまでサッカーだけに情熱をそそいできた二十五歳の若造にとってちょっとした衝撃だった。

お約束のささやかなビギナーズラックを引き金に、たちまちカジノにのめりこんだ。いまから思うと、別のタイミングだったなら、あそこまで深入りすることはなかったかもしれない。

その頃、プロのサッカー選手として不遇のまっただ中だった。

前年に三部リーグへ昇格を果たしたチームは、新たに招聘《しょうへい》した外国人監督によって別のチームに生まれ変わり、結果、はじき出されるような形で自分一人蚊帳《かや》の外に置かれていた。

監督は、弱者の戦い方と称して極端な守備固めに戦略とチーム編成をシフトし、いくら練習で結果を出しても、試合に出場するどころかベンチのメンバーにさえ入れない。昇格に誰よりも貢献したと自負していたから、その処遇は受け入れがたかった。しだいに練習にも身が入らなくなり、ささいなことで周囲と衝突を繰り返した。

目の前に裏カジノがあらわれたのは、監督やチームへの不信感が頂点に達しようかというときだった。賭場で勝った際におぼえる快感は、ドリブルで相手を置き去りにし、ゴールネットにシュートを突き刺したときのそれとどこか通じるところがあり、深く傷ついた心の隙間を存分にみたしてくれた。

裏カジノをおぼえてからというもの、暇を見つけては盛り場に点在する賭場をめぐり、見よう見まねでゲームに参加した。スロット、ルーレット、ブラックジャック、ポーカー……そして最後にバカラに行き着いた。

この古典的なゲームがもつ、瞬く間に勝敗が決するスピード感と、勝ち、負け、分けを予想するだけのシンプルさは、自分の性にあっていた。わずらわしい計算や細かい役の暗記も不要なら、経験や技術もいらず、ディーラーやカジノ側の作為が入る余地も一切ない。たとえ誰であろうとも、己の運にすべてをたのみ、勝負にいどまなければならない。その潔さが気に入り、バカラをおぼえてからは、他のゲームに一切見向きもしなくなった。

最初は、チームの予定がないオフの日だけだった。それが、しだいに練習後や試合の前日もカジノに入り浸るようになり、ついには朝方までねばってそのまま練習へ直行することが頻発した。グラウンドに出てもまともに動けず、コーチや監督から叱責されるようになったが、形ばかりに神妙な態度をとるだけで頭の中はカジノのことを考えていた。

そんな状況でも、カジノで勝てているのであれば、まだ多少の救いはあったのかもしれない。だが、現実はそうではなかった。

通いはじめの頃は気晴らしのつもりで小遣いを使う程度だったのが、次第に負けが込み、気づいたときには貯金と給料の大半をつぎ込むようになっていた。負けては突っ込み、負けを取り戻そうとしてまた突っ込む。

やがて借金漬けとなり、裏カジノ通いが一部のメディアで報じられてすべてが明るみに出た。

「あなたの起こした不祥事によって、チームの信用は失墜しました。これまで応援してくださったスポンサー、株主、自治体や地域の方々、そしてチームを愛するファンの方々を裏切ったわけです。その責任を、あなたは一人の社会人として負わなければなりません」

報道後に呼び出されたチームの本社会議室では、スーツ姿の幹部陣がならび、その中央に座る会長が、入団式のときとは別人と思うほどよそよそしい声をひびかせていた。

自分は、テーブルに置かれた、裏カジノに出入りしているところを隠し撮りされたニュースサイトの印刷物から顔をそむけ、手元に視線を落としていた。

裏カジノ通いが重大な契約違反で、チームに迷惑をかけたという自覚はあったが、自分をベンチにすら置いてこなかったチームの冷遇に対する不満の前ではそれもかすんだ。チームが自分を重用していれば楽々と降格圏を脱しているはずで、自分も裏カジノに通うことはなかったと思っていた。

「本来なら解雇が相当な事案ですが、リーグの温情もあり、無期限の出場停止処分とすることにいたしました。その間、地域の清掃ボランティアなど社会貢献にいそしみ、その活動が一定程度みとめられた暁《あかつき》には、復帰の時期を検討したいと思います」

解雇されるとばかり思い込んでいたから、その決定は意外だった。またスタジアムのピッチに立てると明るい気持ちになったが、会長の表情を見ると、期待に反し、どこかこちらを見下すような哀れみだけがにじんでいた。

ひどく自尊心を傷つけられた思いがし、それが間もなく苛立ちに変わったときには、反射的に口をひらいていた。

「馬鹿か」

勢いのまま立ち上がった。

「誰がゴミ拾いなんかするかよ。なめんじゃねえぞ、馬鹿野郎。誰のおかげで昇格できたと思ってんだ。やりたきゃ、てめえらでやれよ」

テーブルの印刷物をひったくるようにして丸め、会長の顔めがけて思い切り投げつけた。会議室を出た途端、激しい後悔におそわれたが、すべてはあとの祭りだった。

それから間もなく、タイのプロチームのトライアウトに挑戦できるという話が舞い込んできたのはツイていたのかもしれない。受かれば、一千万円からの年俸も夢ではなかった。すがるような思いでタイへ渡り、監督やオーナーらが見守る中、トライアウトを受けた。事前にチームに送った自分のプレー動画が決め手でチャンスを得られた経緯もあり、手応えはあったが、なぜか契約にいたらず、ひとしきり逆上したのち途方に暮れた。

日本へもどってすぐにでも仕事を見つけなければならなかった。にもかかわらず、途中で寄ったシンガポールで、筋の悪いところから当面の活動費として借りていた金すらカジノに溶かしてしまったのはいったいどういうことだろう——。

放心したようにフードコートをながめながら残りのビールを呑みほした。

これからどうすべきか考えているうち、心は乱れ、気づけばさきほどのバカラの光景を思い返している。

悔やまれるのは、やはり最後のゲームだった。

あそこでバンカーではなく、プレイヤーに張ってさえいたら、今頃はリッチな気分にひたりながら、白木のカウンターがのびる鮨屋あたりで冷酒でもかたむけていたはずだった。場合によっては、あのまま勝ちをかさねていた可能性も否定できない。数千万円もの大金を手にし、借金の完済はもちろん、むこう何年にもわたって経済的な不安から解放されていたかもしれない。

空になった缶を手にしたまま、テーブルのバッグに目をむけた。

中にはクレジットカードが入っている。これさえあれば、しばらくはどうにでもやり過ごせるだろう。限度額の範囲を超えない限り、たいていのものはどうにかなる。食事も、寝る場所も、地下鉄も、日本行きの航空券も……そこまで思いいたって、頭中にひらめくものがあった。

何でも買えるのだとしたら、どうしてそこにカジノのチップがふくまれないのか。シンガポールの一流のカジノであれば、クレジットカードぐらい当然のように使えるだろう。裏カジノの現金決済に慣れすぎて、そんな当たり前のことに考えがおよばなかった。

「アホだな、俺は」

妙な笑いが口の端からもれた。

飲茶屋のカウンターから顔を出した店員が眉をひそめて、さっさと料理を取りに来いと声を荒らげている。

稲田は、身じろぎもせずバッグに視線をすえていた。

次も勝てなかったらどうなるか——勝ちさえすればいい。

手元の缶をにぎりつぶし、腰を浮かす。店員の罵声はもう聞こえなかった。バッグのベルトに腕を通しながら、体の内側でふつふつと熱いものがたぎってくるのを感じていた。


キャッシャーに立ち寄り、二枚のクレジットカードを窓口に差し出してみる。本当に使えるか不安はあった。

係員は当然のようにそれを受け取り、いくら分のチップがいるかたずねてくる。稲田は安堵し、限度額目一杯までチップに換えた。

エスカレーターに乗り、二階のフロアを目指す。二階はフロア全体が禁煙エリアとなっていて、一階のメインフロアにくらべれば客も少ない。腰をすえて、冷静な心持ちで勝負にのぞめるにちがいなかった。

エスカレーターのベルトに肘をもたせたまま、およそ八十万円分のチップの感触をたしかめながら眼下に顔をむけた。

数百台ものゲームテーブルやスロットマシンで埋め尽くされたメインフロアが、徐々に全貌をあらわにしていく。

博徒の熱気と紫煙が充満していた都内や横浜《よこはま》の裏カジノは、雑居ビルやマンションの一室にあって狭く、どこを切り取っても陰気だった。それに比べればここは清潔で明るい光にみち、内装やインテリアは洗練されていて、効きすぎた空調すら心地よく感じられる。自分が勝者となるために用意された舞台と思えてならなかった。

エスカレーターを降りると、ブラックジャックやポーカーには目もくれず、バカラのテーブルに直行した。

先ほど負けたテーブルでは、別の女性ディーラーがゲームを取り仕切っていた。短パンに薄汚れたスニーカー姿の客が一人冷たい目でチップを張っていて、不景気この上ない。少しはなれたテーブルに行くと、アジア系の中年男女がくつろいだ様子でバカラに興じている。稲田は勝負の場をそこに決め、腰をおろした。

テーブルのディスプレイを見ると、出目は不規則で、流れが読みづらい。慎重を期し、五十シンガポールドルずつ張って、大きな流れが来るのを待つことにした。

バンカー、バンカー、プレイヤー、バンカー……思うように読みがはまらず、勝ち負けを繰り返していく。

大きくチップが減らないかわりに、増えもしない。ただ時間だけがむなしく経過する均衡状態にしびれを切らし、一気に勝負をつけたい衝動に駆られる。その都度、前回の失敗を思い起こしては、熱くなりやすい胸内を鎮めていた。

新しいゲームがはじまった。

長考した末に稲田がバンカーにチップを張ると、ちょうど隣に客が座り、バンカーに五百シンガポールドルチップを置いた。

「戦況はいかがですか」

日本語だった。

隣に目をむけると、豊かな銀髪を品よく後ろに流し、口ひげをたくわえた初老の男がカードを引くディーラーを見守っていた。先ほど大敗した際に、横でアフリカ系の女を連れていた紳士だった。

「バカラって素敵ですよね。運、ツキ、流れ、運命、神……見えざるものをどれだけ信じきれるか、我々はためされる」

稲田は聞こえないふりをし、無言のままテーブルのカードに視線をもどした。面識のない相手に出し抜けに集中を削がれ、不快だった。

プレイヤーに賭けていた同卓の女がカードをひっくり返す。ナチュラルナイン。一方のバンカーは七点だった。

女の歓声がはじけ、稲田たちのチップがディーラーによって回収されていく。

勝ったプレイヤー側にチップが配られ、次のゲームに移った。

稲田は出目表をにらみ、少し考えてからプレイヤーにチップを置いた。それを待っていたかのように、男もプレイヤーに五百シンガポールドルチップを張る。こちらに一切の判断をゆだねるようなその張り方が引っかかった。

男の手元に視線をそそぐと、その手には、テーブルに積まれた少額のキャッシュチップとはことなる、セルリアンブルーのローリングチップが握られている。上階のＶＩＰルームでいくらでも遊べるはずなのに、どうして平場にいるのか。

「貯めてるんですよ。運を」

男が、こちらの疑問に答えるかのようにつぶやいた。

その手元でチップが小気味よく鳴っている。十枚ほどのローリングチップを二つの山にわけ、片手で持ち上げながらシャッフルしてひとつの山にもどす。流れるような動作で何度も繰り返していた。

「勝負をひかえてるんです。とても大事な。それまでにできるかぎり厄運を使って、少しでも分《ぶ》をよくしておきたいんです」

男が執着の感じられない手さばきで二枚目のカードをくつがえす。

稲田はカードに目をやった。スペードのクイーンで二点。今度はバンカーが勝ちだった。

「んでだよ」

思わず、口から尖った声がもれる。

ふたたびディーラーが稲田たちのチップをさらっていく。男の思惑に忠実にしたがうかのような出目だった。

「ギャンブルは、ときに単なる遊技や娯楽を超えて、人間の本来の姿を見せてくれると思うんです」

男はいぜんとして澄ました表情で一人語りをつづけていた。

「勝負に熱くなり過ぎて、我をうしなってしまう。そんなときなんですよね、職業、社会的地位、容姿、性別、年齢、国籍、文化、慣習、社会規範に倫理観……それらをぜんぶ取っ払った丸裸の状態になっているのは」

誰も反応していなかったが、男の述懐は止《や》まなかった。

「前にも、ここで熱くなってしまった方がいましてね」

男が口元をゆるめた。

その日本人女性は、東京の都心にビルをもつ資産家だったという。長い休暇でおとずれたシンガポールのカジノでバカラを知り、熱くなってしまったが、あっという間に資金を溶かし、それでも負けを取り返そうとしてカジノに通いつづけた。熱くなった女性は不動産を担保に借金をかさね、ついには自宅まで差し出して大勝負に出たものの、負け、すべてをうしなってしまったらしい。

「そのときの彼女の顔ですよ。わかりますか。悲しみに暮れるとか、怒りに震えるとかじゃないんですね。なんと言ったらいいんでしょう。虚《うつ》ろながら、かすかに笑ってるんです。まるで打ち上げ花火をはじめて見る子供のように。あれこそ人間の原始の姿ですよ」

男の目に異様な光が浮かんでいる。ひとしきり話して満足したのか、幸運を祈っていますと言い残して席を立った。

そこからは、まるで呪いでもかけられたかのように負けがこんだ。理論上は必ず勝てるとされているマーチンゲール法にならい、賭け額を倍にして損失を挽回しようとしては、無残に傷をひろげてしまう。気づいたときには、一万シンガポールドル近くあったチップが千シンガポールドルまで目減りしていた。

口中がかわききり、嫌な汗が背中をつたう。苦しい展開だった。

いまここで引き上げれば、どうにか日本にもどれるだけの金は手元に残る。もっとも、帰ったところでなにがあるわけでもなかった。チームやリーグが講じてくれた救済措置を自分から蹴ったために、日本でプロのサッカー選手として復帰するのは難しい。練習場の近くに借りていた寮はすでに追い出されているし、仕事だってない。

いっそタイ以外のアジアの国で受け入れ先のチームを見つけようか。だがそれも、伝手《つて》のない中で新たにチームを探さなければならず、捨て身の道場破りのようなやり方で都合よく見つかるとは思えない……焦りが迷いを生み、迷いが底なしの不安を生んでいく。勝負を仕掛ける前に、他の逃げ道を探している半端さが腹立たしかった。そんなことを考えるぐらいなら最初からバカラなんてやらない方がいい。

稲田は顔をあげ、ディスプレイの出目表をにらんだ。このままでは終われなかった。

プレイヤーとバンカーが不規則に入れ替わったあと、バンカーが三回つづき、最後にプレイヤーが二回勝っている。次はどちらか。またバンカーがのびていくような気もするし、ふたたび不規則な出目の流れになっていくような気もする。これまで見てきた出目のパターンがとりとめもなく脳裏をよぎり、そのどれもがありえそうに思えてくる。

チップを半分つかみ、〝PLAYER〟に置いた。

直感だった。プレイヤーが来るという確信からではなく、バンカーは来ない気がするという消極的なものだった。

その弱気な姿勢がとれるものもとれなくさせてしまうように思え、締め切り寸前で残りのチップすべてを〝PLAYER〟に積み増した。

ディーラーが順にカードを二枚引き、伏せたまま自分の前に置いた。

一枚目のカードをめくる。クローバーの四。二枚目も躊躇《ちゅうちょ》せずめくった。ダイヤの五でナチュラルナイン。バンカーは六点だった。

次のゲームも、稲田はプレイヤーに全額張った。ディーラーの視線が意識され、食いしばっていた奥歯にいっそう力がこもる。なかば居直った気分だった。

カードをめくると、またプレイヤーの勝ち。ただの偶然とは思えなかった。偶然が連鎖し、必然になろうとしているようだった。

出目表をながめた。頭の芯が妙な静けさにつつまれている。このまま勝ちつづけ、五列の罫線におさまりきらなくなったプレイヤーの青い出目が、巨大な龍のごとくL字形にのびていく様がありありと脳裏に映じていた。ツラ目がつづくにちがいなかった。

無心ですべてのチップを〝ＰＬＡＹＥＲ〟へスライドさせた。いくら賭けているかも、次になにが来るかも不思議と気にならなかった。ただひたすらにプレイヤーに全額ベットし、機械的にカードをめくっていく。いつか人声も雑音も消失していた。

強い手札でプレイヤーが勝ち、弱い手札でも際どい差でしのぐ。そうしてプレイヤーの勝ちがさらに三回つづいた。

ふと、周囲のざわめきがよみがえり、稲田の背後に多くの客がひしめきあっているのに気づいた。プレイヤーが七連勝というツラ目の状況に、口々に興奮した声をあげて色めいている。まだツラ目がつづくと思う者はプレイヤーに賭け、次こそはツラ目が切れるという者はバンカーに張っている。

その殺気だった様子をぼんやりながめているうち、かすかな迷いが頭をもたげてくるのを感じた。プレイヤーの勝ちを呑みこんできた龍は、まだその姿を大きくするだろうか。ときに二十回以上も同じ目が連続することもあると聞くが、そのような偶然が訪れる可能性は限りなく小さい。

オールインをかさねた結果、チップはおよそ三万四千シンガポールドルまでふくれあがっていた。このチップすべてを自分はプレイヤーに賭ける気なのか。せめて半分にしておいた方がいい気がする。いや、流れに乗っているときは強気の姿勢を崩さない方がいい……だが……結論の出ない自問自答が頭にうずまいていく。不穏な兆候だった。迷いは誤った判断を呼びこんでしまいかねない。

稲田はすべてのチップを〝ＰＬＡＹＥＲ〟に置いた。気づけばふたたびチップを持つ手がふるえていた。

ディーラーが、プレイヤー側のリーダーである自分にカードを二枚くばる。淡々とめくらなければいけないと思っていた。できなかった。二百五十万円以上の金がこのゲームにかかっていた。カードをかさねた状態で、数字の書かれた角の部分を慎重にしぼっていく。

バカラをはじめたころ、いや、バカラにのめりこんでからも、いい歳をして必死の形相でカードをしぼっている連中の気がしれなかった。カードを少しずつ見ようが、一遍に見ようが配られたカードの数字が変わるはずもなく、その判で押したような姿をいやしいとすら思っていた。いま、カードをしぼっている自分がいる。

やがて数字の一部が見えてきた。

クローバーの二。

二枚目のカードをずらしていく。次に六か七が出ればナチュラルだった。

クローバーのエース。

あまりにもたよりない三点だった。

ここでバンカーに八点以上のナチュラルが出ることになれば、すべてが終わる。胸が詰まりそうになるほど心臓が鳴っていた。

端に座っている中国人の男性客が、バンカー側のカードをひろい、面子《めんこ》のようにラシャの上にたたきつけた。

ハートのクイーンとスペードの十。零点。

「イエスっ」

稲田は固くにぎった拳を全身で振った。獰猛《どうもう》な響きに、自分の出した声とは思えなかった。

ディーラーが三枚目のカードを配る。勝負はまだついていない。

稲田は伏せたカードを縦からしぼっていった。五か六が出るのを願った。カードの中央に、ダイヤのマークらしき赤い突起が見えてくる。二か三のいずれか。思いきってめくった。

ダイヤの三で、あわせて六点。決して強くない。

バンカー側の中国人客がそれを見て、カードをしぼっている。七、八、九が出ればプレイヤーは負ける。食い入るようにカードをのぞきこんでいた中国人の客の目から唐突に力がうしなわれ、くの字に曲がったカードがテーブルに投げられた。

ハートの四。

「イエースっ、イエスイエスイエスイエス」

稲田は天にむかって声を張りあげ、立ち上がった。

血液が一斉に逆流し、炭酸水のごとく音を立てて全身の細胞が一新されていくような感覚につつまれる。あたりを飛び交う中国語や英語がひとつ残らず自分への称賛に聞こえていた。

ディーラーが各種チップのおさめられた箱を持ち上げ、下段から一万シンガポールドルチップを数枚取り出し、念入りに枚数を確認している。

稲田は椅子に腰掛け、六万八千シンガポールドルとなったチップを両手にもった。マットなプラスチックの手触りを確かめるように、何度も一番上のチップを持ち上げては裏返しにする。あわせて五百万円以上もの価値があるというのに、なかなか実感がわかない。一時は八万円ほどにまで減らしておきながら、よくここまで挽回し、増やしたものだと思う。このままテーブルをはなれ、利益を確定させてしまうべきだった。

立ち上がろうとして、肩を小突かれた。

振りむくと、中国人の中年女性が、早くどちらに賭けるか決めろと笑顔でけしかけてきた。隣で見物している気のよさそうな老人も、なにか同様のニュアンスのことを言ってテーブルの方を指さしている。見れば、先ほどよりもギャラリーが増え、このテーブルだけ異様な熱気につつまれていた。何人もの客が稲田の動向を注視している。

他人のことなどどうでもいい。かまわず腰を浮かせたときだった。

――逃げんの？

頭の中で誰かの声が聞こえた気がした。落胆と挑発の響きが等分に入り混じっていた。

たしかにいま切り上げれば、五百万円強という解雇されたクラブの年俸を軽く超える金が転りこんでくる。

ただ、八十万円はクレジットカードの支払いで消え、裏カジノでつくった借金も返さなければならない。それ以外にも日本への渡航費用や帰国後にそなえていくらかの金は残しておく必要があるだろう。そう考えるといくらも残らない。そんな勝ちとも負けともつかない状態で、この場をはなれようとしているのか。

幼少の頃から、勝負に執着するようなところがあった。

喧嘩でもサッカーでも、どれだけ勝ち目が薄くとも、勝負となれば真正面からいどみかかってしまう。勝負から逃げるくらいなら、無様《ぶざま》に負けた方がましだと思っていた。そうやって今日まで生きてきた。どれだけ監督やコーチから叱られようと、どれだけチームメイトからのけ者にされようと、ボールを一度持てば誰にもわたさず、ドリブルを仕掛け、常にゴールだけを狙いつづけた。結果さえ出せば、文句を言っていたやつらを黙らせることができた。

解雇されたクラブを去った日の、誰一人自分と視線をあわせようとしなかったチームメイトの面々が目にうかぶ。

組織力やチームワークだなんだといって、守備のブロックを敷いた相手チームにひるんで、言い訳がましくいつまでも無意味で責任逃れのようなパスを回している腰抜けばかりだった。監督やコーチ、もしくは他のチームメイトの顔色ばかりうかがい、一人ではなにもできず、誰かがどうにかしてくれるのをひたすら願っている。そんな奴らと俺はちがう。負けることを恐れ、ケージで飼い殺された豚に成り下がるぐらいなら、いさぎよく飢えて朽ちた方がいい。

「……逃げねえよ」

口中でつぶやき、ふたたび椅子に腰をおろした。汗で湿ったチップをととのえ、ためらいなく全部〝PLAYER〟の場所に積んだ。

小さなどよめきが起こる。

稲田は、自分の積んだチップに視線をすえた。このチップに五百万円もの金がかかっていることが信じられなかった。

座り直したが、宙に腰掛けているようだった。こちらの勇気をたたえる声援が心臓をふるわせ、無謀な愚行をなじる悲鳴が耳の奥で反響してやまない。

ディーラーが賭けを締め切り、なにごともなかったようにシューボックスからカードを引いていく。

プレイヤー側のカードが稲田の前にならべられた。

伏せたカードに全神経がそそがれる。凝視したカードの裏面に印刷された細かなダイヤモンド柄がホログラムのごとく浮きあがって目に映じていた。

手をのばし、左側のカードにふれた。たかだか数グラムのなんでもない紙が、まるで鉛のようだった。

伏せたままテーブルの端まで持ってきて、カードの短辺を両手でつまんだ。ほんのわずかずつカードを谷折りにめくり上げ、表が見える面積を拡大していく。指先がしびれ、感覚がない。カードを横切る絵札のラインがあらわれたのを見て、ぞんざいにテーブルに放った。

クローバーのクイーン。

もう一枚を手前に引き寄せ、同様に縦からしぼっていく。願わくば九。最悪、八でもいい。マークの先端が両サイドにあらわれる必要があった。

カードをめくる手に自分の苦しげな呼気が触れる。焦点があわず、鼻先にせまったカードがぼけている。かまわずめくりつづけた。

一枚目で見たようなラインはあらわれず、絵札の可能性は消える。マークが出てくるのを待ったが、二つどころか一つも出てこない。心臓を鷲づかみにされる感覚におそわれながら、カードをはぐった。

ハートのエース。

二枚あわせても一点だった。弱すぎる。顔をあげた。

テーブルに、バンカー側のひしゃげたカードが一枚置かれていた。スペードの二だった。バンカーの次のカードが六、七のいずれか、ナチュラルの八点以上が出たら、プレイヤーは三枚目を引くことなく負けが決まる。

右方の席に目をやると、浅黒い東洋系の老人が口をゆがませながら二枚目をしぼっていた。気合の入った周囲の掛け声がしきりに飛び交っている。カードをのぞきこんでいた老人の動きが止まり、その顔に不敵な笑みがひろがった。

——負けた……？

息を呑んで、老人が投げたカードを目で追った。

ダイヤの二。あわせて四点。

かろうじて首がつながり、鼻腔から音を立てて深い吐息がもれ出てくる。胸内は高鳴ったままだった。

ディーラーが三枚目のカードを引き、稲田の前に置いた。

カードをつかみ、縦からしぼっていく。八が出れば、バンカーは三枚目を引くことなく、プレイヤー、すなわち自分の勝ちが決まる。

絵札のラインは見えず、望んでいた黒いマークの先端が左右に二つあらわれた。変な声が出そうになる。

折り目のついたカードを回転させ、横をしぼっていく。

可能性は、四から十のいずれか。八を出すにはサイドにマークが三つ、四つならその時点で負け。カードがめくれあがり、やがて黒いマークが三つ見えた。

六か七か……めくったカードをテーブルに思いきりたたきつけた。

クローバーの七。

勝った、と思った。

緊張した頰がゆるみ、腹の底から笑いが突きあげてくる。九点にはおよばないが、八点なら勝ったも同然だった。すぐそこにあるチップが二倍となり、一千万円を超える金が入ってくる。どれほどの量の札束になるだろう。そんな大金は目にしたことがなかった。このボディバッグに入りきるのか。キャッシャーの窓口で換金している自分の姿が想像され、高鳴った心臓が破裂しそうだった。

自身の運を信じきれなくなったらしい老人が、投げやりに片手をはらっている。ディーラーがかわりにバンカー側の三枚目のカードをめくった。

ハートの五。

稲田は、無言でそのカードを見つめた。

合計九点。

その点数の意味するところがすぐにはつかめなかった。視界が赤く明滅し、目に映るすべてがみるみるスローモーションとなって流れていく。

ディーラーが焦《じ》れったいほどゆったりとした動作で、場に積まれたプレイヤーのチップを順に回収すると、最後に自分の賭けたチップに手をのばした。

――どうやら俺は負けたらしい。

「馬鹿野郎っ」

色とりどりのチップがコマ送りのように宙を舞い、テーブルや床に散らばっていく。音が遠のき、世界が白くかすみはじめていた。いくら叫んでもまったく聞こえない声を絞り出しながら、いまにも消え去りそうな自分のチップを取りもどしにいった。


どこをどうさまよっていたのか。

稲田は、おぼつかない足どりでかたわらの欄干《らんかん》に寄りかかった。ステンレスの手すりに両肘をもたせ、汗で濡れた頭をかかえる。何時間もサウナに入っていたかのように全身が熱をもち、だるい。自分の体とは思えなかった。

左手の方から、しきりに賑やかな声が聞こえる。目をやると、黒い帳《とばり》の中で白々と浮かびあがったマーライオンのたもとに観光客がむらがり、思い思いの角度からカメラやスマートフォンをかまえていた。

湿気をふくんだ生ぬるい夜風が、眼前にひろがるマリーナ湾《ベイ》からわたってくる。

高さを競うように林立する摩天楼、喧騒をのがれてあわい航跡をしたがえた遊覧船、明るい人声が絶えないボードウォーク沿いのオープンレストラン……無機質な人工物から漏れる多彩な光が、湾内に惜しげもなくそそぎこまれ、おだやかな水面を鮮やかに染めあげている。

稲田は、足元で無数に揺れつづける煌《きら》めきにさそわれ、対岸へ視線をのばした。

黄色い電光をまとった三本の高層ビルがそびえ、各棟を橋渡しするように巨大な船形の屋上プールをいただいている。

平凡だが、甘く唯一の希望でもあった夢があとかたもなく砕かれたのは、あそこの賭博場だった。

六万八千シンガポールドル、日本円にして五百万円を超える勝負をバカラでいどみ、無残に負けた。ディーラーが回収しようとした自分のチップを奪い返そうとして、もみ合いになり、気づけばテーブルや床に派手に散ったチップを捨て身で拾いあつめていた。まもなく駆けつけてきた屈強な黒服たちに羽交い締めにされ、そこからはよく覚えていない。喉がちぎれるほど叫び、筋肉が張り裂けんばかりに抵抗しながら、業火のような天井の照明を妙に冷静な目で見つめていたことだけははっきりとおぼえている。

喉が渇いていた。口の中が砂をまぶしたような感じがする。

ボディバッグを肩からおろし、ファスナーを開けると、パスポートとスマートフォン、それに空の封筒しか入っていない。数シンガポールドルの現金のほか、クレジットカードや免許証などをおさめた財布が見当たらなかった。ズボンのポケットを調べてもどこにもない。カジノで暴れたときか、もしくはそのあとどこかで落としたにちがいなかった。

「畜生っ」

どこにもぶつけようのない苛立ちが爆発する。カラフルなウェアをまとってそばをランニングしていた集団がけげんそうな顔でよけていった。

稲田はその場にしゃがみこみ、欄干に背をあずけた。

滞在先のドミトリーにもどったところで、今晩の宿代も払えない。屋台どころか、カップラーメンひとつ買えない。

正真正銘の一文無しだった。

チャイナタウンあたりの質屋で唯一の財産であるスマートフォンを金に換えようか。それとも日本大使館に駆け込むべきか。その前に、そこらを歩く日本人観光客にたのみこんで金を借りるべきかもしれない……あれこれ善後策を練っているうち、こらえようのない笑いが突きあげてくる。

誰一人たよれる者のいない異国の地で、乞食同然に落ちぶれ、それでもどうにかしようとあがくその必死さが、なんだかおかしくてならなかった。

「愉快なことでもありましたか」

頭上で日本語が聞こえた。気取りのある声だった。

顔をあげると、洒落《しゃれ》た身なりをした初老の男が自分を見下ろしている。カジノで二度ほど同卓となったあの道楽紳士だった。

「……またあんたか」

無様なところを見られ、胸内が波立つ。

「もう見つからないかと思ったので、再会できて嬉しいです」

男が二つ折りの財布をかかげる。どこで拾ったのか、自分のものだった。

「さきほど、あれだけ派手にやってらっしゃいましたからね。あの日本人はすごかったってスタッフや常連のあいだで、すっかり有名人ですよ。シンガポールに来るような日本人は皆さんおとなしいってこともあるんでしょうけど」

思いがけぬ形で注目されていることを知り、声を出して笑ってしまった。

「よろしければ、お酒でもいかがですか。ごちそうさせてください。私の泊まっているマンダリンオリエンタルのバーなら、肩肘張らずにくつろげますから」

言外に狙いが透けて見えるような、期待をもたせた言い方だった。

稲田は返事をする代わりにゆっくりと腰をあげると、相手のシャツの襟元をつかみ、思い切り引き寄せた。

「ちょっとぐらい金があるからってなめんなよ」

同じ目線の高さの相手を睨《ね》めつけながら、吐息がかかるほどの距離で声低くつづける。

「そこらのホモ野郎と一緒にすんな。変態じじいにケツの穴差し出すほど落ちぶれてねえんだよ。殺されたくなかったら失せろ」

口元に微笑をたたえた男に動じる様子はない。

「そちらの方もなかなかに刺激的と聞きおよんでいるので、世界をひろげてみたい気持ちがないこともないんですが、あいにく私は女性一筋なものですから」

自慢気に語るその目に満ち足りた光が浮かんでいる。男はハリソン山中《やまなか》と名乗ると、鷹揚《おうよう》に言葉をついだ。

「色っぽい話ではなく、純然たるビジネスのお誘いです」

＊

静かな目をした男だと思った。

なにを考えているかまったく読みとれない。静かで冷たい目だった。

「突然、お訪ねしてすみません――」

佐藤《さとう》サクラが切り出すと、相手の受刑者はそれを遮るようにして、

「刑事さんと聞きましたけど」

と、乾いた声を刑務所の特別面会室にひびかせた。

作業着姿の辻本拓海《つじもとたくみ》が背筋をのばして机のむこうに座っている。白髪で丸刈りのせいも手伝い、四十手前の実年齢とはほど遠い老成さを感じさせる。

「警視庁捜査二課の佐藤と申します」

サクラは気圧《けお》されつつも、警察手帳を相手に示した。

辻本は無言でそれを一瞥すると、用件を尋ねるように感情の絶えた目をこちらにもどした。むき合っているだけなのに、なにか恐れのようなものが胸内にきざし、落ち着かなくなる。そばに監視の刑務官がおり、一応の安全が確保されているというのに、この場から逃げ出したかった。

「じつは……ハリソン山中の行方を追ってまして」

汗ばんだ両の掌を机の下できつく握りしめながら、どうにか口にした。

辻本が膝元へ視線を落とす。その表情には、かつて仲間と悪行をともにしてきた悔恨と、その仲間にすべてを奪われた憎悪が複雑に入り混じっているように映っていた。

「なじみの店とか定宿とか、いま現在潜伏してそうな場所とか、思い当たることはありませんか。どんな些細なことでも構いません」

サクラは、うつむいたまま口をつぐんでいる辻本の顔をうかがった。自身の家族をうばい、自身をも殺《あや》めようとした男の検挙を望んでいるのは疑いようもない。下手にハリソン山中を庇《かば》い立てするとは考えにくく、実際、取り調べでも公判でも自らが関知している事実についてはつつみ隠さず述べたと聞いている。

逡巡《しゅんじゅん》しているようにも映る辻本が顔をあげた。

「あれを追うのは、やめといたほうがいいと思います」

意外な言葉だった。

「そのようにおっしゃる理由というのは――」

こちらが言い終わる前に、

「失礼ですが、刑事さんはいまおいくつですか」

と、口をはさんだ。

質問の意図するところがつかめない。

「……二十九になります」

「あれに命かけるんですか」

辻本が淡々とした口調でつづける。

「死にますよ」

息を呑んだ。ハリソン山中という希代の悪人を知り尽くしている者の発言だけに、聞き流せなかった。

激しく胸をたたく鼓動を自覚しつつ、相手の顔を見つめた。こちらの心奥まで見透かすような冷厳な目だった。言葉が出てこず、呼吸が苦しい。

辻本が頬をゆるめたかと思うと、見限ったように、

「失礼します」

と、律儀に低頭して刑務官とともに面会室を出て行ってしまった。

サクラは重い足取りで静岡刑務所の敷地を出ると、そこから数分ほど歩いた先のバス停に立ち、駅へとむかうバスを待った。

霧雨《きりさめ》につつまれた眼前の往来をぼんやりとながめる。

早春のじっとりとした空気の中を車が行き交っている。車道のむこうの自転車店の前を、傘を差した中学生くらいの集団が陽気な声を掛け合いながら過ぎていった。

面会していた時間は十分もなかったはずなのに、何時間も取り調べをしていたような疲労をおぼえる。面会室でじっとりと汗をかき、いまだ下着の湿った感じが残っていて不快だった。

面会でのやりとりを反芻《はんすう》しているうち、辻本の言葉が幾度も引っかかってくる。

――あれに命かけるんですか。

こちらの覚悟をためすかのような言い方で、刑事としての資質を問うていたふうでもあった。どうしてあのとき答えに窮してしまったのだろう。

――死にますよ。

辻本の目が脳裏をよぎり、まだ見ぬハリソン山中の影がどこかから忍び寄ってくる気がする。底なしの沼に踏み入ってしまったかのようだった。

七年前に警視庁に入庁してからというもの、それなりに要領よくやってこられた感じがしている。その歯車が微妙に狂い出したのは、知能犯を相手に地道な捜査が求められる捜査二課に配属されてからか。

それとも、ハリソン山中が捜査の標的となってからか。

静岡刑務所から東京の本庁にもどり、捜査二課の自席に腰をおろすと、サクラは私用のスマートフォンにメッセージがとどいていることに気づいた。

大学時代の英米文学サークルのグループからだった。在学中は律儀に顔を出していた方だが、警視庁に入庁してからは疎遠となり、誰とも会っていない。自分をよそに交流が繰り返されるメッセージアプリのグループは、ときに鬱陶しく感じられるものの、抜け出す勇気まではもてず、幽霊メンバーとしてメッセージの受信だけはつづけていた。

メッセージを見ると、昨日おこなわれたサークルの女性メンバーの結婚式と披露宴の画像が各自のコメントとともに共有されている。自分は多忙な仕事を理由に欠席したが、たとえ仕事が暇だったとしても、出席できない理由をほかに探しただろう。

さっと画像に目を通していくうち、一枚に目が吸い寄せられた。それは、カラードレス姿の新婦がいわゆる「花嫁の手紙」を読み上げ、それをうけて感極まった父親が男泣きしている光景をおさめたものだった。いたずらに胸内をかき乱してくる。激した感情を吐き出しそうになり、画面を消した。

業務にもどろうとしても、気が散って手につかない。机上のノートパソコンから視線を外し、窓の方へのばした。

ついこないだまで幹と枝だけだった街路の栃《とち》が、むかいにたたずむ法務省のレンガの朱と呼応するように、青々とした若葉をしげらせはじめている。

「なんか聞けたか」

離席していた藤森《ふじもり》班長がもどってきていた。

サクラは首を横に振って、面会の一部始終を報告した。

「それじゃ、まるで門前払いだな」

白髪交じりの前髪をかき上げながら、あらかじめ結果を知っていたかのように苦笑している。

静岡刑務所に収監されている辻本拓海から逃亡中のハリソン山中に関する手がかりを聞き出してくるよう指示したのは、藤森班長だった。

大手不動産会社である石洋《せきよう》ハウスが、山手線高輪《やまのてせんたかなわ》ゲートウェイ駅前の八百十坪の土地をめぐって、地面師グループに百億円あまりの金をだまし取られたのは、二年前のことになる。所有者の尼僧に扮したなりすまし役をはじめ、計画は用意周到で、劇場型のきわめて大胆な手口だったために、事件はメディアで大きく報道され、世間の耳目をあつめた。事件後、地面師グループのほとんどは逮捕・起訴されたものの、だまし取られた金の大部分は回収されておらず、グループの首謀であるハリソン山中にいたってはいまだ逃亡をつづけている。

その事件で懲役六年の刑をうけ、服役している辻本が、一種の師弟関係だったハリソン山中の逃亡先について、なにかしら情報を隠しもっているかもしれないというのが藤森班長の見立てだった。

辻本との面会前に、あらかじめ公判資料に目を通したが、そこから浮かび上がってきたのは、辻本とハリソン山中との因縁だけでなく、苦渋と悲惨の色にまみれた辻本の半生だった。

辻本は大学卒業後、親族がいとなむ医療関係の会社で営業をしていたが、専務だった辻本の父親が取引先にだまされて倒産の憂き目にあってしまう。倒産の責任を感じて心身を失調した父親は、一家心中をはかろうと自宅に火を放ち、母親と、その日たまたま家に来ていた辻本の妻と息子を焼死させるにおよんだ。火傷《やけど》を負いながらも一命をとりとめた父親は刑務所に収監され、すべてをうしなった辻本はやがてハリソン山中と出会い、地面師の道へ突き進んでいく。やがてハリソン山中らとともに石洋ハウスに対して巨額詐欺事件を引き起こすにいたったが、辻本が不幸なのは、倒産の契機となった偽の取引で父親をはめた男がじつはハリソン山中で、その手によってついには自らの命をも銃弾で奪われそうになったことにほかならない。

「辻本から歳を訊かれました」

「歳？」

意外そうな声を出して藤森班長が、皺《しわ》のきざまれた顔をこちらにむける。

「その歳で、ハリソン山中なんかのために命を危険にさらすのかって。死ぬぞ、と」

意図せず冗談めかした口調になっていた。

「お前はなんて答えたんだ？」

からかいまじりだったが、辻本の忠告にしたがって捜査を外れてもかまわないとうながしているようにも聞こえた。

「いえ……なにも」

あのとき、辻本にどのような言葉を返すべきだったか。ひるんで黙り込んでしまった自分の刑事としての資質に思いがおよぶ。

警視庁を就職先にえらんだのは、ニューヨーク市警に出向経験のある大学の先輩の影響からだった。深い理由はなく、単純に自分も制服を着てニューヨークの大都会を異国の同僚たちと映画俳優のように闊歩《かっぽ》してみたかった。無事に採用され、所轄の警察署に配属されてからは、まわりに流されるように昇進試験にはげんだものの、海外勤務の希望はいっこうに叶わなかった。そうこうしているうち、大学の授業の延長で取得した簿記の資格と英語力を買われてか、でなければ女性の社会進出という世の中の流れに乗っただけなのか、本庁の捜査二課への転属が言い渡された。

捜査二課ではじめてとなる刑事という職業に、一部の同僚がいだいているような特別な思い入れはない。業務は膨大とはいえ、ほかの仕事と同じように与えられた任務を粛々とこなすだけなはずだが、そのようなスタンスでは、ハリソン山中のような凶悪犯と渡り合えないのか。

「うちのOBで、ハリソン山中をずっと追ってた辰《たつ》さんていう名物刑事がいてな。地味なくせに、ゴキブリみたいにしぶとくて有名だったんだ」

藤森班長がのけぞるように椅子の背に体をあずけ、頭の後ろで手を組んでいる。

「辰さん、辻本と仲良いんだよ」

そのようなOBがいたとは知らなかった。

「なんか聞いてるかもしれん。会ってきたらどうだ？」

サクラはうなずいて、辰の連絡先を書き留めた。

山積している書類作業に取り掛かろうとして、ふたたび藤森班長に呼びかけられた。

「それと、お前英語できたよな？」

「ええ、一応」

学生時代、生活費や学費をおぎなうため、サークルの先輩に紹介してもらった外国人観光客相手の通訳のアルバイトをしていた。

「センター経由で、被害者《ガイシャ》から詐欺《ゴンベン》の被害相談が来てる。イギリスかどっかの外国人で、日本語があまり話せないらしい」

フィッシング詐欺や振り込め詐欺は捜査二課に来る前から何件も対応してきたが、被害者が外国人というのははじめてだった。

「地面師事件ですか」

「詳しくはわからんが、不動産がらみだそうだからその可能性はある」

だとしたら、ハリソン山中が関与しているかもしれない。

「お前、対応してくれ」


翌週、一階の受付からサクラのもとに来客の連絡がはいったのは、約束の時間の少し前だった。

捜査二課のフロアがある階上に通してもらうと、エレベーターホールに鉤鼻《かぎばな》で脂肪太りした欧米人の男があらわれた。四十年配か。仕立ての良さそうなライトグレーのスーツをまとい、黒革のブリーフケースを手にさげて落ち着きなく周囲を見回している。

男はこちらに気づき、たどたどしい日本語で握手をもとめてくると、英語で話してかまわないかと言った。サクラは、もちろんだと英語で応じ、取調室へ案内した。

「早速ですが、どのような被害にあわれたのか、お話しいただけますか」

サクラがボールペンを手にデスクにノートをひろげると、むかいに座った男は、青い目を見張って興奮気味に話しはじめた。

男は、ロンドンを拠点に貿易業をいとなむイギリス人のビジネスマンで、商談で英国と日本を行き来するうち、日本の不動産に魅力を感じるようになったのだという。投資先を探していると、若い女性の不動産ブローカーから都内の物件を紹介され、七億円を支払った。ところが、その物件の売り主がなりすましだったらしい。手口としては典型的な地面師の仕業だった。

偽の売り主と不動産ブローカーはすでに雲隠れし、契約に立ち会った日本人の弁護士、司法書士とは、被害の責任をめぐって話し合っているが、埒《らち》が明かないのだと焦燥した顔で言った。

男は、ブリーフケースから取り出した契約書や銀行の入出金記録をしめしながら、なんとしても犯人を捕まえ、被害を弁済させたいと切実な様子で訴えつづけた。

「物件を紹介してくれた不動産ブローカーとは、そもそもどこで知り合ったんですか」

サクラはペンを動かす手を止めて、男に目をむけた。

「赤坂《あかさか》のホテルで開催された国会議員のパーティーです。付き合いで参加したんですが、なんという国会議員だったかな……ロシア人の秘書を連れてる」

日本と東南アジアの混血だという不動産ブローカーとは、パーティーで意気投合し、その後も個人的に会合をかさねたが、個人情報はことごとくデタラメだったという。

「そんなに信用の置ける方だったんですか」

サクラが腑に落ちないでいると、それを見た男が弁解めいた口調でつづけた。

「……魅力的だったので」

歯切れの悪い言い方だった。

「交際されていたんですか」

「いいえ……けど、ホテルの部屋に誘ったことはあります」

ハニートラップだとしても、若い女一人でやったにしては大掛かり過ぎる。地面師グループがかかわっているのか。

「なにかほかに気になったこととか、おぼえていることはありますか。事件と関係のないことでも」

サクラが尋ねると、男は贅肉《ぜいにく》のついた顎に手をそえながら、記憶を掘り起こすようにコンクリートの壁に視線をなげた。

「そういえば……私が物件を買う前に、カジノの話をしつこくされたな」

壁を凝視したまま男がつぶやいている。

「カジノ？」

「カジノが日本にできるから、いまのうちに開発用地に投資した方がいいとすすめてきたんです」

法整備により、ラスベガスやマカオにあるような大型カジノリゾートが国内に誘致されるというのは知っている。候補地は大阪が挙げられていたはずだが、ほかはどこだったか。

「場所は？」

「すみません……その話には興味がなかったので」

それではどうにもならない。

「ほかに、おぼえてることはありませんか」

「胸に花のタトゥーがあって……」

花の種類は不明だが、タトゥーは墨色だったという。

「それと……ぜんぜん関係ないかもしれませんが」

「かまいません」

思いもよらない情報が事件解決の糸口につながったことがあると言っていたのは、警察学校の教官だったか。

「たまに油断している表情をみせるときがあって、よく独り言を言ってたんです」

サクラは男の言葉を待った。

「もう後がないって」

二

真昼の直線的な日差しが、窓外の川面《かわも》にはじかれてまぶしい。シンガポール川を越えたタクシーは、緑あざやかなレインツリーがつらなる通りを西進し、やがて高層団地の前で停まった。

稲田はタクシーを降りると、ハリソン山中につづいて敷地内に入り、相当の築年数を経た建物の一棟でエレベーターを待った。

「こんな団地の中に店があるんだから、面白いですよね」

ハリソン山中がサングラスを外し、優雅な手つきでサックスブルーのシャツの胸元にフレームを挿している。

稲田は適当に相槌を打ちながら、扉の上部にある注意書きを興味深げにながめていた。

多民族国家を象徴するように、英語、中国語、タミル語、マレー語がならんでいる。交通機関や観光名所だけでなく、市民の生活圏にまで公用語の併記が浸透しているらしい。バカラに明け暮れていたせいで、そうしたごく日常の風景すら、ハリソン山中と知り合うまで視界に入らなかった。

「ここはローカルむけの飲茶屋なんですけど、味は悪くないし、ゆったりできますから。それに、テーブルがいいんです」

「テーブル？」

稲田は、注意書きにむけていた視線を相手の横顔に転じた。

「円卓なんですよ」

まだ理解できないでいると、

「ほら、テニスコートのような四角だと、英語のコートが法廷を意味するように嫌でも上下が生じてしまうじゃないですか」

と、ハリソン山中が饒舌《じょうぜつ》に言いながら、スマートフォンの画面を確認している。

「最初ですし、形式的にも対等な方がいいでしょう。気遣いは無用です。彼らも、ちょうど着いたばかりのようですね」

メンバーとの打ち合わせに同行してほしい、とハリソン山中から稲田のもとに連絡があったのは昨晩のことだった。八日ぶりの連絡だった。その間、電話がなかっただけでなく、顔も合わせていない。

バカラに負けて借金だけが残り、ハリソン山中からプロジェクトへの参画を提案されてからというもの、奇妙なほどのっぺりとした日々がつづいていた。

中心地にあるホテルの一室をあてがわれ、食事はルームサービスや階下のレストランで自由に注文できる。ハリソン山中からは連絡があるまで待っていてほしいと言われていたから、なにもすることがなかった。金もないからバカラに興じることもできず、ホテルの前の公園でランニングと筋力トレーニングをする以外、外も出歩かなかった。部屋の中に閉じこもり、気ままに食事をとると、あとはただひたすら泥のように眠っていた。

古びたエレベーターに乗り込み、操作盤の前に立ったハリソン山中が、七階のボタンを押す。

稲田は、現在階を告げる操作盤のインジケーターをながめながら、

「あっちは何人?」

と、話を振った。

「二人です」

「俺のこと、なんてつたえてあんの?」

プロジェクトの内容も、メンバーのことも、今日の打ち合わせのことも、なにひとつ聞かされていない。タクシーの車内でハリソン山中はそうしたことには一切ふれず、シンガポールという国家の先進性や、その礎《いしずえ》を築き上げた初代首相リー・クアンユーの独裁的な手腕について褒め称えていた。

「なにも。今日、稲田さんが来ることも言ってません」

ハリソン山中が涼し気な顔で言う。

「大丈夫かよ、それ」

「さあ、どうでしょう。不安ですか」

ハリソン山中の口元に、どこか試すような微笑が浮かんでいた。

エレベーターが上昇をやめ、扉がひらく。

「まったく」

稲田はきっぱりと言い、軽い足取りでエレベーターをおりた。

店はフロア全体を占めていて、相当にひろい。臙脂《えんじ》色の絨毯に五、六人掛けの円卓が数十ならび、その間を縫うように、何人もの店員が蒸籠《せいろう》を積み上げたワゴンを押している。客席は半分近くが埋まり、人々が食事を愉《たの》しむ賑やかな空気にみちていた。

顔馴染みらしい責任者と挨拶を交わしたハリソン山中が、店の奥へ歩き出す。あとをついていき、個室に入ると、日本人らしき男女がメニューに目を落としていた。

「お待たせしまして、失礼いたしました。ご紹介します。こちら、稲田さんです」

ハリソン山中の言葉に、二人が虚をつかれたような表情を浮かべている。

稲田は儀礼的にほんの少し頭を下げ、うながされてハリソン山中の隣に着席した。

「稲田さん、こちらの紳士は吉沢宏彰《よしざわひろあき》さんです。大手ディベロッパーから独立されて、いまはご自身で会社をやられています」

四十前後の宏彰は、色白の細面《ほそおもて》で体の線も細い。やや癖のある髪をゆるく後方になでつけ、落ち着いたローズグレーのセットアップに同系色のタイをしめている。一見してシンガポールのビジネス街あたりにいそうに映りつつも、そこはかとなくただよう飄々《ひょうひょう》とした雰囲気のせいで、そうしたエリアからは最も縁遠いようにも感じられてしまう。

親しげに目を見開いた宏彰が、

「よろしく」

と、崩した敬礼ふうに片手を額の前にかかげた。

「隣にいらっしゃるのが、マヤさんです。マレーシア出身で、シンガポール暮らしが長いのでいろいろと力になってもらっています」

マヤがうつむきがちに目礼する。童顔なのに化粧がきついせいで、二十代にも三十代にも見える。すらりとした褐色の体にストレートのロングヘアーで、黒のタイトワンピースの胸元から蘭の刺青《いれずみ》がのぞいている。全体にオリエンタルな雰囲気で、にこりともしない。不機嫌だとか、うぬぼれているだとかいうより、小さなころから笑ってこなかったような陰りがあった。

「苫小牧《とまこまい》の件は、稲田さんにも全面的に動いてもらいます」

ハリソン山中が既存メンバーの二人に説明している。

「苫小牧って、北海道の？」

プロジェクトの詳細は聞かされていないものの、てっきりシンガポール国内の話だと思い込んでいた。

「稲田さんには、のちほどご説明いたします」

「ターゲットってどうなったの？」

宏彰が思い出したように口をひらく。

「何人か活きのいい方々がいらっしゃったんですが、逃げられてしまいました」

ハリソン山中がどこか愉快げに答え、マヤの方へ顔をむけた。

「例のイギリスの方、その後動きありましたか」

ボルドー色に艶《つや》めいた唇の端に微笑が浮かび、すぐに消えた。

稲田の胸に、期待とも不安ともつかない感情が交錯していた。三人がなんの話をしているのか見当もつかない。はっきりしているのは、ヤバい世界に足を踏み入れているらしいということだけだった。

「仕事の話はそれくらいにして、まずは乾杯しましょう」

ハリソン山中がそう言って、ドリンクのメニューをひろげたとき、一人の男が個室に入ってきた。

四十代なかばくらいの日本人のようだった。小太りで背が低く、額はやや後退し、頬にやわらかそうな肉をたくわえている。青黒い隈《くま》のできた目は険しい。そのためか、白いシャツにグレーのスラックス姿にもかかわらず、ビジネスパーソンには見えなかった。

「どうされたんですか、川久保《かわくぼ》さん」

ハリソン山中が、入り口の川久保に意外そうな顔をむけている。

「あれ。もしかして、呼んじゃまずかった？」

自身の失態をうやむやにするように、宏彰がわざとらしくおどけた声を出している。

「僕がいたら、なんか困ることでもあんの？」

川久保が不快そうに言うと、マヤと宏彰の背後をまわって、空いている席に腰をおろした。たったいまその存在に気づいたように、隣に顔をむける。

「こちらの方は？」

冷淡な響きだった。

「新しく仕事を手伝ってもらうことになった稲田さんです」

稲田はこの場をハリソン山中にまかせ、椅子の背にもたれたまま黙っていた。

「僕はそんなの聞いてないし、許可したおぼえもないんだけど」

「まあ、そうおっしゃらず。私が責任をもちますし、もう少ししてから判断しても遅くないんじゃないですか」

たしなめるような言い方が気に入らなかったらしい。川久保が血相を変え、

「僕に指図するな」

と、威圧的に言った。

「山中、いいか。なにするにしてもまず事前に僕の許可をとれ。勝手に会合とかも許さん。それからどんだけ人員増えても、僕の顧問料と取り分は絶対に減らすな」

稲田は静観しつつ、一人疑問をつのらせていた。ふたまわりほど年長の相手に怒鳴りつける川久保という男は何者なのか。そしてその男に、このプロジェクトを率いているはずのハリソン山中が過剰と思えるほど配慮している理由もわからない。

ハリソン山中をにらみつける川久保の目には、落ち着きのない光がちらついている。円卓の下に視線をのばすと、病的なほど激しく膝を揺すっていた。

「もちろんです」

ハリソン山中は澄ました表情で両手を軽くひろげ、重い空気を振り払うように店員を呼んだ。円卓に酒瓶や蒸籠がならべられていく。形ばかりの乾杯をし、おのおの料理に箸をのばした。

「稲田さんは面白い経歴をおもちで、ついこないだまでJリーガーだったんですよ。もともとフォージーハウスの実業団チームにいて、そこで昼間は仕入れの営業をやりながらクラブで活躍されてから、プロチームに引き抜かれて――」

ハリソン山中が上機嫌で皆に話し聞かせている。

稲田は紹興酒《しょうこうしゅ》を口にしながら、苦笑まじりに自分の落ちぶれた軌跡を聞いていた。調べればすぐにわかるような事実だから、下手に取りつくろったり弁解したりするつもりはなかった。

「がばうまか」

不意に聞こえてきたなつかしい方言に、思わずグラスをかたむけていた手が止まる。横を見ると、川久保がハリソン山中の話そっちのけで焼売にかじりついている。

「佐賀出身？」

稲田が親しみを込めてたずねると、丸い頬を動かしていた相手がかたまった。

「昔の女が佐賀のやつで、いつもがばがば言ってたんだよね。当たりでしょ？」

どうして自分のもとを去ってしまったかいまでは思い出せないが、体の相性がよく、性格の明るい女だった。旅行ついでに彼女に故郷を案内してもらったこともあり、佐賀に対してはいい印象しかない。

「佐賀っていっても端の方で、ほとんど福岡だから」

期待に反して、不満そうな声が返ってくる。川久保が一度は手にした箸を円卓の上に置き直した。

「君はどこの大学出てるの？」

「大学？」

高校在学中にもらった大学のスポーツ推薦の話は、すべて断ってしまった。大学で力をつけてプロの世界にすすむ者もいるのは知っていたが、くだらない年功序列でがんじがらめの環境ではやっていける気がしなかった。

そう答えようとすると、

「稲田さんは高校サッカーの選手権で活躍され、その功績が認められて実業団にスカウトされたんです」

と、ハリソン山中がいくらか庇うような調子で言った。

「じゃ、高卒ってこと？　なんだ馬鹿じゃん」

川久保が当てつけのように言い放ち、

「高卒のやつなんか駄目だよ。使えない。足手まといになる」

と、不快そうに口元をゆがめた。

稲田は、他人事《ひとごと》のように一人苦笑していた。

サッカー一辺倒で、これまで学歴など気にしてこなかったせいか、不思議と怒りの感情は湧いてこない。それに、まとまった金が必要とはいえ、プロジェクトに本当に加わるかどうか決めかねているところがあった。ハリソン山中からは、プロジェクトの詳細はもちろん、条件についてもなんら知らされていない。たとえば殺人などの凶悪犯罪や臓器売買のように、どれだけ金を積まれても容認できない要求をされる可能性も否定できず、場合によっては突っぱねる選択肢も残していた。

「川久保さんが学歴を重視されるお気持ちは理解できます。ですが、稲田さんがいないと、今度の苫小牧の計画がすすめられないんです。そうなれば、川久保さんの報酬だってお支払いできなくなります」

ハリソン山中が落ち着きはらって言うと、川久保がうろたえ、

「そがん言うても、セキヨウの金あったろうが」

と、怒号が室内にひびきわたった。

「あんなのは、もうとっくに方々《ほうぼう》にいって、いくらも残ってないですよ」

「嘘やろ」

激昂してなおも食ってかかろうとしたとき、川久保の電話が鳴った。

「……はい……はい。いま出先です。すぐもどります」

誰が相手なのか。あからさまに臆していて、別人のように声がか細い。

やがて川久保は電話を切り、

「僕のいないところで勝手に決めんなよ」

と、威勢よく言い置いて席を立った。

出口へむかっていく途中、なにか言いたげな目をマヤの横顔にそそいでいる。彼女は一切それには反応せず、食事をつづけていた。

「川久保さん」

稲田は呼び止めた。挑発するつもりはなかった。

「高卒でごめんね。けど、俺は佐賀の人好きだよ」

入り口のところで振り返った川久保が呆気にとられたように口をあけている。まもなく目に険しさがもどり、無言で去っていった。

その様子を面白そうにながめていたハリソン山中が明るい声で言った。

「仕切り直して、宴《うたげ》を再開しましょう」

「川久保の坊っちゃんは、今日もなかなかのワンパクぶりだったな」

宏彰がグラスを手に顔をほころばせている。

「なにしてる人なの?」

稲田が誰にむけるでもなく訊くと、

「大使館職員」

と、スマートフォンに目を落としたままマヤが言った。

「川久保さんは、警察庁からの出向組なんですよ。もとは県警の公安で」

ハリソン山中は、全員分のワイングラスに三十年物の紹興酒をそそいでいた。

「おまわりなのかよ」

堅気の感じはしなかったものの、警察関係者だというのは稲田にとっても意外だった。「清く正しい」警察関係者が、きな臭いハリソン山中たちとどうしてつるんでいるのか。

「バツの悪いことに、カジノで遊んでいたら、川久保さんにこちらの素性を気づかれてしまいましてね」

ワイングラスをかたむけたハリソン山中が笑いを押し殺している。

「素性って？」

「ハリソンは日本で指名手配くらってんだよ」

稲田の疑問に答える宏彰の目に、喜色の光が浮かぶ。ハリソン山中は、数年前に大手不動産会社の石洋ハウスから金をだまし取った罪で指名手配されているのだという。

「厄介な敵も、味方にしてしまえばさほど憂える存在ではありません。敵は憎むのではなく、愛すべきです」

ハリソン山中が誇らしげに言った。

「稲ちゃん、石洋ハウスの地面師事件知らない？」

宏彰が眉を引き上げている。馴れ馴れしく呼ばれたが、悪意は感じられず、人柄のせいもあってさほど嫌な気はしない。

「泉岳寺《せんがくじ》のさ、山手線の高輪ゲートウェイ駅近くのでっかい土地の所有者になりすましたやつ」

「そんなのあったかな」

サッカーボールと女の尻ばかり追いかけていたせいで、ニュースなどまともに目にしてこなかった。

「それでセキヨウから、いくらだまし取ったの？」

「マヤちゃん、稲ちゃんに教えてあげてよ」

宏彰が細い顎をしゃくった。

頬杖をついていたマヤが気怠げにスマートフォンから顔をあげ、豹を思わせる目を稲田にむけた。

「百」

単位がわからない。

「百億」

耳を疑うような金額に、呆気にとられた。出任せを言っているようには見えない。ハリソン山中を見ると、間違いではないというように紹興酒を口にふくみながら鷹揚にうなずいている。

稲田は軽快に口笛を吹き鳴らした。正体不明の笑いが腹の底を突き上げてくる。

ハリソン山中が、ただの資産家でも、腕力にもの言わすヤクザものでもなく、不動産の詐欺師、いわゆる地面師というのは合点がいく。小金には目もくれず、石洋ハウスほどの大企業から大金をかすめとってしまうのは、よほどの器量と胆力をそなえているにちがいなかった。

「で、苫小牧ってのはどういう話なの？」

稲田は、気にかかっていたことを口に出した。

「ほら、今度ＩＲってあるじゃん、大阪とか長崎とか。苫小牧も候補地のひとつになってんだよ」

「……アイアール？」

宏彰の説明を聞いてもわからない。

「カジノ」

マヤの助言で理解できた。裏カジノに入り浸っていたときも、日本に合法カジノができるとよく常連の間で話題にのぼっていた。

「ＩＲ誘致を当て込んで、日本内外の企業が参入を目論《もくろ》んでいます。我々はそこに目をつけました」

ハリソン山中が期待にみちた表情で、右手の小指にはめた二連のリングをまわしている。

「苫小牧は、どれくらい狙ってんの？　金額的に」

稲田は、二連のリングを見つめるハリソン山中の顔をうかがった。大きな金が動きそうだとはわかっても、具体的な数字は想像もつかない。

「もちろん、記録の大幅な更新です」

少なくともセキヨウのときを超える額だという。

ついこないだまで自分が所属していたクラブの年間人件費が二億円、その他の費用をふくめても五億円にみたなかった。下手くそなくせにやたらと経営知識をひけらかしていたチームメイトによれば、クラブが参戦していたカテゴリーでも、全十五チームあわせて年間予算は百億円にとどかないという。三部とはいえ、プロサッカーリーグを丸ごと運営できてしまうほどの巨額の金をだまし取ろうとするなんて、どうかしている。

「面白い」

稲田は思わず歓声をあげた。

試合前のウォーミングアップを終えたあとのように、全身が熱くたぎっている。バカラで際どい勝負をしているときにおぼえる興奮と似ているようで、微妙にちがう。未知のものに対する、恐怖と紙一重のスリルが痺《しび》れとなって全身をかけめぐっていた。

「どうせリスクとるなら、リターンは大きい方がいい」

宏彰が加勢するように陽気な声を出し、頬張った饅頭を紹興酒で流し込んでいる。

「宏彰さんらは、セキヨウのときでいくらもらったの？」

軽い気持ちで口にした一言だった。

「なにも」

こちらの期待とは裏腹に、淡泊な声が返ってくる。

「俺はセキヨウのにはかかわってないから。マヤちゃんもだけど」

宏彰もマヤも、セキヨウのプロジェクト以降にハリソン山中と知り合ったらしい。

「じゃあ、セキヨウのやつはハリソン一人でやったってこと？」

「この仕事は単独では不可能ですね」

ハリソン山中が言うように、だからこそこうして自分も集められたのだろう。

「ほかにも仲間がいたんだよ、稲ちゃん」

それまでと打って変わって、宏彰の声がだしなめるような語調に聞こえた。

「そいつらは、どこに逃げてんの？」

なごやかだった室内の空気がいつの間にか冷え切っていた。

「塀の中。みんな」

卓上のスマートフォンをつまらなそうにいじっていたマヤが、まるで自身と無関係かのような調子でつぶやく。

「長いぜ。出てくるころには、馴染みのネエちゃんもシワクチャになってる」

宏彰の軽々しい嘲笑が耳障りだった。

セキヨウのプロジェクトで、ハリソン山中以外のメンバーはすべて逮捕、起訴され、どれも有罪判決をうけて刑務所で服役しているという。宏彰もマヤも、人生を棒に振ってしまうほどのリスクを覚悟しているのか。それとも、自分だけは捕まらないと信じているめでたい存在なのか。

視界の端に映るハリソン山中が無言のまま、なにか推し量るような視線を自分にそそいでいるのに気づく。

注文の行き違いでもあったのかもしれない。隣の調理場から、なにごとか言い争う店員の異国語が壁越しに聞こえていた。

「刑務所上等ってわけか……」

稲田はグラスをつかみ、口の端から酒がこぼれるのもかまわず呑み干した。自分しかわからないほどの微妙さで、グラスをもつ指先がふるえている。

＊

郊外の駅から十分ほど歩いた坂の上に、目当ての総合病院があった。まだできて間もないようで、採光部が大きくとられた明るいロビーに外来患者や病院関係者の姿が見える。

サクラは受付で面会申請を済ませ、エレベーターに乗った。

面会相手である辰は、警視庁捜査二課に在職当時ハリソン山中を追っていたという。定年退職後も、ハリソン山中が辻本を銃撃した現場に居合わせ、命を救ったことが縁で服役中の辻本と交流がつづいているらしい。

一般病棟となっている五階でエレベーターをおり、見晴らしのいい談話室で待っていると、まもなく薄青のパジャマ姿の辰があらわれた。

想像していたよりも小柄で、短く刈りそろえた銀髪の頭をひかえめに下げる姿は、一見して初老の入院患者にしか映らない。それでも、数多《あまた》の犯罪者と対峙してきたことを物語るように、双眸《そうぼう》には厳しい光がやどっている。

「検査入院みたいなもんです。とっくによくなってるのに、若い主治医が慎重なやつで。週明けには、退院できるとのことですから」

テーブルをはさんでむかいあった辰が、いくらか肉のそげた頰を照れくさそうになぜる。左手の人差し指にパルスオキシメーターを装着しているだけで、顔色はいい。当人の言うとおり快方にむかっているようだった。

サクラがかさねて入院中の訪問をわびると、辰は、

「藤森の野郎にたのまれたら、断るわけにはいきませんよ」

と、親子ほど歳のはなれた自分にも丁重な言葉遣いをくずさず、嬉しそうに目元に笑い皺をよせている。

その声には、急遽《きゆうきよ》別件がはいって今日の同席がかなわなかった藤森班長に対する、かつての上司と部下の関係を超えた親しみの響きがこもっているように聞こえた。

「どうです。藤森はちゃんとやってますか。あれで、昔は問題児だったんです」

辰がなつかしむように言いながら、卓上でかさねた自身の手元を見つめている。

「問題児？」

愚直に捜査に取り組む藤森班長と問題児のイメージがまったくつながらない。

「問題児って言ってしまうと、ちょっと語弊がありますね。真面目で、スジ読みなんかも悪くないんですけど、いまひとつ捜査官として腹がすわってないというか、本人に悪気はないんでしょうが、主体性にとぼしいというか」

いまの藤森班長の姿からは想像もできなかった。

「それが、ある事件を境に変わりました」

パジャマ姿の若い女性が点滴スタンドを押しながら談話室に入ってきた。窓際のカウンター席に腰をおろし、イヤホンをしながらスマートフォンの動画をながめている。

「所轄時代になりますが、管内で殺人事件が発生したんです――」

辰が周囲を気にして声をひそめる。

聞けば、都内在住の女性が住宅街の自宅で刺され、救急搬送されたが、その後死亡したのだという。

「その被害者《ガイシャ》が、藤森の中学のときからの友人だったんです。本人は最後まで認めませんでしたが、昔惚れてたか、もしかしたら交際ぐらいしてたかもしれませんね。相当ショックを受けてましたから」

同居していた被害者の夫が事件後失踪し、連絡がとれなくなっていたうえ、家庭内暴力も起きていたことが判明し、捜査本部は重要参考人として夫の行方を追ったらしい。

「私とあいつで被疑者《ホシ》を捜しました。何日も寝ずに。あいつも必死でしたよ。結局、東北の海辺に停まっていた車の中で死亡した被疑者が発見されたんです。練炭による自殺でした」

辰はそこで言葉を区切り、

「あいつ、泣いてましたね。悔しいって。あんなに感情的になったのを見たのははじめてでした」

と、やわらいだ表情を浮かべて頬をなぜている。

「それからです。別人のように、あいつの顔つきが変わったのは」

黙って耳をかたむけながら、静岡刑務所で面会した辻本の言葉を思い返していた。

「それで、ヤツはどうです。見つかりそうですか」

辰の言う「ヤツ」が、ハリソン山中を指していることはたしかめるまでもなかった。

「いえ、特に大きな動きは」

「そうですか……」

辰の顔に落胆の色がにじみ、なにか思い詰めるようにテーブルの天板をにらみつけている。

その威圧的な空気に声をかけられずにいると、相手はすぐに気づき、

「いや、すみません。ヤツには、ずいぶん煮え湯を飲まされてきたものですから」

と、相好《そうごう》を崩した。

「前に、逮捕・送検したのに、嫌疑不十分で不起訴となってしまったとうかがってますけど」

ようやくハリソン山中を追い詰め、その手で手錠をかけておきながら、それが徒労に終わってしまった無念はどれほどだったか。

「ヤツが娑婆《しゃば》にもどったときの、勝ち誇った笑い声だけは忘れられません」

渋面の辰は唇をゆがめ、言葉をついだ。

「それから、すぐに行方をくらましましたが、一度だけ私の自宅宛に手紙をよこしてきたことがあります」

「手紙ですか」

はじめて耳にする話だった。

「差出人不明で、指紋も検出されませんでしたが、間違いなくヤツからです」

平静をよそおっていたものの、そこまで断定できる根拠を早く知りたかった。

「封筒の中に、不動産の登記簿だけが入ってたんですよ。手紙の類《たぐい》はなくて。それも五通。私の自宅、両親の自宅、妻の両親の自宅、私の弟の自宅、それに、娘夫婦の自宅の五件分です」

辰が指を折って数えあげ、口元をゆがめながら苦笑している。

「なんのために、そんなものを」

登記簿を送りつけるという話など聞いたことがない。不気味だった。

「ヤツの脅しでしょう。でなければ、御礼参りがわりの挑発か。その気になったら、てめえの不動産なんてどうにでもできるとでも言いたいんでしょうね。どこまでも舐めきったヤツです」

いまさらながらハリソン山中という男の執着心と凶悪性が意識される。関与の度合いは不明ながら、これまでハリソン山中がかかわったと思《おぼ》しき地面師事件では、なりすまし犯をはじめ、周辺で何人もの人間が不審死をとげていた。

――死にますよ。

辻本の警告が頭の中で反響していた。

「拓海。辻本拓海からもう話を聞きましたか。ハリソンの手下で、こちらに協力的なのはあいつぐらいですから」

「面会はできたんですが」

「あいつはあいつなりに反省してますし、私にも律儀に手紙を返してきますが、完全に心を入れ替えたわけではないと思います」

　意外な言葉が返ってきた。ふたたび悪事を企てているという意味なのか。

「これは私の勘に過ぎませんが、隠してることがあるはずです」

　辰の目にするどい光がさしていた。

「隠してるっていうのはなにを？」

　それはわかりません、と辰が首を横に振る。

「ただ忘れちゃいけないのは、あいつはてめえの人生と家族をめちゃくちゃにされてるんです。ハリソン山中《ヤツ》に」

　重苦しい空気が流れ、二人とも押し黙った。

　談話室に置かれた自動販売機のコンプレッサーがうなり、廊下の方で看護師が患者か誰かを呼び止めている声が聞こえてくる。

　ふと見れば、辰がこちらの後ろに視線をのばしている。その目に安堵するような光が浮かんでいた。

　振り返ると、温厚そうな雰囲気の婦人が立っていた。

「主人がお世話になっております」

　サクラは立ち上がり、うやうやしく腰を折る辰の妻にならって低頭した。

　辰の妻は、夫に紙袋を手渡すと、それが目的だったらしくそのまま談話室を出ていった。互いに言葉少なながら、老夫婦の仲睦まじい感じがつたわってくる。

「これ、よかったら参考にしてください」

　辰が紙袋の中から数冊のノートを取り出した。

「個人的につけていた、ヤツに関する捜査ノートです。退職後の拓海とのやりとりについても記してあります」

捜査が手詰まりになっている現状において、願ってもない情報源だった。

「いいんですか」

「現役の皆さんの邪魔をするつもりも、口出しするつもりもありませんが、なにか力になれそうなことがありましたら、いつでもおっしゃってください。退院後は自由がききますし」

恩着せがましいところが少しもない、辰の温情が心にしみた。

礼を述べてエレベーターに乗り込むと、扉の閉まり際、見送りにきてくれた辰が鼓舞するようにさりげなく手をあげた。

「たのみますね」

サクラはあらためて頭を下げた。

＊

宏彰らと別れ、ハリソン山中にホテルまで送りとどけてもらうことにした。

ほどよく紹興酒の酔いがまわった体をタクシーのシートに沈めながら、窓外を流れるシンガポールの街並みに目をむける。稲田の胸底には、期待と同じ量の不安と疑念がくすぶりつづけていた。

苫小牧の計画がうまく成功すれば、百億円、いやそれをはるかに超える大金になるという。ただ、ハリソン山中に協力したとしても自分の取り分は不明で、まだなにをやらされるかも詳細を聞かされていない。セキヨウの件では、ほとんどのメンバーが逮捕、収監されていることを考えると、半端な報酬なら参加する理由などどこにも見当たらない。もちろん、誘いを断ってしまえば、その瞬間から、また無一文で異国の路頭に迷うことになってしまう。

「そこで、紅茶でも飲んでいきましょう」

途中、ハリソン山中が運転手に命じ、車を停めさせた。

降り立ったところは、小高い丘全体を整備した公園だった。手入れの行きとどいた樹木の緑が生い茂り、丘の頂きにむかって階段がのびている。

「運動ついでに、よく来るんです。都会の中心にありながら、そこにいることを忘れさせてくれるほど閑静なところなので」

稲田と肩をならべて階段をのぼるハリソン山中が、自身の庭を案内するかのように得意げな声をひびかせていた。

熱帯の強烈な日差しが照りつけ、木々から漏れたまだらな光が足元に濃い影を落としている。一段のぼるごとに汗が噴き出してくる稲田とは対照的に、サングラスをかけたハリソン山中は涼し気な顔でステップを踏んでいた。

階段をのぼりきると、その先に、朱色の屋根をいただいた白壁の瀟洒《しょうしゃ》な洋館があらわれた。かつて未開の地だったシンガポールを植民地化したイギリス人、ラッフルズの邸宅だという。

「ここがつい二百年前までジャングルだったなんて信じられませんよね」

邸宅の前に立ったハリソン山中が、深紅のスエードのローファーにつつまれた踵《きびす》を返し、いましがたのぼってきた階段の方を振り返っている。

稲田もそちらに視線をのばした。

園内の豊かな緑によって、湾へとつづく眼下の街並みはさえぎられ、そのむこうには船形の巨大な屋上プールをかかげた三つの高層ビルが、青空を切り取るようにしてそびえ立っている。つい先日、あのマリーナベイ・サンズのカジノで絶望の淵に突き落とされたはずなのに、いまこうして悠然と食後の散歩をしていることが不思議だった。

「ラッフルズが植民地化したこの国を、リー・クアンユーが近代的な先進国に創り上げました。文化、芸術の軽視には思うところがありますが、目的のために手段をえらばない彼の手腕はほれぼれするほどです」

自分からすれば、シンガポールという小さな国はカジノがある小綺麗なリゾートぐらいにしか映らない。ハリソン山中の肩の入れようは、いまひとつついていけないところがあった。

「そのリーなんとかっておっさんが好きだから、シンガポールにしたの？」

うまくつたわらなかったらしい。相手の表情に、質問の意味をはかりかねるような色が浮かんでいる。

「海外の逃亡先って、フィリピンとかドバイとかって聞くじゃん」

稲田の言葉を反芻するように、ハリソン山中は無言のまま二、三度深くうなずくと、マリーナベイ・サンズを見つめつつ、口をひらいた。

「ここが、私のルーツだからです」

「ルーツ？」

ハリソン山中とシンガポールにどんな関係があるのか。

「私の先祖は、からゆきさんのようなんです」

「からゆきさんって？」

「娼婦のことです。戦前に、貧しさから仕事を求めてこの地に渡り、そこでイギリス人と結ばれて子供をさずかったと聞かされたことがあります」

稲田は、それとなくハリソン山中の横顔をうかがった。サングラスをかけた眉間《みけん》から高々とのびる鼻梁《びりょう》を見る限り、西洋人の血が入っていると言われてもさほど違和感はない。

「もっとも、ただの伝聞なんで記録らしいものはなにも残ってないんですけどね。しかしながら、娼婦の末裔《まつえい》が世間を賑わす地面師だなんて、なかなかドラマチックじゃないですか」

照れくさそうに頬をゆるめたハリソン山中がつづける。

「リー・クアンユーが、最も重要な教訓としてこう言ってるんです」

そこで言葉を切り、

「逆境や悲劇に立ち向かうとき、未来への工夫が生まれる」

と、ふたたび園内の奥へむかって歩をすすめはじめた。

歴史的な遺構の残る通路はゆるやかな勾配をつくり、赤レンガでおおわれた路面に木漏れ日を散り敷いている。そよ風が頭上の葉を揺らし、姿を見せない小鳥の鳴き声がしきりだった。

「差し支えなければ、稲田さんのルーツをおうかがいしてもいいですか」

社交辞令のような軽い訊き方だった。

「知らね。興味ねえよ、そんなの」

前に顔をむけたままぶっきらぼうに返すと、その答えがよほど気に入ったのか、相手は珍しく声を出して笑っていた。

丘の上にあらわれたカフェ風のレストランに立ち寄り、パラソルをひろげたテラスの席に腰を落ち着ける。店員を呼び寄せ、ハリソン山中はアールグレーを、稲田はフレッシュオレンジジュースをたのんだ。

「川久保さんって警察とか言ってたけど、平気なの？　指名手配されてんだろ？」

グラスにささったストローをくわえながら、テーブルのむこうに目をむけた。

「きちんとお金をお支払いしていることですし、たぶん大丈夫でしょう。万が一にそなえて保険もかけてますから」

ポットを手にしたハリソン山中が、カップに紅茶をそそいでいる。

「保険って？」

そうたずねると、くれぐれも周囲に見られぬよう注意してほしいとスマートフォンをよこしてきた。

画面には動画が映しだされている。まぶしい日差しが邪魔してよく見えない。手で庇《ひさし》をつくるようにして、目をこらす。

「マリーナベイにあるコンドミニアムの一室を、時間単位でこっそり貸し出しているんです。洗練された造りですし、素晴らしい眺望なので、駐在員の方を中心に日本の方もよく利用されています」

ハリソン山中の説明を耳にしながら、画面に視線をそそいだ。どこかの室内が映し出されている。暖色の間接照明だけがたよりで、薄暗い。カメラの位置は高く、天井付近から斜めに見下ろすような画角だった。

キングサイズのベッドの上で、白っぽいものがうごめいている。なんとなく想像していたように、裸の男女だった。髪の長い女が、仰向けの男におおいかぶさり、黒いバンドを巻いた腰をなぶるようにゆっくりと動かしている。ペニスがわりのディルドを男の尻に突き入れているらしい。

恍惚としてよがり声をあげる男の顔をよく見れば、頬にたっぷりと肉をつけた川久保だった。

「いい趣味してんだな」

稲田は苦笑した。

マゾヒスティックな川久保の性癖も、そうした弱みを握ろうとするハリソン山中の盗撮趣味も、自分が理解できないだけで、それ自体を否定するつもりはなかった。

映像が切り替わり、乳首に舌を這わせている女を正面からカメラがとらえはじめた。女がディルドを挿入したままおもむろに上半身を起こす。右の肩口から乳房にかけて、水墨画のような淡いタッチで蘭の刺青がきざまれている。唇に不敵な微笑を張りつけたまま、殺気にみちた目で男をにらみつけているその女は、マヤだった。

「マジかよ……」

画面から顔をあげ、説明をもとめるようにテーブルのむこうに目をやった。去り際にマヤを見る川久保の未練がましい表情が脳裏をよぎっていた。

「素敵ですよね、マヤさんは。蒸発したご両親の借金をひとりでかかえてらっしゃって、じつに健気《けなげ》です」

脚を組んだハリソン山中が平然と言い、茶葉の香りを楽しむようにカップをかたむけている。

「プロと陰気臭《くせ》え女は興味ねえわ」

ストローをくわえ、溶けた氷でうすまったオレンジジュースを口にふくむ。やたらと喉が渇くのは、暑さのせいだけではなかった。ハニートラップにかけられているとも知らず、快楽に溺れる川久保に同情するというより、リー・クアンユーのように目的のために手段をえらばないマヤやハリソン山中という人間が不気味だった。

ふと画面に目をもどすと、他の動画が流れている。

先ほどとは別の部屋を盗撮したものかもしれない。ダイニングテーブルに手をついて尻を突き出したマヤが、背後から犯されている。マヤが相手にしているのは、川久保ではなく、丸々と太った欧米人らしき鉤鼻の男だった。よほど差し迫っていたと見えて、マヤもドレスを身につけたままなら、男もスラックスと下着を足首までおろしただけで、ジャケットすら脱いでいなかった。

別のカメラに切り替わり、横顔だったマヤの表情を真向かいからとらえ直す。男の腰の動きにあわせて、ボルドー色に塗られた唇が繰り返しひらいている。快感に屈して声を出している感じなのに、その目は人形みたいに宙の一点を見つめていた。

映像を見ている側が詰《なじ》られているような気分になり、稲田はとっさに画面をスワイプした。

あらたな映像が再生された。

ダイニングの椅子に、モデルさながらすらりとしたアフリカ系の若い女が裸で座らされている。両手は背もたれの後ろでしばられ、長い両足も椅子の脚に固定されていた。どこかで見たおぼえがあると思ったら、カジノのバカラテーブルでハリソン山中が連れていた女だった。

画面の外から、バスローブ姿のハリソン山中があらわれ、手にもった容器から灰色がかった白いペースト状のものを指ですくいとり、派手なメイクをした女の顔に塗りたくりはじめた。みるみる女の顔が不快そうにゆがんでいく。嫌がる素振りを見せつつも、必死にこらえている感じでもあった。

褐色の女の顔が白く見えるほどペーストが厚く塗られると、ハリソン山中が女の肩に両手をそえて顔を近づけた。唇をあわせているのかと思ったが、そうではなかった。苦悶する女の泣き顔をいとおしそうになめている。ペーストを舌先でぬぐいとって綺麗にしているかと思うと、口にふくんだ唾液まみれのそれをまた女の鼻や目元になすりつけていた。

「なにやってんだ……」

説明を求めてハリソン山中を見ると、背もたれにあずけた上半身をわずかにそらし、聞き耳を立てるように隣のテーブルの方へ首をのばしている。

なにか気になることでもあるのか。そちらの席では、稲田たちより先にいた三十代なかばほどの二人組の男が真剣な様子で話し込んでいた。聞こえてくる会話の断片から察すると、英語のようだった。左側の身なりのよさそうなアジア人は、中華系のシンガポール人かもしれない。神経質そうな感じのするもう一人は、日本人のような顔立ちをしていた。

「なあ」

稲田がもう一度呼びかけると、ようやくハリソン山中が気づいた。

「どうされました」

動画が再生されたままのスマートフォンを相手に返す。

「これは、お見苦しいものを失礼いたしました」

少しも動じる様子はなく、おだやかな微笑を浮かべながら端末をトラウザーのポケットにしまっている。

「なんだよ、いまのやつ」

「ご覧いただいたとおり、その方の美しい顔を、彼女の嫌いなドリアンのディップと私の唾液で汚してるんです」

ためらいもなく誇らしげな調子で答えられ、肩透かしを食らった気分だった。

「……マジもんの変態じゃねえか」

トイレのために席を立ち、もどってくると、稲田たちのほかは誰もテラスにいなくなった。束《つか》の間、会話が絶え、かたわらの店内からの音楽やざわめきが意識される。

「同じものを召し上がりますか」

空のグラスに気づいたハリソン山中が店員を呼ぼうとしている。

「いや、もういい」

稲田は、背もたれから上体を起こし、交渉を持ちかけるように天板の上で指を組んだ。

肝心なことをまだ聞いていない。前にもクラブとの契約で不利な条件をのまされて苦い思いをしたことがあるせいか、契約がらみは嫌でも慎重になってしまう。

「それより確認させてほしい。仕事を手伝って、苫小牧のやつが成功したら、俺の取り分はいくらになる？」

たずねておきながら、いくらなら納得する額なのか自分でもわかっていなかった。百万円ならやらない。クラブと契約していた年俸程度でも同じだった。なら、先日のバカラで手にしたかもしれない一千万円ならどうか……。

「稲田さんには、現場でいろいろと動いてもらう必要がありますから、そうですね……五パーセントでいかがでしょう。仮に百億とすると、五億になる計算です。二百億なら十億」

億という途方もない金額に、稲田は言葉をうしなった。

本気で言っているのか。

相手は涼しい表情を浮かべ、ピアノの演奏でもするみたいに右手の指を天板の上で動かしている。文句はないだろと言っているふうだった。

「口ではなんとでも言える。ちゃんと支払うっていう保証は？」

動揺をさとられないように心がけたつもりが、あからさまに声はうわずっていた。騙《だま》されているはずだという警戒心と、信じたいという願望が頭の中で入り乱れている。

「そこは信じていただくよりないですが……」

ハリソン山中が、思案するような目でパラソル越しに空を見つめた。まもなく、その顔が稲田の方にもどった。

「でしたら、こういうのはどうでしょう。手付金として、最初に、いま稲田さんがかかえている借金分をこちらですべてお支払いします。それと、プロジェクト進行中は、経費とは別に、毎月百万円お支払いしつづけるという条件でしたらいかがですか。もちろん、成功報酬はさきほどおつたえしたとおりです」

きつく組んだ指が汗ばみ、心臓が音を立てて胸をたたいていた。

ハリソン山中の提示した条件であれば、たとえプロジェクトが頓挫したとしても、じゅうぶんにお釣りがくる。人生もやり直せ、一発逆転すら狙える。意識していないと、だらしなく顔がゆるみそうになる。

「もうひとつ」

かろうじて残っていた冷静な自分が踏みとどまらせた。うまい話には裏があるはずだった。

「どうして俺なんだ。たかだかJリーガーくずれの、バカラ狂になにをやらせようとしているる?」

ハリソン山中の表情からおだやかな微笑が消え、手元へ落とした目がかたい光をおびている。

しばらく沈黙がつづき、

「二つあります」

と、ハリソン山中が言った。

「ひとつは、単純な人員不足です。セキヨウのプロジェクトで、有能な仲間がことごとく捕まってしまいました。シンガポールにいながら、リスクをともなう仕事をまかせられるパートナーをあらたに探すのは容易なことではありません。その点、経済的に厳しい状況下にある稲田さんなら、純粋なビジネスとして信頼関係が築けると思っています」

それくらいなら自分でなくともほかにいる気がする。

「二つ目は、稲田さんのなにものにも屈しない度胸です。苫小牧のプロジェクトは、きわめてタフな仕事になると想定しています。マヤさんと宏彰さんは頼りになりますが、彼らだけでは実現不可能です。稲田さんの度胸が必要なんです」

あきらかに買いかぶり過ぎだった。それでも、なにか褒められたような感じがし、嫌な気はしない。厄介者扱いばかりされてきただけに、面とむかって他人に必要とされたのはひさびさのことだった。

「すでにお話ししたように、セキヨウの件で相当に世間の注目を浴びました。それ以来、警察も警戒していますし、川久保さんがいるとはいえ、私もいつ身柄を拘束されるかわかりません」

ハリソン山中はそこで言葉を区切り、

「もしかしたら、今度の仕事が私にとって最後になるかもしれませんね」

と、本気とも冗談ともとれるような言い方で嬉しそうにつぶやいている。

「どうされます？」

稲田は口をつぐんだ。

真っ白な積雲が太陽の前を横切り、あたりが薄暗い影でおおわれる。ほんの数秒、ハリソン山中の顔が陰り、すぐに明るい陽につつまれた。

「いまが逆境だとすれば、そこに立ち向かうかぎり、未来への工夫が生まれるはずです」

ハリソン山中のやわらいだ表情には、まるで返事の内容を知っているかのような確信の色が浮かび出ていた。

＊

園内のレストランは多くの客でにぎわっていた。満席の店内はあきらめ、ケビンはテラスの席にリュウと腰をおろした。

ラッフルズ邸のあるこの公園を最後に訪れてから、十年以上は経つのかもしれない。そのときはちょうどアメリカ留学の直前で父も一緒だった。

「こっちにはどれくらいいるの？」

ケビンは、シンガポール訛《なま》りの英語でたずねた。

「三週間くらい」

リュウの英語も、アメリカの大学院にいたときより日本語訛りが心なし強くなっている。三年振りに再会したリュウの表情は、こちらの期待とは裏腹にどこか冴えない。前に投稿されていたSNSでは、シンクタンクのコンサルタントとして充実した日々を送っているように見えたが、ストレスで体調を崩してしまったという。

「けど、同僚のレポート手伝わなくちゃなんないんだ」

リュウが照れ臭そうに言った。

日本は、経済が長期にわたって低迷しているうえ、人口減少と少子高齢化がすすみ、社会システムが破綻しかかっているものの、いまだ世界でも有数の経済大国で、魅力的な文化資源や観光資源もかかえている。そうした豊かな国と、眼前のくたびれた男とが頭の中で結びつかなかった。

「休暇なのに休まないって、日本人はやっぱりおかしいよ」

両手をひろげておどけてみせると、昔みたいに声を出して笑ってくれた。

リュウは、スタンフォードの経営大学院で同期だった。東京のシンクタンクからの社費留学だったが、寡黙ながら勤勉な性格が好印象で、お互いアジア人ということも手伝って親しくなるのにさほど時間はかからなかった。リュウの正式な名前がタニグチリュウタだと知り、好きなゲームのキャラクターと同じ「リュウ」と呼んでいいかと彼にたずねたら、ひどく喜んでくれたのをおぼえている。

大学院の修士課程を修了すると、自分はシンガポールで父の家業を手伝い、リュウも東京のシンクタンクに復帰した。長らく疎遠になっていたが、先日、特別休暇を取得してシンガポールに滞在することになったと連絡があった。何年経っても変わらないリュウの誠実さが嬉しい。

「そのレポートってのは大変なの？」

ケビンは、店員が運んできたコーラを口にした。

「いや、こっちはあくまで後方支援だから。北極海航路《Northern Sea Route》についてなんだけど」

「北極海航路？」

「ほら、地球温暖化で北極の氷が溶けて年中船が通れそうだってやつ。日本はベーリング海に近いし、地政学的な要所なんだよ」

仕事の話をするときのリュウは、少しだけ憂鬱そうな感じがする。スタンフォードの授業で議論をしたりするときは、もっと声に熱がこもっていた。

「レポートのほかはなにするつもり？」

「なんにも決めてない。走ろっかな。ディッシュ行ったときみたいに」

リュウが笑いながらジョギングの真似をする。

「懐かしいな」

カリフォルニアにある大学のキャンパスは、自転車で移動するのもうんざりするほど広大で、赤い屋根の校舎や図書館だけでなく、週末にはクラブに変貌する大小さまざまな学生寮、病院、ゴルフ場、五万人を収容できるスタジアムまでそなわっていた。そのキャンパスの裏手に、巨大な電波望遠鏡《ディッシュ》の立つ小高い丘がひろがっており、そこは一周六キロほどのトレッキングコースとして一般に開放されていた。大学関係者や近隣の住民だけでなく、遠方からもわざわざ訪れるような名所で、夕暮れどきになれば、散歩やランニングをする人たちの姿が起伏の激しい舗装路に長い影をつくるのが常だった。

授業や自習の合間に、よくリュウとディッシュに行っては、他愛もない話をしながら形ばかりに走ったのを思い出す。帰りにドライブがてらハンバーガー屋に寄るのがお決まりの流れだった。

「In-N-Outには負けるけど、まぁまぁのハンバーガー屋知ってるから今度連れてくよ」

「こっちでは走ってないの？」

友人に誘われてマリーナベイをランニングしたり、ジムのトレッドミルで運動不足を解消していた時期もあった。

「最近は瞑想ばっかりだね。頭がクリアになる」

留学からもどって会社の経営にたずさわるようになり、難しい判断を次々とせまられるうち、頭がパンクしてしまった。

そのときに出会ったのが禅だった。瞑想すると、頭の中に隙間なく埋まっていたノイズの欠片《かけら》が、ひとつずつ取り除かれるような実感があった。以来、禅の世界に傾倒し、どれだけ忙しくても瞑想の時間だけは毎日欠かさず確保するようにしている。

「家業を継ぐって大変そうだもんな」

リュウの声は、同情だけでなく、かすかにうらやむような響きもふくんでいた。

「楽しいよ」

華僑《かきょう》の血を引く父は、さまざまなビジネスをグローバルに展開している、シンガポールでも屈指のＷＳＤグループを一代で築き上げた。グループはいずれ一人息子である自分に譲るつもりだと幼少の頃から言い渡されているが、いまだ父はグループのトップに君臨しつづけ、その席を誰かに譲る様子はまったく見せない。父に認めてもらうためには、まかされているグループ傘下のリゾート開発企業で結果を残さなければならなかった。

「ケビンは次、どこにホテル造ろうとしてるの？　東南アジアとかの新興国？」

「そこらへんも魅力的なんだけど、いまは日本が気になってる」

禅を学ぶうち、いままであまり注目していなかった日本の文化や風土に少しずつ惹かれるようになっていた。

途中、部下からの電話があり、手短に指示を出し終えて席にもどってくると、リュウが隣のテーブルに座っていた日本人らしき六十代くらいの紳士と言葉をかわしていた。右手の小指にはめられた二連のリングをまわしている長身の紳士は、セレブのような装いをしていて、いかにもブルジョアな感じがする。談笑していることがわかるだけで、日本語のために会話の内容まではわからなかった。

　さきほどまで席にいた紳士の連れも日本人のようだった。なにかスポーツでもしているのか、がっちりした体格で、親子ほど歳が離れていた。トイレの方から連れがもどってきたのに気づくと、紳士はリュウに挨拶をして去っていった。

「知り合い？」

「いや、いま知り合った。こっちに滞在しているみたい」

　リュウはいくぶん困惑したように肩をすくめた。

＊

　しばし停車していた新横浜駅を過ぎると、灰色のビルばかりだった車窓に郊外の住宅街が流れはじめた。まだ自然が残る丘陵の斜面をおおうように、おびただしい民家が肩を寄せ合っている。数えるほどしか乗客の見当たらない新幹線の車内で、サクラは辰の捜査ノートに目を落としていた。字面をなぞっているだけで少しも内容が頭に入ってこない。顔をあげた。

　絶え間なく横切りつづける線路脇の架線柱が残像と化し、そのむこうに見える巨大ネットに囲まれたゴルフ練習場がゆっくりと回転しながら遠ざかっていく。

　静岡刑務所への二度目となる訪問だった。

　辰が言っていた辻本の〝隠しごと〟を聞き出すには、どうしたらいいか。前回のようにまたなにも引き出せなかったらと思うと憂鬱だった。

　何度も検証した辰の捜査ノートには、辻本の〝隠しごと〟について特に具体的な記述はみとめられなかった。OBの勘にたよることには捜査員の間でも慎重な意見が出たものの、結局、藤森班長の一言で辻本との再面会が決まった。

気を取り直し、ふたたび捜査ノートに意識をそそぐ。

辰からあずかった全七冊におよぶノートは、主に辰が退職後に独自に調べた記録と、それに対する見解や考察とで構成されている。いつどこに行き、誰からどのような話を聞いたか。なにが見つかり、見つからなかったのか。なにを思い、感じたのか。几帳面な文字で、地図や図解をはさみながら簡潔につづられている。日付を見ると、ほぼ毎週どこかへ足をはこび、ときにそれは遠方にまでおよぶ。筆致は淡々としているが、かえってハリソン山中に対する積年の執念がノートから匂い立ってくるようだった。

ページをめくり、見開きの右側のページに視線を移すと、そこには辻本から手紙がとどいたことと、それに関する辰の覚書が記されていた。

すぐ後方のドアが開く音がする。車内販売のワゴンを押す係員の女性が、ひかえめな声で商品を案内しながらかたわらを過ぎていく。

ノートの一箇所に目がとまった。辻本からの手紙について辰が言及している部分の末尾だった。


〝まだ諦めていない〟

前にも目を通していたものの、ハリソン山中の身柄確保にむけた辰の意気込みとばかり思い込んでいた。あらためて前後を読み返してみると、なにか違和感をおぼえる。そのような個人的な感情をいたずらに吐露している記述はほかに見当たらないし、文脈的にも不自然だった。

諦めていないのは辰ではなく、辻本の方なのかもしれない。だとしたら、やはり地面師に未練を残しているのか。ただ、それでは事件を反省しているという辰の見解と矛盾してしまう……。

テーブルに置いていた携帯電話が振動していることに気づく。着信を告げるディスプレイには、辰の名前が表示されていた。

すでに退院しているはずで、さっそく新しい情報でもつかんだのかもしれない。ちょうどいま気になったノートの疑問点をたしかめるいい機会だった。

デッキに移動して電話に出ると、案に相違して端末の受話口から女性の声が流れてきた。

サクラは相手の話に聞き入りながら、窓のそなえつけられたドアに歩み寄り、身をもたせた。

新幹線が民家の点在する山間《やまあい》を走り抜けていく。

トンネルに進入し、気圧差で動いたドアが鈍い音を立てる。あざやかな緑の風景をとらえていた窓が闇に染まった。

端末を耳に当てたままその場に立ち尽くし、窓にうっすら映る自分の顔をじっと見つめていた。

「またですか」

特別面会室にあらわれるなり、作業着姿の辻本拓海が呆れたようにサクラに不躾《ぶしつけ》な視線をむけてきた。

「もうなにも話すことはないですよ」

椅子には腰掛けたものの、にべもない。それでも、引き下がるつもりはなかった。

「我々のOBに服部《はっとり》辰という元刑事がおりますが、辻本さんもご存じかと思います」

たのみますね、と見送ってくれた辰の顔が脳裏をよぎっていく。

「その服部が言っていたことなんですが、辻本さんは、なにか私達に隠していることがあるんじゃないかと」

注意深く辻本の表情の変化を観察した。見るかぎり、動揺している感じはしない。

「そんなのは、ありませんよ。服部さんには、私が知っていることは漏れなくつたえています。刑事さんが気にされている、ハリソン山中のこともふくめて」

よどみなく答える辻本の声に、誠実な響きがこもって聞こえる。嘘をついているようには思えなかった。

「服部さんを信頼してますから。私の命の恩人でもありますし」

辻本がハリソン山中に銃撃された際、直前に辻本から連絡をうけ、まっさきに現場に駆けつけたのが辰だったという。

「まだ先の話ですけど、ここを出たら、あらためてお礼にうかがいたいと思っています」

それまで感情のとぼしかった辻本の目に、おだやかな光が浮かんでいる。

サクラの心に、逡巡する気持ちがこみあげていた。

「それは難しいと思います」

ためらいがちに告げると、ほんの数瞬、辻本の顔が怒気に染まった、ように見えた。

「昨日、服部は急死しました」

ここに来る途中の新幹線で、気丈にその訃報を知らせてくれたのは辰の妻だった。

病院で面会したあと、辰は順調な快復をみせ、退院後も少しずつ日常を取り戻しながらハリソン山中の捜査協力に意欲をみなぎらせていたという。ところが、特に問題視されていなかった心臓が突然異常をきたし、救護の甲斐なく逝ってしまったらしい。生前、辰はサクラの見舞いをひどく喜び、捜査の進展に大きな期待を寄せていたと辰の妻は話していた。

テーブルのむこうで、辻本が放心したように宙の一点に視線をすえている。仲間だったハリソン山中に家族をうばわれた辻本にとって唯一、胸中を打ち明けられる相手のはずだった。

「ご存じかと思いますが、服部は、在職中はもちろん、退職後もハリソン山中の検挙にこだわっていました」

サクラは、慎重に言葉をえらび、

「ハリソン山中が現在も指名手配中で、それが仕事だからと言われてしまえばそれまでですが、服部なりに特別な思い入れがあったのは揺るがしようのない事実です」

と、トートバッグの中から七冊のノートを取り出してテーブルの上に積んだ。

「これは、服部が生前、捜査記録をつけていたノートです。この中で、服部は覚書としてこう述べています」

付箋《ふせん》を貼っていた一冊をひろげ、暗記してしまうほど何度も目を通した箇所を読み上げていく。

もっとも印象に残った言葉のひとつだった。

「ハリソン山中を一刻も早く見つけ出さなければならない。ハリソン山中が法のもとで然《しか》るべき裁きをうけないかぎり、あらたな悲劇を生むのみならず、拓海は永遠に更生の機会をうしなうことになる。それでは拓海が不幸だし、亡くなった拓海の家族も到底うかばれない」

見ると、宙の一点を黙って見つめていた辻本の頰が、なにかを必死にこらえるように激しく痙《けい》攣《れん》していた。

資料を通じて頭に刷り込んだ辻本の過去が、断片的によみがえってくる。

「我々も、服部と同じ思いです。まだなにか話していないことがあるのでしたら、教えていただけないでしょうか」

祈るような気持ちで言った。

室内に沈黙が流れる。

しばらくして、辻本が口をひらいた。

「……言えません」

言えないというのは、〝隠しごと〟があるのと同義にちがいなかった。

「なぜですか」

たずねた途端、頭の片隅で詰まっていたところがすっと抜けるような、快い感覚がおとずれた。

散り散りだった疑問が収斂《しゅうれん》されていく。

「辻本さんは、ご自身でハリソン山中と決着をつけようとしているんじゃないですか」

だから〝隠しごと〟があり、だから警察にもその〝隠しごと〟を伏せていた。辰はそれを察し、一度は失敗に終わったハリソン山中に対する報復を、辻本が〝まだ諦めていない〟とノートに記したのではないか。

「いけないですか」

「いけないって……」

覚悟を決めた人間に、法や道徳が通じるとは思えなかった。

「わからないでしょうよ。こっちの気持ちなんて」

辻本が語気を強めた。平静だった表情に険しさがうかびあがっている。

「地獄を見たこともないくせに、なにがわかるって言うんですか」

すごむ相手を見つめたまま、サクラは黙っていた。

「え、言ってみろよ」

激した声が室内にひびきわたった。

そばにひかえていた付き添いの若い刑務官が、いまにも立ち上がりそうな辻本を制止しようと足を踏み出している。

心配いらないと刑務官にうなずいてみせると、辻本に顔をもどした。こちらをにらみつけるその目が悲嘆の色に染まっている。

「気持ちなんて、誰にもわかりようがないですよ」

本心だった。

「けど、辻本さんがハリソン山中に報復したとしても、天国のご家族が喜ばないことだけは私でもわかるような気がします」

感傷的な気分は少しもないのに、熱いものが目ににじみ出そうになる。

「そんなことしても、悲しむだけじゃないですか」

無言の辻本が視線をそらし、考え込むように壁の方を見つめている。歯を食いしばりながら数度その横顔を激しくゆがめると、しだいに険しさがうすれていった。

室内が静まり返っていた。いつかやってきたらしい驟雨《しゅうう》の、地面をたたく音が聞こえてくる。

「我々にまかせていただけませんか」

自然と語りかけるような口調になっていた。

刑務官がいぶかしむほど壁の方を凝視していた相手が、観念したように首をもどした。

「必ず……あいつをつかまえてくれますか」

サクラは力強くうなずいた。体の芯が熱くなり、少しずつ末端へひろがっていく。

「……ール……」

独り言をつぶやいているようで、聞き取れない。

「すみません、もう一度いいですか」

辻本の目に挑発するような微笑の光がひらめき、すぐに消える。

「シンガポール……そこが拠点です」

三

耳をつんざくような爆発音とともに、おびただしい銃弾が乱れ飛んでいく。

血まみれになった主人公がなにごとか叫びながらスローモーションで頽《くずお》れると、数秒の静寂をはさんで暗転し、エンドロールが流れはじめた。

稲田は、作品世界に終始ただよう退廃感と孤高な主人公の存在に共感をおぼえつつ、手元のコントローラーを操作した。前方のシートにはめ込まれた液晶画面が切り替わり、フライトマップが表示される。現在地をしめすアニメーションの飛行機は、台湾《たいわん》上空付近を飛んでいた。経由地の東京、羽田《はねだ》空港までもう少しらしい。

先月、トライアウトのために羽田を出発したときは、ほとんど自暴自棄だった。クラブを追放された精神的ダメージにくわえ、借金返済の催促がますます余裕をうしなわせていた。格安航空の窮屈なシートに体をうずめながら、もう日本へもどらなくてもいいと開き直ってさえいた。実際、バカラで負けて無一文になり、本気でもどれないと一時は観念もした。それがいま、ハリソン山中から振り込まれた手付金で借金を完済し、ビジネスクラスのゆったりとしたシートでの帰国が叶っている。不安はない。あるのは、勝敗のかかったペナルティキックのホイッスルを待っているような、かすかな胸の高鳴りだけだった。

半個室状の隣の座席を見れば、宏彰が若い客室乗務員の女性と談笑している。稲田はイヤホンを外し、耳をそばだてた。

「しばらく日本にいるんで、よかったら連絡ください。うまいもの食いに行きましょう。パーサーには内緒ね」

しきりに容姿を褒めそやしながら、宏彰が客室乗務員に名刺をわたしている。

「宏彰さん、俺も一枚もらっていい？」

白地の名刺を受け取って見ると、それらしい偽名と社名に代表取締役の肩書、シンガポールの住所、携帯電話などの連絡先が日本語と英語で記されている。奇妙なのは、名刺の一辺に切れ込みがあり、袋状になっている点だった。

「なんで、こうなってんの？」

細工がほどこされた切れ込みの部分をしめす。

「名刺なんて渡されて喜ぶの、就活中の学生くらいでしょ。こんな中年のオッサンなんか、普通は相手にされないじゃん？」

「オッサンには見えないけどな」

細い体にフィットしたネイビーのジャケット姿は若々しい。それに感化され、いま身につけている自分のスーツも、シンガポールのオーチャードロードにある宏彰のなじみの店で仕立ててもらった。

「ところが、こん中に万札を何枚か仕込んどくと、ドラえもんのポケットみたいにミラクルが起きる」

「なるほど」

露骨な力技に笑ってしまった。

「でもさ、さっきの娘《こ》にしたって、若い客室乗務員《CA》ってだけで、いろんな客からちょっかい出されまくってるわけよ」

宏彰の話しぶりに興が乗ってくる。

「少ない給料で面倒臭い客をいなし、先輩のいびりに耐え、大森町《おおもりまち》のワンルームアパートに帰っても、合コン用のファッション代を捻出するために、深夜のコンビニで買った春雨スープで空腹をしのがなきゃなんない。そんなときにさ、機上の客からもらった名刺に乗務手当何回分かの万札が入ってるのに気づいたら、ヌレヌレになって、感謝のメッセージのひとつも送りたくなるのが人情ってもんじゃない」

宏彰はしたり顔で、

「やっぱり金なのよ。この世はどこまでも」

と、シャンパングラスをかたむけた。

「あっちにいるパーサーにしたって同じだよ」

機内前方に顔をむけた宏彰の視線を目でたどると、責任者と思しき五十がらみの女性客室乗務員がドリンクを提供している。

「同じって？」

「待遇なんて昔と比較にならないぐらい悪くなってるのに、旦那と共同名義の家のローンは返さなきゃなんないわ、子供の学費やら塾代やら習いごとの月謝なんかも稼がなきゃなんない。そのくせ、バブルのときにさんざんいい思いしたから、その頃の感覚がどうしたって抜け切らない」

独特の軽快なリズムで、さも当人から聞いてきたかのような宏彰の語り口は、聞いているぶんには楽しかった。

「リッチな服着て、リッチなレストラン行って、リッチなホテルで旦那以外の男とセックスしたいって思ってるよ」

「そんな単純かな」

つい混ぜっ返したくなる。

「単純だって。なんともない顔してるけど、みんな、なにかしら不満もってるから」

そこまで聞いて、一人の男の顔が頭に浮かんだ。

「それって、ハリソンも？」

いつも取り澄ましていて、感情を表に出さないハリソン山中に、人並みの不満などないように思える。

「まだ苫小牧のプロジェクトを成功させてないって意味じゃ、みたされてないでしょ」

宏彰が微笑しながら言った。

「宏彰さんは、どれくらいの確率で成功するって考えてる？」

相手は考え込むように髪をかきあげた。

「希望的観測をこめて、五分五分」

意外にも、厳しい数字が返ってくる。すでに成功報酬を得た気になっていたから、気に入らなかった。

「でも、いままでうまくいってきたんでしょ？」

石洋ハウス事件以降にハリソン山中と手を組んだ宏彰は、いくつかのプロジェクトにたずさわってきたらしい。

「今回はケタが二つもちがうし、大掛かりな仕掛けになるから、同じようにはいかないいんじゃないの？　まだターゲットの客だって見つかってないし」

不動産業界に長く身を置き、地面師として多少とも場数を踏んでいるだけに、無視はできない。石洋ハウスのプロジェクトのときも、宏彰より豊富に経験を積んだ地面師が何人も束になって挑んだ結果、金は騙し取れたが、ハリソン山中以外のメンバーは全員逮捕されていた。

「ま、大丈夫でしょ」

稲田は楽観的に言った。

どれだけ今回のプロジェクトが困難だろうと、流れだけ見れば悪くない。ハリソン山中が手掛けた石洋ハウス以降のプロジェクトは、ここまですべて勝っている。バカラで言えば、ツラ目がつづいている状態だった。大きな流れはいったん勢いに乗ると、そう簡単には崩れない。ハリソン山中の尻馬に乗ってさえいれば、次も勝つにちがいなかった。

いつのまにか日が没し、機内は減灯されていた。各シートの液晶画面や天井のあわい間接照明が暗闇に浮かびあがっている。

「変なこと訊くようだけど、もうサッカーはやんないの？」

宏彰がチーズをかじりながら、こちらに目をむけている。

「やんないね」

必ずしも強がりだけで言ったわけではなかった。もうサッカーに未練はない。二十代なかばを過ぎて東南アジアの弱小チームに活躍の場を求めなければならなかった実力を考えれば、たとえ所属先が見つかったとしても納得するような条件は提示されないし、大した活躍ものぞめない。どうせじり貧になる未来が見えているなら、早いところ見切ってしまった方がいい。

「今度の苫小牧で金が入ったら、稲ちゃんなんに使うつもり？」

「さあ。とりあえず、マリーナベイ・サンズで盛大にリベンジマッチでもするかな」

なにげなく言ったつもりだったが、案外に悪いアイデアではないような気がする。今回は、カジノでの大敗からすべて出発している。カジノに敗れてはじまり、カジノに勝って終わる。下らないが、その物語にはなにか惹かれるものがあった。

前回は平場で泣かされた。次はＶＩＰルームでカジノ側を泣かせればいい。マリーナベイ・サンズがブラックリストに載っていて入れないなら、フィリピンでもマカオでもラスベガスでも行けばいい。

「さすが稲ちゃん。勝負師だね。ハリソンが気に入っただけのことはある」

「宏彰さんは？」

「訊いちゃう？」

もったいぶるようにしたり顔を浮かべる。

「シンガポールに出稼ぎにきてたモデルやってるラオス人の姉ちゃんがいるんだけど、これが本当に最高の奴なの。ちょっと生意気なんだけど、根は純朴で。親戚が軍部のお偉いさんで顔が広いから、そのツテ使って、彼女にラオス一の店をもたせようと思ってさ――」

聞いているうち、笑い出しそうになってしまう。

「宏彰さん、それ信じてるの？」

「え？」

「騙されてるよ」

案外にロマンチストなところがあるらしい。

「騙されてねえって。俺の最後の女なんだから」

むきになって反論するところが、ますますおかしかった。

ラオス人の女を信用すべきか二人でひとしきり意見を出し合ったあと、ふと思い出したように宏彰がつぶやいた。

「なんにせよ、成功させないとな」

妙に実感がこもっている。セキヨウのプロジェクトでハリソン山中以外のメンバーが全員逮捕されたことを思い出した。

宏彰は残ったシャンパンを呑み干すと、安堵したようにリクライニングに背をあずけて目をつむった。

稲田も目を閉じてみたが、少しも眠れる気がしない。長時間のフライトで体は疲れているはずなのに、むしろ目はさえていた。

イヤホンを装着し、ふだん聴きもしないジャズを流してみると、しっとりとしたピアノの旋律がざわついた頭をなだめてくれる。羽田に到着するまでのあいだ、少しずつ東京へにじりよっていくフライトマップ上の飛行機を見るともなく見つめていた。

*

毎朝の日課にしているグリーンティーを飲み干すと、ケビンはリビングに隣接した部屋の格子戸を引いた。足を踏み入れた途端、イグサと檜《ひのき》の香りが鼻腔にひろがり、起き抜けの頭が冴えわたってくる。

先月、改装工事を終えたばかりだった。

カーキ色の土壁がかこむ室内は、床に敷かれた畳が淡いヒスイ色の幾何学模様を織りなし、細い竹が天井に隙間なくつらなっている。朝陽《あさひ》をやわらげる障子の和紙が、窓外にひろがる敷地内のプールや椰子《やし》の木を隠しつつ、束の間、ここがシンガポールであることを忘れさせてくれていた。

もともとは自宅コンドミニアムで遊んでいた、なんでもないベッドルームのひとつだった。それを、使用する建材のほとんどすべてを日本から取り寄せ、京都の工務店に依頼して日本の茶室風に改装してもらった。周囲の一部からは金の無駄遣いだとか、だからいつまでも結婚できないんだとか、さんざん揶揄《やゆ》されもしたが、結局は自分の判断に誤りはなかったと思う。

ケビンは畳に腰をおろすと、右足首をもって左の腿《もも》にのせ、ついで左足首をかかえ込むようにして右の腿にのせた。

頭頂部から糸で吊り上げられているように顎を引き、背筋をのばす。その姿勢をたもとうとすると、腹筋と背筋が緊張していくぶん辛《つら》い。いかに日頃の姿勢が悪いかに気づかされる。

右手の上に左手をのせ、親指の先端をそっとつけて楕円状の輪をつくった。

姿勢の維持で体は苦しいが、我慢しているうち宇宙とひとつに溶け合うように心に平穏がおとずれてくる……正面に掲げられた床間《とこのま》の掛け軸が目に入った。高名な書家にたのみ、揮毫《きごう》してもらったものだった。

〝不一不二《ふいつふじ》〟

禅の書物で知った言葉だった。さまざまな解釈が散見されるが、つまるところ二元論をいましめる意味だという。ＡかＢかではなく、ＡでありＢでもある。ＡかＢかではなく、ＡでもなくＢでもない。

美しい世界のとらえ方だと思う。西洋と東洋、人類とテクノロジー、人間と自然、個人と社会、自己と他者、男と女、貧と富、過去と未来、今と昔、生と死、善と悪、光と闇、有と無、陰と陽、左と右、上と下、前と後、内と外、静と動……二元論はいつだって対立を生み、対立はしばしば本質を見失わせる。

体か心かではない。体でもあり、心でもある。同時に体でもなければ、心でもない。いまここにあるという無常の状態、それこそが人間のありのままの姿にちがいない。

ケビンは目をつむった。

深々と鼻から空気を吸い込み、ゆっくりとまた鼻から吐き出していく。呼吸に意識をそそぎ、心が空《くう》になるようつとめる。

とりとめもない雑念が絶え間なく心に侵入してきては、知らぬうちに去っていく。

……先週末に再会したリュウは、あからさまに失調していた。心と体のバランスが、心でも体でもないリュウという生命体のバランスがくずれていた。帰り際に座禅をすすめてみたものの、面白そうだなと口で言うだけで、気乗りしない様子だった。こちらの真意がうまくつたわらなかったのか、つたえ方が悪かったのか。今度この部屋に呼んだ方がいいと思いつつ、それこそ、いいも悪いもないような気がする……。

なおいっそう呼吸に意識をあつめた。心に垂れこめる雑念を無理に追いやろうとはせず、自然と消え去るのを待つ。

……今日の午前中は、社内の重要なミーティングがひかえており、午後は、WSDグループの会長である父との面談が予定されていた。またいつもの説教だろう。父からリゾート開発会社の社長をまかされてからというもの、ことごとく意見が食い違っている。父のやり方はよく言えば、堅実でコスト意識が高く、悪く言えば、創造性にとぼしく、つまらない。会社を未来永劫発展させていくには、そうした時代遅れのやり方をあらため、時代に見合ったやり方に転換していく必要があった……。

いつしか時間の概念が消失し、心の深部で揺れていたものが限りなく静止するような感覚につつまれつつある。ケビンは身を投げ出すように数度礼拝《らいはい》し、瞑想を終えた。

午後、WSDグループのヘッドオフィスを訪れると、高層階に位置する会長室のソファで父とむかいあった。

「ダメだ、これ」

手にしていた書類の束をローテーブルの上に放り投げた父が、ソファの背に体をあずける。

ケビンは、体を硬くした。

テーブルの方を見なくとも、書類がなにかすぐにわかった。自分が主導してすすめていた新規プロジェクトの企画書以外に考えられない。社内に社長直下の特別チームをつくり、自分のアイデアをあますところなくそそぎ込んで練りあげたものだった。

「説明させてください」

冷静をよそおいつつも、腹筋に力をこめ、体の内側で際限なく充満してくる憤りをこらえていた。

幼い頃から父は自分に厳しく接してきた。会社をまかされるようになってからというもの、特にその傾向が強くなっていると感じる。それがなにか帝王学の一環や、一人息子である自分への愛情表現の裏返しならまだしも、そうした意図はどこにも感じられない。むしろそれを免罪符にし、自身の考えを押しつけることを目的にしている気がしてならなかった。自身が絶対的に正しく、それにしたがわない者は一切許さない。自身が正しいことを他人に認めさせたいだけの、こちらのことを少しも理解しようとしない傲慢な態度は、たとえ血がつながった肉親であろうと耐えがたいものがあった。

「茶室なんて買ってどうする気だ?」

身を起こした父が前屈《まえかが》みになり、こちらに険しい目をすえる。

「我が社の発展を考えれば、自然な選択です」

京都の嵐山《あらしやま》にある、八万六千平方フィートの日本庭園を有する茶室がひそかに買い手を探しているという話がもたらされたのは、いつだったか。その話を聞いたとき、ひらめくものがあった。歴史深い茶室と庭園を、小規模ながら直営の超高級ホテルに生まれ変わらせ、そこで独創的かつ最高のホスピタリティとサービスを提供する。コスト重視で、運営もブランドも他社まかせの既存の路線と差別化できると思った。ホテルが評判をよび、世界中のセレブリティが訪れるようになれば、WSDグループも名声が高まり、今後ビジネスの幅はますますひろがっていく。

「芸者のショーが見られるバーを併設するって、なんだこれ」

父が、テーブルに置かれた企画書に侮蔑的な視線を投げる。

「芸者はどうするんだ」

苦笑まじりの声だった。

「どこかと提携します」

あとでいかようにもできる実務的な細部ではなく、とにかく企画の本質を見てほしかった。このプロジェクトがもつ潜在的な可能性やビジョンについて意見を交わしたかった。最初に小石や砂を目一杯バケツに入れてしまったら、あとから大きな石を入れようと思ってもそれはむずかしい。まずはなるべく大きな石を入れるべきで、細かなものはその隙間に流し込んでしまえばいい。

「運営はどうする」

「その点もこれからです。しかし、とにかく物件をおさえてしまわないと――」

父が、投げやりに片手をあげて発言をさえぎった。

「スタンフォードでなにやってた」

言葉につまった。

父もきっと知らないだろう経営理論を数多く学んできたし、古今東西のケーススタディについて著名な教授や優秀な仲間たちと議論をかさねもした。が、いまそれを言ったところで、むげに否定されるのは見えていた。

「いいか、これはビジネスなんだ。遊びじゃないんだよ」

屈辱的だった。社長をまかされて以来、会社の利益のために、会社の発展と未来を考え、行動してきた。

「お前じゃ無理だ。もう下りろ」

断念したような顔つきで首を横に振っている。思いつきで発したというより、前から考えていたような言い方だった。

父はこれまでも、業績がふるわなかったり、自身の意に沿わなかったりした部下を容赦なく切り捨ててきた。その中には、創業期からの腹心もふくまれている。いくら一人息子といえど、父の性格からして自分だけを例外にするとは思えない。

「待ってください」

ここでしりぞいたら、金輪際《こんりんざい》、出世の道は途絶えてしまう。

「もう一度だけ、チャンスをいただけませんか」

声を振りしぼった。

父がソファに背をあずけ、億劫そうに首をまわす。

無言の時間が流れた。冬のヨセミテ国立公園で見た絶壁を思わせる峻厳《しゅんげん》な眼差しが、じっとこちらをとらえて微動だにしない。

＊

「おっ、苫小牧に入った」

前夜の顚末《てんまつ》を嬉しそうに話していた助手席の宏彰が、我に返ったようにフロントガラスを指差す。薄黄のコットンシャツの襟元が、開け放したドアウインドウから吹き込んでくる風ではためいていた。

稲田はステアリングをにぎりながら、道路脇に目をむけた。市内で盛んなアイスホッケーのイラストとともに〝苫小牧市〟と記された市境の看板が立っている。

「けっこう近かったね」

札幌《さっぽろ》のホテルに併設されたレンタカー屋を出発したのは、十時過ぎだった。道が空いていたせいか、下道《したみち》を使ったわりに一時間半もかかっていない。

「朝飯《あさめし》のあと、もうひと眠りしとけばよかったかな」

どこかまだ快楽の余韻にひたっているふうな宏彰が、あくびを嚙み殺す。

昨日は、深更に札幌のホテルにチェックインすると、シンガポールからの長旅の疲れも忘れて、歓楽街に二人で繰り出した。客引きに乗せられて入った二軒目のニュークラブで酒を呑んだものの、自分の隣についた無愛想な女と、そのあとに交代でやってきた、高級鮨の写真をひたすら見せびらかしてくる整形女に我慢がならず、途中で席を立ってしまった。くだらない女に調子をあわせるくらいなら、ホテルの部屋で一人缶ビールでも開けている方がましだった。

一方の宏彰は、その後も店で呑みつづけ、例の改造名刺の乱発が効いたのか、昼間は脱毛サロンに勤務しているという女と朝までホテルの部屋で楽しんでいたらしい。

「こんなところにカジノできるなんて現実感ないけど、アクセスいいから盛り上がりそうだな」

稲田は、束の間、右手のドアウインドウへ顔を振りむけた。片側二車線の道路のむこうには、ほとんど森と言いたくなるような林が延々とひろがっている。

少し前に、新千歳《しんちとせ》空港の脇を通り過ぎたばかりだった。中心部まで交通至便とされる羽田空港やシンガポールのチャンギ空港よりも、距離だけでいえば近いのかもしれない。市内にはターミナル駅があり、大型客船が寄港可能な港も整備されている。

「空港からカジノまで直通のモノレールつくるっていう計画もあるしね」

宏彰が、苫小牧市が公表したＩＲ計画書を形ばかりにめくる。

この日は、市が計画しているＩＲリゾート開発の事業予定地と、その周辺に点在するハリソン山中が狙う候補地《ターゲット》を視察する予定となっていた。二人とも、札幌はともかく、苫小牧にはまったく土地勘がない。資料等で予備知識を得ているとはいえ、プロジェクトを円滑にすすめるためにも、現地の感覚をやしなっておきたかった。

「でもさ、今度の道知事選で反対派が勝つかもしれないんでしょ？」

北海道の知事選挙が間近にひかえていた。選挙の争点のひとつに、苫小牧の植苗《うえなえ》地区におけるＩＲ誘致の是非がふくまれている。誘致賛成をかかげている現職が負ければ、計画の前提が崩れてしまう。

「どのニュース見ても、現職が勝つって言ってるからそこは心配いらないよ」

宏彰がスマートフォンに目を落としながらつづけた。

「もうちょっと行ったら道の駅だから、そこで少し休憩しよう」

なおも南進し、やがて視界の先にあらわれた道の駅に車を停めた。

駐車場に隣接した建物に入り、展示物や土産物屋を冷やかす。食堂で軽く昼食を済ませたあと、宏彰が、ＩＲ開発についてどう思っているか中年の女性店員にそれとなく意見をもとめた。

「それは、早くできてほしいですよ。カジノでもなんでも。このあたりは観光っていっても、このウトナイ湖とかノーザンホースパークとか、あとは樽前山《たるまえさん》くらいでしょ。カジノができたら、観光客の方がたくさん来てくれるじゃない」

住民の反対運動でＩＲ誘致の見直しをせまられた自治体もあるが、快活に話す女性店員の言葉を額面どおりに受け取るなら、ここではおおむね歓迎されているらしい。

建物を出て、敷地内の展望台にのぼる。

展望台の屋上からは、周囲九キロにもおよぶウトナイ湖が見晴らせた。時折、そよ風がわたり、青い空を映す茫々とした湖面に繊細な波紋をひろげている。緑にふちどられた遠くの水際で、野鳥の群れが羽を休めていた。

「稲ちゃん、カジノはあっちみたい」

宏彰が湖に背をむけながら、スマートフォンで地図をたしかめている。

教えられた方角を見ると、道路をはさんだむこうの平地に、樹海を思わせる林が果てしなくつづいていた。

「市の事業候補地は高速の反対側だから、もうちょっと先になるね」

宏彰が手にしている資料によれば、苫小牧市は札幌や新千歳空港に接続する高速道路にあらたなインターチェンジをもうけ、その出口に五十ヘクタール規模のカジノリゾートを開発する計画を立てている。共同開発する民間事業者としては全米トップのカジノグループが有力視されており、五千億円の資金を投じて、カジノのみならず、大型ホテル、国際会議場、ショッピングモール、ライブ会場などの娯楽施設の開発を構想しているという。

「ひろすぎて、よくわかんね」

稲田が緑の海を見つめたまま笑うと、宏彰が呆れたように唇をゆがめた。

「栄《さかえ》トラストなんて、千ヘクタールだからね。半端じゃないよ」

数年前に、国内の不動産ディベロッパーが、苫小牧のIR計画に乗じる形で市の候補地に隣接した千ヘクタール、およそ三百万坪の用地を取得している。そのうちの数パーセントに、自然環境に配慮した高級リゾート施設を開発する計画を発表していた。こうした大手企業の動きは、ハリソン山中がえがいた絵を実行に移すにあたって追い風になるらしい。

「あそこまでいって、ドローン飛ばしてみよっか」

宏彰につづいて駐車場にもどり、候補地の方に車を走らせた。

国道から脇に入ると、アスファルトの路面が林の中をひたすらまっすぐのびている。民家や建物はおろか、信号機ひとつない。車の往来は皆無で、道の両脇には、陽光の差し込んだ緑鮮やかな木立の壁が延々とせまっていた。

「軽井沢《かるいざわ》みたいじゃん」

アクセルを踏みつづけているうち、名前も思い出せない女と徹夜で軽井沢まで車を走らせた遠い情景が目に浮かんだ。

「ここらへんで飛ばそう」

所有者情報が付記された紙の住宅地図と、現在地が表示されたスマートフォンの地図を交互にながめていた宏彰が言った。

道路脇に車を停め、稲田はドローンを道端に置いた。本体と同期した送信機のスティックを親指で操作すると、にぶいモーター音とともに四枚のプロペラが回転し、垂直に浮上した。たちまち周囲の樹木を越え、高々と青空に吸い込まれていった。

宏彰の助言をうけつつ、近くを走る高速道路やゴルフ場といった人工物を目印に、プロジェクトの舞台となる候補地の現況を上空からドローンのカメラで記録していく。映像は、シンガポールにいるハリソン山中にも共有される。

「稲ちゃん、それくらいにしてそろそろいこっか。会食に間に合わなくなるから、早めにホテルにもどろ」

「すすきのに七時だっけ？」

ドローンを帰還させ、撮影した映像に不備がないかモニターで確認していたときだった。車が近づいてくる音がし、そのまま通り過ぎるかと思ったら、すぐそばで停止した。

「こんにちは」

声の方に顔をむけると、二人の警察官が車から降り、近づいてくるのが見えた。

「ここでなにされてるんですか」

太った方が宏彰に話しかけている。

「ちょっと観光で」

その声は、怯えをふくんで上ずっていた。いまのところ捜査機関が宏彰を追っているという情報は入っていないというが、ハリソン山中のもとで詐欺をかさねてきた事実が消えたわけではない。

「どちらからですか」

もう一人の若い方が、稲田たちの乗ってきたレンタカーのナンバープレートに目をやっていた。

「東京です」

稲田はとっさに立ち上がった。

「動画撮ってたんですよ。観光系ユーチューバーはじめたんで」

警察官の表情から険しさが消え、少しだけ場の空気がなごんだ感じがした。

「最近、ここらへん通報多いんですよ。地上げがらみの不法侵入とかで」

稲田は心臓が高鳴るのを自覚しながら、平静をよそおっていた。

「念のため、免許証いいですか」

若い方が宏彰に歩み寄っている。

万が一の検挙をおそれ、宏彰は、大使館勤務の川久保に他人名義の「帰国のための渡航書」をひそかに発行してもらって今回帰国している。ほかに身分証はもっていないはずだった。

「運転は俺がしてます」

稲田は、財布から免許証を抜き出した。

自分の名前をインターネットで検索すれば、裏カジノでサッカーチームを解雇された記事など簡単にたどりつけてしまう。そうなったら、不審に思うにちがいなかった。

若い方が、メモ帳に免許証の氏名や住所を書き写している。

稲田はその様子をじっと見つめていた。口の中がかわき、嫌な汗が背中を濡らす。太った警察官がこちらに背をむけながら、無線機でなにごとか交信していた。

「ご協力ありがとうございました」

免許証を返してくる相手の態度に、こちらを疑っているようなところはなかった。

警察官が車にもどっていく。

太った方が車のドアに手をかけようとして、なにかに気づいたかのように振り返った。こちらを何度も見ながら、ふたたび無線機を口元に当てている。

稲田は、自分の顔がこわばるのがわかった。宏彰もかたまっている。

交信を終えた警察官が、こちらにやってくる。

「このあたり熊の目撃情報多いんで、気をつけてくださいね」

拍子抜けしてうなずくと、エンジン音がし、警察車両が去っていった。

すでに藍《あい》色の闇があたりをつつみ、店々から漏れる暖色の明かりや街灯の青白い光が暗い路上を照らしている。

先方に指定された店は、すすきのの交差点からほど近い雑居ビルの最上階にあるステーキハウスだった。

宏彰につづいて稲田もエレベーターに乗り込み、後ろ手で手すりにもたれかかる。

「菅原《すがわら》って人は何者なの？」

ハリソン山中からは、プロジェクトの支援者ということだけしか聞かされていない。年齢や性別すらわからなかった。

「さぁ。ハリソンの知り合いってぐらいだから、それなりにいい女なんじゃないの？」

宏彰が、階数を告げる頭上のインジケーターを見つめながら軽口をたたいていた。

目的の階で停止し、ゆっくりとドアがひらく。手すりから体をはなし、エレベーターを降りると、先に降りた宏彰がエレベーターホールで立ち止まった。

ブラックスーツを着たスキンヘッドの大男がこちらを見下ろすように立っていた。上背だけ見れば、百八十二センチの自分より少し高いくらいだが、体の線は太く、筋肉質で分厚い。頭の大きさは宏彰のほぼ倍で、体重も百二、三十キロはありそうだった。

「ハリソン山中さんのご友人でいらっしゃいますね。菅原が中でお待ちしています」

スキンヘッドが表情ひとつ変えず述べ、

「失礼ですが、念のため危険物がないか調べさせていただきます」

と、宏彰に歩み寄り、慣れた手つきでボディチェックをはじめた。突然のことに二人とも呆気にとられ、抗議のタイミングさえうしなってしまった。

宏彰から危険物が出てくるはずもなく、すぐに稲田の番がまわってきた。

スキンヘッドの太い指が、肩や腕まわりをなでていく。

「なんもねえよ」

歓迎からはほど遠い対応に、苛立ちをおさえきれなかった。

「菅原から言われてますので」

スキンヘッドに少しも動じるところはない。かがみこみ、ジャケットのポケットや腰回りに手を当てていく。角ばった相手の頭から突き出た耳は、両方ともカリフラワーのように歪《いびつ》に盛り上がっている。柔道か総合格闘技の経験者らしかった。

スキンヘッドの大きな手がせわしなく稲田の太ももをはさみ、足首にむかっておりてくる。

「なんもねえって」

顔面に思い切り膝蹴りを入れたい衝動をおさえて言ったものの、

「もう終わります」

と、相手は意に介さなかった。

ボディチェックが済み、エレベーターホールの隅で待機していた女性店員に先導されながら店内に入る。廊下は間接照明で足元が照らされ、天井が高い。個室で占められているようで、黒い壁と連続する扉のむこうからかすかに話し声が聞こえていた。

最奥の扉を女性店員がノックし、稲田は、宏彰につづいて部屋の中に足を踏み入れた。

内部は十畳ほどの個室で、中央のテーブルにカトラリーがセッティングされ、スポットライトが落ちている。

テーブルの椅子に、六十前後の男が腰掛けていた。菅原のようだった。

紺のスーツに白いシャツをのぞかせ、ネクタイはしていない。白いものが目立つ髪をゆるやかなリーゼントスタイルにまとめ、茶色がかった緑の瞳をこちらにむけていた。

無言の菅原が、むかいの席に座れと小さく顎をしゃくる。

椅子に腰掛けると、料理と酒がはこばれてきた。前菜のシマエビやタラバガニのカクテルが店員の手でとりわけられ、各自のグラスに白ワインがそそがれる。

「ここんところ、物騒でな」

菅原が乾杯もせずにフォークとナイフを動かし、独り言のようにつぶやいている。スキンヘッドのボディチェックの理由を弁明しているつもりらしい。

「食えよ」

菅原にうながされ、宏彰がかたい表情でうなずく。一方的に相手のペースですすむ居心地の悪さを自覚しつつ、稲田もワイングラスに手をのばした。

「どうして、あいつがいまだに殺されずに、シンガポールなんかでコソコソできるかわかるか」

菅原が、手元の皿に視線を固定したままナイフを動かしている。ハリソン山中のことを言っているらしかった。

「いえ……」

宏彰が返事をすると、菅原はフォークとナイフを皿の上に置き、親指を自身の顔にむけた。

「さんざん人の世話になっといて、ぜんぶ忘れてどっかに消える。本当ならな、三回は殺されてる」

菅原が淡々とした語り口でつづける。

「今度だってそうだろ。過去の一切合切をなかったことにして、手を貸してくれと泣きついてきた。それなのに、当の本人は南国の安全地帯に引きこもって、どこの馬の骨かもわからない子分を二人よこしてきた」

菅原はボタンエビにフォークを突き立てると、執拗にソースにからめて口にはこんだ。

「大きな仕事《ヤマ》を誰かとやるってことは、そいつに命をあずけるってことだ。金の問題じゃない」

そこで言葉を切ると、おもむろに皿から顔をあげた。

「どうやってあんたら信用したらいい？」

視界の端で、宏彰が助けを求めるような目をこちらにむけている。

話し声が絶え、室内に気詰まりな空気が流れていた。店員が個室に入ってきて、切り分けられたステーキを各自の皿に取り分けていく。

「あれ持ってきて」

菅原が店員に告げると、透明な液体の詰まった未開封のボトルとグラスが三つはこばれてきた。酒らしい。菅原はボトルを開けてグラスに酒をみたすと、こちらに手渡してきた。ショットグラス何杯分か。かなりの量がある。

「信頼の証《あかし》。三人で空けようか」

稲田はグラスを手にとり、そっと鼻先に近づけてみた。刺激臭にも近い強烈な香りが鼻腔に差し込んでくる。ウォッカか、それに近い蒸留酒だった。少なくとも、アルコール度数は四十度をくだらない。

見ると、蒸留酒の苦手な宏彰が一口舐めて、むせ返っている。

「やめるか」

菅原の挑発が個室にひびく。

「別にこっちはやめたっていいんだ。金に困ってるわけじゃない。あんたらで勝手にやったらいい」

土地勘のない北海道では、自分たちだけではなにもできない。隣を一瞥すると、顔を真っ赤にしたまますっかり戦意を喪失している。

「俺が二人分呑む。それなら文句ないだろ?」

稲田は相手が返事をする前にグラスを一息にあおり、つづけて宏彰の分も呑み干した。胸の内側が火傷したように痛くなり、鼻腔から熱気が吹き出してくる。

「……稲ちゃん」

宏彰が目を丸くして驚いている。

菅原は鼻で笑うと、ふたたび三つのグラスに酒をみたした。自身の分を平然と口の中に流し込んでいる。

今更、呑めないなどと言えるはずもなかった。稲田は一つ目のグラスを勢いをつけてあおり、立てつづけに二つ目もあおった。胃腸がポンプのように激しく収縮していた。頭がしびれ、全身の感覚がにぶくなっている。

「若いくせに、ガッツあるんだな」

菅原の感心した声が遠くの方で聞こえた。

「これもう一本」

皿を下げにきた店員にボトルの空き瓶を振っている。まだつづける気らしい。そう思うと、急に激しい嘔気《おうき》がこみあげてきた。

「すぐもどる」

稲田はトイレに駆け込み、何度もえずきながら胃の中のものを吐き出した。脂汗が額を濡らし、涙がにじんでくる。胃液しか出なくなっても、こみ上げてくるような胸の不快さがおさまらない。

洗面台で口をゆすぎ、冷たい水で顔を洗う。鏡を見ると、血の気の引いた男の顔が映り込んでいた。

「……上等だよ」

鏡の自分にむかってつぶやくと、ふらつきながら菅原の待つ個室へ足をむけた。

＊
「内田《うちだ》のほかにも、いくつか名前使ってるんだったよな？」

隣を歩く藤森班長の声は、心なし興奮した響きをふくんでいた。

アーケード式の広い通路が、ゆるく弧をえがきながら品川《しながわ》駅港南口へつづいている。扇動的に転職をうながすデジタルサイネージが頭上につらなり、春のそよ風が吹き込むその下をオフィスワーカーが黙々と行き交っていた。

「辻本が把握しているものだけで、内田以外に、畑山《はたけやま》、佐藤、高木《たかぎ》という偽名があるようです」

サクラは、記憶した情報を呼び起こしながら返答した。全国的に多い名字をあえて選んだらしく、用心深さがうかがえる。

「そっちも照会かけたか」

「かけましたが、特になにも」

辻本の供述によれば、ハリソン山中は以前から複数の偽名を使い回していたという。詐欺で大金を騙しとると時間をおかず国外へ逃亡し、その際は、あらかじめ偽名に対応する他人の身分で取得したパスポートを用いるらしい。国外の逃亡先はその都度変えていたものの、基本的にはシンガポールを拠点にしていたという。

それらは捜査本部でも把握していない情報だったため、ただちに警察庁、外務省、在シンガポール日本国大使館と連携をはかり、シンガポール当局および関係機関に対し、すでに国際手配をかけているハリソン山中の所在発見をかさねて要請した。

並行して、出入国在留管理庁に対し、石洋ハウスの地面師事件以後、先の偽名で出国した人物の中にハリソン山中らしき風貌の人物がいないか照会もかけていた。国際便が就航している国内の海空港は二百以上にのぼり、日本人の出国者数も一日あたり五万五千人にもおよぶうえ、該当の偽名と同じ名字は相当数いると予想される。一部の捜査員の間では、辻本の証言そのものを疑う声も聞かれていた。

サクラ自身、辻本に肩入れしているという自覚はあり、過剰な期待はしないよう努めていたが、東京出入国在留管理局の情報分析官から、それらしい人物が出国した記録があるという連絡がもたらされたときは、多少ながら肩の荷がおりた思いだった。

コンコースの階段を降り、東京出入国在留管理局行きのバスに乗り込む。

込み合う車内には、自分たちをのぞいて日本人らしき乗客の姿はなく、すべて外国人だった。国籍も人種もさまざまで、複数の異国語があちこちでにぎやかに飛び交っている。

藤森班長と後部座席に腰をおろしたサクラは、運河沿いの再開発エリアを映す窓外の景色に目をむけていた。

石洋ハウスの地面師事件の舞台となったのも、ここからほど近い山手線新駅の再開発エリアだった。ハリソン山中は、そこで地権者である尼僧のなりすましを立てて百億円あまりの金を石洋ハウスから騙しとり、仲違いした辻本を銃撃したのち姿をくらましている。辻本の供述どおり、いまは国内ではなく、シンガポールに潜伏しているのか。

大胆不敵な詐欺によって莫大な富を築き、普段からスノッブめいていたというハリソン山中が、世界でも有数の洗練された国際金融都市に体をかわすというのは、いかにもありえそうな話に思える。一方で、人口六百万人足らず、東京二十三区ほどの面積しかない国に潜伏しているとしたら、これまでなにかしら情報が入っていてもよさそうな気もする……。

「なに考えてる？」

通路側に座る藤森班長の声で我に返った。

「ハリソン山中《ホシ》の前回の事件《ヤマ》が、高輪ゲートウェイ駅近くだったなと……」

乗客の中に日本語習熟者がいることを踏まえ、声をひそめて答える。

「現場には行ったか」

事件の現場となった駐車場と更生保護施設の跡地には、つい先日もおとずれていた。いつの間にか工事用の高いパネルで隙間なくかこわれ、重機の作業音が鳴り響くだけで内部をうかがうことはかなわなかった。

第一京浜《けいひん》沿いにひろがる二千六百平米を超える土地は、事件後ほどなくして大手ディベロッパーへ売却され、再来年には駅直結の高層マンションが竣工される予定だという。所有者だった尼僧は、事件をきっかけに本人にとって隠しておきたかっただろう経歴や演出家との不倫がメディアにあかるみにされ、いまもホテルを転々としていると聞く。ハリソン山中が歩いたあとは、ことごとく屍《しかばね》じみた不幸が転がっているように感じられた。

「今頃なにしてんだろうな」

藤森班長の言い方は、独り言のようにも問いかけのようにも聞こえる。

「南の島あたりで女と酒でも呑んでんのかな」

「そうかもしれませんね……」

いちおう同意を示したものの、自分の発言に対して釈然としないものを感じていた。

詐欺をはじめ不正に金品を得ようとする犯罪動機は、一般に、贅沢《ぜいたく》品や遊興費欲しさといった経済的な利欲か、そうでなければ借金や生活苦で占められる。ただ、凡百の犯罪者と一線を画すハリソン山中に限っては、そうした動機の範疇《はんちゅう》にはおさまらないような気がした。

辰の捜査ノートには、精神病理テストを引用したチェックリストが列挙され、辰自身が、被験者をハリソン山中と想定して、これまでの捜査情報をもとにテストした結果が記されていた。

〝他者に依存する傾向がある（例：人から借りたお金を返さない、利益のため人から搾取することを厭《いと》わない等）〟、〝自責の念や罪悪感が欠如している〟、〝時に人を陥れ、騙したり、人々を操る傾向にある〟、〝あらゆる種類の法律違反を犯している〟、〝冷淡で、共感性にかけている〟など、ほとんどすべてがハリソン山中に該当すると結論づけられており、〝常に刺激を求め、倦怠《けんたい》感に悩まされている〟という項目にもチェックされていた。

「俺はちがうと思う」

藤森班長が断定的に言った。

「あいつは、これくらいでいい、ということを知らない」

その低声は、さながら辰が乗り移りでもしたかのように聞こえた。

東京出入国在留管理局前でバスを降り、庁舎内に設置された出入国管理インテリジェンス・センターで分析官から説明をうける。

「こちらは羽田空港のビジネスジェット専用ゲートで撮影されたものです。内田健太郎《けんたろう》という名義のパスポートを使用していました。我々にはハリソン山中のように見えますが、どうでしょう。ご確認ください」

分析官が示したモニターには、専用待合室の防犯カメラで撮影されたとおぼしき画像が表示されていた。

サクラはモニターを凝視した。

モニターに映る男は、端正なダブルのスーツに身をつつみ、黒いスクエアフレームの眼鏡をかけている。背筋はのび、世界を股にかける実業家のように凛《りん》とした印象をうける。正面をとらえた別の画像に視線を移すと、鼻梁のとおった顔に、悪びれるところのない目がうがたれている。言われなければ凶悪犯には映らないかもしれない。それでも、手に入るだけの写真や映像で目に焼き付けた、あの顔にちがいなかった。

分析官の説明では、羽田空港は二十四時間ビジネスジェットが発着できるが、その専用ゲートは車で直接乗りつけられるうえ、わずか十五分ほどで搭乗可能だという。一般ゲートと隔てられた専用ゲートは比較的警備が手薄で、顔認証の設備もまだととのっていない。

撮影日時は、辻本がハリソン山中に銃撃されてからほぼ一ヶ月後の深夜で、著名人の自死がメディアをにぎわしていた頃であり、国政選挙の開票日ともかさなっている。石洋ハウスの地面師事件は大小のニュースに押し流され、世間ではすでに過去のものとなっていた。

「選挙のどさくさに紛れて、プライベートジェットでずらかったのか」

藤森班長が苦りきった表情でモニターを見つめている。

「映像もあります」

分析官がマウスを操作すると、天井付近から見下ろすような画角の防犯カメラ映像が画面に流れはじめた。

待合室へ通されたハリソン山中が革張りの椅子にゆったりとした足取りで近づき、腰をしずめて脚を組んでいる。手にしていた本をひろげると、くつろいだ様子で目を落とした。周囲を警戒している素振りは微塵《みじん》もない。まるで自身が捕まらないと確信しているかのようだった。

「これって……なに読んでるんですかね」

サクラは、画面の本を凝視してみた。縦書きで活字がならんでいることがわかる程度で、内容までは判別できない。

「拡大してみましょう」

分析官が映像を早送りし、ハリソン山中が本を閉じたところで停止した。

拡大された灰色の表紙に、赤字で〝逃亡の書〟という題字が横書きされている。翻訳本のようで、帯には〝冒険小説〟と記されていた。

「なめ腐りやがって」

藤森班長がモニターのハリソン山中をにらみつけながら、眉間に皺を寄せている。

「行き先はどちらですか」

分析官はサクラの方を振り向き、即答した。


東京出入国在留管理局を訪問後、ハリソン山中がシンガポールへ渡航した事実があるか、在シンガポール日本国大使館に確認を求めた。

たしかに二年前のその日に「内田健太郎」名義のパスポートで入国した記録があるという。ハリソン山中は、シンガポールに滞在しながら、ドバイ、スペイン、タイ、フィリピンを行き来していたらしい。中でもフィリピンへの渡航は都合四回におよび、四回目を数える半年前に行ったまま、シンガポールをふくめどこにも出国していないようだった。

ハリソン山中がフィリピンにこだわった理由は不明だが、警察庁からインテリジェンスとして日本国大使館に出向している川久保二等書記官から寄せられた情報は、捜査員の間でも関心をあつめた。

川久保がハリソン山中の滞在先や足取りを探ったところ、シンガポール市内の美容外科クリニックに「内田健太郎」が一度ならず相談におとずれていたという。残されたカウンセリング記録によると、目元、鼻、フェイスラインのすべてにメスを入れることを望み、術前のメディカルチェックまで済ませていたが、なにが気に入らなかったのか、手術は直前になって本人の申し出でキャンセルになってしまったらしい。ただし、いま現在、別人に見えるほど顔の印象を大きく変えている可能性は高いとビデオ会議の席上で川久保は分析していた。

「フィリピンに何度も行ってるのも、やはり整形手術が目的だったんですかね」

サクラは会議室のドアを閉めながら藤森班長に声をかけると、

「あいつなら、顔いじってもなにもおかしくはないよな」

と、その表情に思案気な色が浮かんだ。

ハリソン山中の正確な所在は依然としてつかめずにいたが、ここにきて重要な情報がもたらされ、捜査本部には、身柄を確保できるのも時間の問題だという楽観的な空気がただよっていた。

事態が急転したのは、フィリピンに潜伏しているだろうハリソン山中を不法滞在処分にすべく、「内田健太郎」名義のパスポートを失効させる方向で関係機関と調整をはかっていた最中だった。

この日の朝、公休だったサクラが自宅のベッドで寝ていると、藤森班長から電話がかかってきた。

「ハリ《ホ》ソン山《シ》中が見つかったぞ」

端末の受話口から、いつになく切迫した声が聞こえてくる。

在フィリピン日本国大使館から連絡があり、先ほど「内田健太郎」名義のパスポートを所持した日本人男性がマニラの空港の出国審査を通過したのだという。「内田健太郎」が搭乗した便はすでにマニラを出発し、あと三時間半ほどで羽田空港に到着するとのことだった。

急いでスーツに着替え、自宅のアパートを飛び出した。

電車を乗り継ぎ、モノレールで空港へむかう。スーツケースを手にした乗客で混雑する中、ドアに身をもたせながら窓外に目をむけていた。

捜査員の間では、ハリソン山中は海外逃亡をつづけ、日本に帰国することはないだろうという見方がほとんどだった。逮捕のリスクを冒してまで帰国した目的がわからない。日本食が恋しくなったとは思えないし、そう簡単に金が尽きるとも思えなかった。

私用のスマートフォンにメッセージがとどいていることに気づく。

見ると、大学のサークル仲間からで、華やかな紙吹雪が舞うアニメーションとともにこちらの誕生日を祝う言葉が寄せられている。ほかにも祝辞がとどいており、札幌に住む母のものもあった。

メッセージは母親らしい控えめな文面がならび、〝昔のアルバム整理してたら出てきました。ちょうど二十年前の今日。懐かしい。〟と、古い写真を撮影したとおぼしき画像も添付されていた。

かすかな動揺を意識しつつ画像をひらくと、一挙に色褪せた記憶がよみがえってきた。

当時住んでいた広尾《ひろお》ガーデンヒルズの敷地内で、同じ棟に暮らす老夫婦に撮ってもらった写真にちがいなかった。ホテルのランチビュッフェで誕生日を祝ってもらった帰りに、葉桜の下で、まだ二十代の母親と小学生の自分が寄り添いながらカメラにむかってほほえんでいる。自分たちから拳ひとつ分距離をあけて、肩まである髪を後ろで縛ったスーツ姿の男が両手をポケットに突っ込んで斜にかまえていた。少しも面白くなさそうに、ふてぶてしい仏頂面をさげている。父だった。

素早くディスプレイをなぞり、ホーム画面へもどした。

高層ビルの谷間を縫うように高架上のレールをなぞっていた列車が、運河を横切り、並走していく。緑道のソメイヨシノが無数の花びらを散り落とし、川面を薄桃色に染めていた。

株の才能があったのか、野性的な勘がたまたま相場で良い方に働いたのか、父は若くして財をなした。学生結婚した母親との間に自分が生まれたものの、昼間は兜町《かぶとちょう》に、夜は銀座《ぎんざ》や六本木《ろっぽんぎ》に繰り出してほとんど家に帰ってこなかったし、父親らしいこともなにもしてこなかった。傍目《はため》には裕福な家庭をささえる多忙な家長と映っていたのかもしれないが、経済危機の煽《あお》りをうけすべてをうしなうと、無職の胡散臭《うさんくさ》い中年男でしかなかった。広尾のマンションを追い出され、自分は学業のために東京に残ったが、両親は母の故郷である札幌に逃れた。そこで生活を立て直すことになったものの、父は仕事もせず、酒浸りになり、ほかに女をつくって蒸発してしまった。

レールの継ぎ目を鳴らす規則的な音が、車窓のガラスをつたって額にひびいていた。列車がカーブに差し掛かり、おもむろに車体をかたむけながら地下の暗がりへ吸い込まれていく。

空港で藤森班長らと合流すると、サクラたち捜査員の一部は会議室の一角にあつめられた。

「フィリピンの空港で撮影された映像だ」

藤森班長がスマートフォンの画面を皆に見えるようにしめした。

映像には、日本出国時に着ていたものと同じようなダブルのスーツをまとい、黒縁の眼鏡をかけた男が出国の手続きをうけている様子が映っていた。カウンターにもたれながら片肘を置き、カウンターの天板を指で小刻みにたたいている。

「じれったそうすね」

「プライベートジェットじゃないからだろ」

「なんでプライベートジェット使わなかったんだ」

捜査員たちが画面を注視したまま口々に意見している。

別の映像が流れる。前の映像より正面に近い角度からカメラが男をとらえていた。

「やっぱ顔いじってるよ、これ」

捜査員の一人が妙に冷静な口調でつぶやいている。

サクラは、しきりに周囲を気にする画面の中の顔を見つめた。

無造作に後ろに流した長めの髪は、二年前と変わらず毛量を維持しているものの、奥二重の印象だった目元はくっきりとした二重に様変わりしている。もともと高い鼻は、異物を入れたかのように先端がよりシャープになり、鼻翼や唇も心なし縮まっている。長い逃亡生活のストレスのせいか、顔はむくみ、全体にくたびれた感じがするが、映像から判断する限りでは、川久保がつかんだ情報どおり大掛かりな美容整形手術をうけたように映った。

その後、万が一にそなえて応援の捜査員の配置があわただしく決められると、「内田健太郎」を乗せたフィリピン航空のエアバス機は、ほぼ定刻どおりの十二時半過ぎに空港に到着した。

該当便の乗客がゲートのむこうに姿を見せ、次々と入国審査を通過していく。まだ手荷物の流れていないターンテーブルの周囲に人々がむらがりはじめた。

サクラは、持ち場である柱の陰から「内田健太郎」に扮したハリソン山中があらわれるのを待ち構えていた。

左右につらなる入国審査の窓口のひとつで、長身の乗客が係員に足止めされている。映像で確認した男だった。あれが数々の地面師事件を手掛け、辰が死ぬ間際まで追っていたハリソン山中か。動悸がするのを意識しつつ、その場から視線をおくりつづけた。

待機していた数人の係員がハリソンに近づく。

別室への移動をうながされた途端、ハリソンは遠目でもわかるほど狼狽《ろうばい》し、不服そうになにか言ってその場からなかなか動こうとしない。係員が両脇から腕をかかえて連行しようとするが、必死に抵抗している。まるで満員電車の車内で痴漢をとがめられて暴れる中年サラリーマンのようだった。

やがて観念したハリソンがバックヤードの別室に連行されていく。

サクラは急いでそのあとを追った。別室の手前で、藤森班長と合流する。

「最後は往生際《おうじょうぎわ》が悪かったですね」

無事に身柄を確保できた安堵が口をついて出た。

同調してくれると期待したが、相手を見るとその横顔に釈然としない色がにじみ出ている。

「あんな小物だったか」

藤森班長の懸念どおり、「内田健太郎」のパスポートで日本に入国しようとした男は、ハリソン山中ではなかった。当初の黙秘から一転して供述したところによると、フィリピンで長らくブローカーまがいの仕事をしていた男は金に詰まり、地元のギャングから、「内田健太郎」のパスポートで日本に入国するという目的不明の奇妙な仕事を請け負ったのだという。何人もの日本人の候補者の中から選ばれたが、顔の整形手術が必須だったため、その費用や支度金をふくめ破格の報酬だったらしい。また、男はハリソン山中という名前を聞いたこともなければ、それらしい日本人にも会っていないと首を横に振った。

旅券法違反等の疑いによる逮捕後、男の供述を裏付けるように、指紋鑑定でハリソン山中とは別人と判明したものの、その事実が捜査本部に驚きをもって受けいれられることはなかった。

影武者までよこしてきたハリソン山中に翻弄《ほんろう》され、ハリソン山中が滞在しているはずのフィリピンからめぼしい情報も入ってこない。捜査員の間に重苦しい空気がただよっていたこの日、東京出入国在留管理局のインテリジェンス・センターからの連絡が入ってきた。

サクラが電話をとると、分析官が事務的な口調で用件を告げてきた。

「本当ですか」

大きな声を出したせいで、周囲の捜査員たちが怪訝《けげん》そうにこちらを注視していた。

電話を切り、藤森班長の方に体をむけると、なにがあったとでも言いたげな目で相手もこちらを見ている。

「ハリソン山中《ホシ》は、すでに日本に入国しているとのことです」

四

隣の宏彰があくびを嚙み殺しながら、両手を前方に突き出すようにして体をのばす。稲田も椅子の背をつかんで腰をひねり、首をゆっくりとまわした。

午前中からこの薄暗い密室に閉じこもり、椅子に座りっぱなしだった。長時間同じ姿勢でいたせいで、全身の筋肉が凝り固まっている。

マジックミラーで隔てられた正面のインタビュールームでは、いぜんとして面接がつづけられていた。明るい照明の下で、二人の女がテーブルをはさんでむかいあっている。マジックミラーという存在は知っていたが、このモニタリングルームに入るまで実物を見たことがなかった。明るいむこう側からは、こちらの様子は鏡に反射して見えないというのに、薄暗いこちら側からはむこうの様子がはっきり見える。なにか見てはいけないものを盗み見ているような背徳感すらおぼえたが、それも最初だけで、いつの間にかなんとも思わなくなっている。

天井に吊り下げられた集音マイクを通して、こちらのモニタリングルームにも二人の会話がひびきわたっていた。

「じゃあ、最後に、立って歩いていただけますか」

四十過ぎの面接官が、あらかじめ用意された手元の質問リストを確認しながら、事務的な口調で言った。

「歩く？」

なりすまし役候補の若い中国人がいぶかしげな表情を浮かべている。プロジェクトの詳細はもちろん、なりすましてもらう所有者《ターゲット》についても一切情報をつたえていないのだから、無理はなかった。

「歩くだけ？」

候補者の話す日本語はかなり癖があるが、意思疎通も受け答えも問題ない。顔の造形についても所有者《ターゲット》と雰囲気が似ていることを考えれば、この程度は誤差の範囲なのかもしれなかった。

ふだんは札幌市内の中華料理店に勤務しているというこの候補者だけでなく、来日した中国人の通訳を本業としている面接官も、札幌市中心部にあるこのインタビュールームも、菅原が手配してくれたものだった。あまり贅沢は言っていられない。

「そこで、何往復かゆっくり歩いていただくだけで結構です」

面接官が、相手の背後を指差す。

まごついていた候補者が立ち上がった。オーバーサイズのパーカーで隠れた上半身や、丸いメタルフレームの眼鏡をかけた顔はそれほどでもないのに、ジーンズにつつまれた下半身は贅肉がついていた。足も短い。さすがにどっしりとし過ぎている。適任とは思えなかった。

候補者が、指示されるままマジックミラーの前を横切っていく。

気になったのは、顔を突き出すような歩き方よりも、女が一歩踏み出すたびに尻から漏れるガスの音だった。胃腸の調子でも悪いのかもしれない。本人はまったく気にしていないのが、なんとも間抜けだった。

聞くだけで全身の力が抜けるような高音が、静寂なモニタリングルームのスピーカーから何度もひびく。ラッパみたいだった。

隣を見ると、ついいままで難しい顔で観察していた宏彰が、肩をふるわせながら苦しそうに横顔をゆがめている。それが単に笑いをこらえているのだとわかると、もう駄目だった。面接官のイヤホンにつながるマイクをかろうじて切り、二人で大笑いになった。

やっとのことで笑いの渦からのがれると、徒労感があらためて意識されてくる。候補者の放屁はきっかけなだけで、二人とも疲れ過ぎているのかもしれなかった。

所有者《ターゲット》のなりすまし役を見つけるため、この三日間で面接した候補者は、すでに五十人を超えていた。候補者の条件は、日本語が堪能な中国人の女で、年齢は二十代から三十代前半までだが、間口がひろすぎるのか、適任者がなかなか見つからない。

面接をする前までは、これだけの数がいるのだから、一人ぐらい見つかるだろうと高をくくっていた。ところが、いざはじまってみると、顔や背格好以前の問題でつまずくことが少なくなかった。不機嫌なのか無関心なのか、まともに質問に答えられないもの、なにが気に入らなかったのか、途中で怒り出して帰ってしまうもの、そもそも、まったく日本語が通じないものさえ混じっている。

土地の所有者に似たなりすましを用意して買い手を騙すという計画を立てたのはハリソン山中だった。そんな子供騙しのような方法でうまくいくのかいまだに半信半疑だが、実際それでセキヨウから百億円を騙し取ったという。人間は自分の都合のいいように情報を解釈するというのがハリソン山中の持論だった。

面接の模様は、常時カメラで撮影され、シンガポールにいるハリソン山中にリアルタイムで送られている。めぼしい候補者がいれば知らせてくれることになっているが、いまのところ連絡はきていない。

休憩をはさんでから、この日最後となる面接を再開した。

約束の時間から十五分ほど遅れてインタビュールームに入室してきたのは、ここまで見てきた候補者の中でもっとも均整のとれたプロポーションの女性だった。

稲田は身を乗り出した。

手足が長く、しなやかな腰で、痩せぎすという感じはしない。グレーのニットにタイトなロングスカートという素朴で、見ようによっては垢抜けない格好が、逆にスタイルの良さを際立たせている。切れ長の一重で化粧っ気もないが、その程度はどうにでもなるはずだった。

椅子に腰掛けた候補者を注視しながら、膝の上に置いていたタブレット端末に視線を落とす。

端末の画面には、街中を歩く姿を隠し撮りされた、一人の女性が映し出されている。百六十五センチ前後の痩せ型で、日をまたいで撮影されたほかの画像や映像を見ても、ひと目でそれとわかるハイブランドのファッションで着飾っている。ハリソン山中が今回の舞台として選んだ土地の所有者《ターゲット》、張静《ヂャン・ジン》だった。

菅原が共有してくれた別の調査資料によると、上海《シャンハイ》出身の張静は資産家の令嬢で、北海道大学に留学してウインタースポーツにのめり込み、卒業後も親族の経営する旅行会社の役員をつとめながら札幌市内に在住しているという。三十二歳という若さながら、札幌駅至近の高級マンションに居住し、水資源や観光資源を狙ってか、ニセコや倶知安町《くっちゃんちょう》などの土地や別荘も所有している。今回、稲田たちが詐欺の舞台とすることに決めた苫小牧市植苗地区の広大な林地も、彼女の所有物件にふくまれていた。

「女は化粧で化けるからなぁ」

宏彰がタブレット端末の張静と候補者を見比べている。声に妥協の響きがふくまれていた。

「稲ちゃんは、どう思う」

稲田は、もう一度マジックミラーのむこうに意識をそそいだ。

札幌市内の語学学校に通いながら、深夜のコンビニエンスストアでアルバイトをしているという候補者は、面接官から目をそらし、つまらなそうに手元のスマートフォンをいじっている。

「髪の毛なんですけど、染めることはできますか」

面接官が、サンプル用の芸能人の写真をしめしながら、うつむきがちな相手の顔をうかがう。

張静はピンクがかった金色に髪を染めているため、ウイッグを避け、自毛で雰囲気を出したかった。

候補者が、謝礼の五十万円と天秤にかけるように少し考えている。

「それなら、お金もっとほしい」

ふてぶてしい言い方だった。

もしこの候補者に決めるとしたら、商談時の本人確認にそなえて生年月日などの張静の個人情報をおぼえてもらうだけでなく、買い手に所有者本人だと信じ込ませるようそれなりの演技をしてもらわなければならない。プロポーションが及第点だとしても、このような協調性にかけた態度でうまくいくのか判断がつかなかった。

「そんな時間かけて悩むことじゃないんだ」

突然の声に振り返ると、いつからそこにいたのか、モニタリングルームの出入り口に菅原が立っていた。

ゆっくりと歩み寄ってきて、稲田たちとむかいあう形でパイプ椅子に腰をおろした。

「あれでいいだろ」

頭の後ろで手を組んだ菅原が、面接を終えて帰り支度をしている候補者に視線をのばしている。

「ハリソンに確認してからじゃないと」

困惑気味に言う宏彰をにらみつけ、不機嫌そうに口をつぐんでいた菅原が、はじけるように声をあげて笑い出した。

「親分がいねえと、なんも決めらんねえんだもんな」

「そういうわけじゃないんですけど……やっぱり慎重にいった方がいいところなので」

「んなの、男らしくねえよなぁ?」

菅原が、緑色の目を見開いてこちらに同意をもとめてくる。最初の会食でウォッカの一気飲みをもちかけてきたときと同じ表情だった。稲田は黙ったまま、曖昧な表情でやり過ごしていた。

「札幌《さっ》弁護士会《べん》の弁護士が協力してくれることになったんだ。だから、なりすましが誰かなんて、もうそんなに重要じゃない」

菅原の説明によると、札幌弁護士会に所属する中堅の弁護士が、土地の所有者の、すなわちなりすまし役の代理人として前面に立ってくれるという。正規の資格をもった弁護士が、所有者本人だと主張すれば、たしかに誰も疑わない気がする。

「それができたら話は早い」

宏彰の声ははずんでいた。

「できるから言ってんだ」

弁護士は真面目な性格で、仕事の評価も高いが、妻と離婚した去年から私生活が荒れはじめたという。すすきのの歓楽街に入り浸るようになり、入れ揚げたホステスを妊娠させてしまった。

「その女に男がいて、これがまた不運なんだが、その野郎ってのがなかなか筋が悪いんだ」

弁護士は、その「筋が悪い」ホステスの恋人から解決金を要求されたが、酒と女で蓄えはすでに底を突き、資産も離婚の際に処分してしまっていた。進退きわまって菅原に泣きついてきたのだという。

「買い手の方はどうなった」

菅原が、気分を変えるようにたずねると、

「大丈夫みたいです。いまちょうど仕込んでるみたいで」

と、宏彰が答えた。

ハリソン山中から買い手の目星がついたと報告が入ったのは、昨晩のビデオミーティングのときだった。

「ここまできて駄目でしたはねえもんな」

別件で会食の予定があるという菅原はいくらか満足した様子でモニタリングルームをあとにした。

「やっぱ、あのひと苦手だわ。ハリソンの方がまだいい」

宏彰が疲弊しきったように眉間をもんでいる。

稲田はタブレット端末をつかむと、菅原から共有されている張静の個人情報を見返した。わからないことが多い。前夜のミーティングでハリソン山中から指示された内容が思い返されてくる。

――念のため、土地の所有者のことも調べてください。菅原さんには気づかれないような形で。


噴き出した汗がこめかみをつたい、顎先から雫《しずく》となって落ちていく。

回転数を落とさぬようフィットネスバイクのペダルを漕ぎつづけたまま、ハンドルから片手をはなすと、稲田は首にかけたタオルで顔をぬぐった。

大型ホテル内の会員制フィットネスクラブとあって設備は充実し、ひろびろとしている。吹き抜けとなった階下の屋内プールから反射した光の波紋が、白い天井で優しくなびいていた。

ハンドル中央部分に設置されたディスプレイに視線をもどす。

大した負荷がかかっているわけでもないのに、たかだか二十分ほどバイクを漕いだぐらいで、心拍数が百三十前後まで上昇している。この前におこなったウェイトトレーニングでも、以前はなんてことなかったウェイトが上げられなくなっていた。

サッカーボールを蹴らなくなって、どれくらい経ったか。驚くほど体力が落ちている。もともと運動能力は高く、現役の頃はさほどフィジカルトレーニングに力を入れなくとも、プロの試合でじゅうぶん通用していた。ギャンブルで身を持ち崩し、いまでは毎晩酒を呑むまでになってしまっている。これでプロジェクトが失敗して金が入らなかったらと思うと、焦りを感じた。

ペダルを強く踏み込み、回転数をあげていく。全身にまとわりついた焦燥感を引き剝がすように、激しくペダルを漕ぎつづけた。

フィットネスバイクのプログラムを終えると、時刻は十五時に差し掛かろうとしていた。スタジオでおこなわれているピラティスのプログラムがそろそろ終わるはずだった。

稲田は、トレッドミルのベルトの上を歩きながら、ウェイトマシンエリアのむこうに見えるスタジオに目をやった。

体にフィットしたタンクトップや色鮮やかなタイツを穿《は》いた女性ばかりの参加者が、にぎやかな話し声を交わしながら、ガラスで仕切られたスタジオから続々と出てくる。

それとなく視線を送っていると、際立ってスタイルのいい若い女性が出てきた。

ピンクがかった金髪と小さな口が特徴的で、昨日とはちがう細かい柄の入ったレモンイエローのウェアを身に着けている。張静だった。

張静が、スマートフォンをいじりながらロッカールームの方にむかっていく。

サウナ付きの浴場やラウンジのマッサージチェアあたりでくつろぐのか。ここから身支度をととのえてホテルのロビーを出てくるまで、四十分以上かかるのがこれまでのパターンだった。

稲田も、シャワーを浴びて車にもどった。

「ハリソンも大概だったけど、この姉ちゃんもなかなかだよなぁ。毎日、こんな貴族みたいな生活してさ」

助手席で待機していた宏彰が、タブレット端末で張静の行動を記録している。

「でも、稲ちゃんさ、なんでハリソンは内偵しろなんて言ったんだろ」

まだ一週間も内偵をしていないものの、張静は判で押したような生活を送っていた。昼前に、自宅マンションから出てくると、フィットネスクラブのスタジオに行き、喫茶店でオニオングラタンスープかキノコの温製サラダを口にしてから一旦帰宅する。夕方ふたたび外出し、友人らと高級レストランで食事を楽しみ、それから馴染みのシャンパンバーに寄って深夜に自宅にもどる。役員をつとめている旅行会社にはほとんど顔を出していないようだった。

「慎重になってんでしょ。自分はシンガポールにいて、こっちのことはぜんぶ菅原のオッサンにまかせきりなんだから」

稲田はスマートフォンを操作し、SNSのアプリケーションを立ち上げた。

画面に、張静が投稿した写真がタイル状に表示される。昨夜、仲間とともに訪れた焼肉店で撮影された写真がこれみよがしに披露され、二次会で寄ったシャンパンバーで撮ったものもならんでいた。料理と笑顔で埋め尽くされたお決まりの写真を見ていると、これ以上はもう尾行しなくてもいいような気がしてくる。路肩に停めたレンタカーに閉じこもり、交代で深夜営業のラーメン屋に駆け込むのも終わりにしたかった。

「今夜やって、それで切り上げようよ」

相手の提案に反対する理由はなかった。

夕方、レンタカーの車内で張り込んでいると、丈の短いスプリングコートとハイヒールで着飾った張静が自宅マンションの敷地から出てきた。ＳＮＳに投稿された写真によく映っている女性の友人も一緒だった。

日没が近づき、すでにあたりは薄暗い。フロントガラスからかろうじて見える西の空が、なかばビルにさえぎられながら、淡い紫を溶かしたような山吹色に染まっていた。

張静たちがタクシーに乗り込んでいる。

「さて、今夜はなにを召し上がるんでしょう」

助手席の宏彰がおどけた声で言った。昨日が焼肉だったから、今夜は客単価三、四万円はくだらないフレンチか鮨かもしれない。

稲田はじゅうぶんに車間距離をとってから車を発進させ、タクシーのあとを追った。

「すすきのじゃないのかな？」

宏彰がスマートフォンの地図を確認しながら、不思議そうな声を出している。

前方を走るタクシーが、南下することなく、すすきのの歓楽街を背にして西にむかっていた。

「円山《まるやま》公園の方じゃない？　行きつけの鮨屋あったじゃん」

稲田はハンドルを操作しながら、調査資料に記載されていた地図を思い起こしていた。

タクシーが地下鉄の円山公園駅を通り過ぎ、公園をつらぬくような坂道をのぼっていく。これ以上先に、行きつけの店は一軒もないはずだった。

「どこ行くんだろ」

宏彰がスマートフォンで地図を確認しながら、興奮とも不安ともつかない声をもらしている。

やがてタクシーは閑静な住宅街に入り、一軒の邸宅の前で停まった。張静たちが降りてきて、敷地内に入っていく。

稲田はタクシーが走り去っていくのを待って、邸宅の方へ車をすすめた。徐行しながら、敷地の前を通り過ぎていく。

「豪邸だね。軽く二百坪はあるよ」

サイドウインドウに顔をつけた宏彰が、呆れた声を出している。

黄色い間接照明によって浮かび上がる豪邸は、コンクリート打ちっぱなしの外観で、灰色の四角い積み木をならべたように見える。まるで要塞だった。

稲田は少し離れたところで、車を停めた。

住所をインターネットで検索してみると、どうやら芸能事務所に所属する男性タレントの自宅らしかった。ホームパーティーでも開催しているのか。

「稲ちゃん、どうする？」

宏彰が大きく欠伸《あくび》をしながら、退屈しのぎにスマートフォンをいじっている。

住宅街の真ん中で、いつ終わるかもわからないパーティーを待つのは考えただけでうんざりする。行きつけのレストランが芸能人の豪邸に変わっただけで、いつものＳＮＳに投稿される写真の風景が繰り広げられているのは目に見えていた。

諦めて帰ろうとしたときだった。

「あれって、マイバッハじゃない？」

宏彰が、豪邸の前に停まっている、ワインレッドにカラーリングされた一台の高級車に気づいた。

「もしかして一緒かな？」

数日前、ホテルのラウンジで菅原と打ち合わせを終えた際、外の通りで、菅原と手下のスキンヘッドが路肩に停まっていた一台の車にむかって深々と頭を下げているのを見かけた。その車がマイバッハだった。

「どうだろ」

稲田は確信をもてなかったが、そうそう見かけるような車種でないことぐらいは知っていた。運転席から男が降り、豪邸の敷地内に入ったかと思うと、すぐにもどってきてふたたび車に乗り込んだ。どのような用事だったのか。男が何者かもわからず、想像もつかない。

マイバッハのテールランプが闇に赤く浮かび上がり、エンジン音が閑静な住宅街にひびきわたる。ヘッドライトが道路をまばゆく照らし、動き出す。最初の角を曲がってすぐに見えなくなった。

「どうする?」

助手席に顔をむけると、宏彰がいたずらっぽい目で笑っていた。


フロントガラスのむこうに映るマイバッハは、百メートルほど先を悠然と走っていた。薄闇のもと、ヘッドライトや通り沿いの建物からもれる光がその優美なフォルムを浮き彫りにしている。マイバッハは、稲田たちがたどってきた道をなぞるように札幌中心部へ東進し、やがてすすきのの繁華街に近い立体駐車場に入っていった。

稲田は、マイバッハに気づかれないよう先に助手席の宏彰を降ろしてから、ひとつ上の階に車を停めて出口へむかった。

「一人みたいよ」

立体駐車場の外で合流した宏彰が、通りの先に視線をのばしている。酔客や旅行客でにぎわう路上に、脇目も振らず歩く男の後ろ姿が見え隠れしていた。

中肉中背でライトグレーのセットアップに身をつつみ、髪は短く刈り上げている。男の顔を一瞥した宏彰によれば、四十代前半に見え、色白で温和そうな面構《つらがま》えだったらしい。

「見た感じ、地主のボンボンっぽかったけどね」

張静の知人ならその可能性はあるが、どうなのか。稲田は確信をもてないまま、宏彰と男の背中を追いかけた。

路面電車が横切っていった交差点をわたり、洋酒メーカーの巨大広告の下にたむろする人だかりをいなす。ほどなくして男は、古びた雑居ビルの中に姿を消した。

駆け足でビルにおもむくと、ちょうど男がエレベーターに乗り込んだあとだった。稲田は、エレベーターの現在階をしめす頭上の電光表示板に目をむけた。

ビルは九階建てで、各フロアに複数の飲食店が軒をつらねている。フロアがわかったとしても、男がどの店に入ったかまでは特定できないかもしれない。できたとしても、常連客しかいないような小さな店なら、客として中の様子を探るのは難しい。

電光表示板を見つめているうち、順に点灯していたランプが〝7〟のところで動かなくなった。七階はひとつのテナントがワンフロアを占有していた。店の名前からして、いわゆるニュークラブらしい。

「女とくっちゃべってるの見たってしょうがなくない？」

踵を返そうとすると、宏彰がこちらの行く手をはばむようにやんわりと制止し、

「いや、稲ちゃん、そこは行こうよ。なんもなくても、お姉ちゃんとお酒呑んで楽しめばいいだけなんだから」

と、強引にエレベーターの乗り場ボタンを押した。

ニュークラブは思っていた以上に大箱だった。豪奢《ごうしゃ》な内装の店内は、間仕切りによっていくつかのエリアに区切られていたが、稲田たちが通された席からはかろうじて男の席が見通せた。

ハウスボトルの水割りを飲みながら、それとなく奥の席をうかがう。

男は色白で表情は柔和だが、顔に似合わず呑み方は派手だった。両脇に四人の女をはべらせ、正面には店のマネージャーらしき黒服を座らせて次々とシャンパンボトルを開けている。

男の素性を知りたかったが、横についた女は、稲田がドリンクを拒否してから不貞腐《ふてくさ》れたまま一言も口をきかない。宏彰を見れば、仕事そっちのけで、深々と入ったスリットから白い太腿をあらわにするロングドレスの女と「最高のＳＥＸ」について熱く語り合っていた。

しばらくして不貞腐れた女がいなくなり、かわりに見るからに陽気な女が、

「めっちゃ、隣の席でワイン呑まされたんだけど」

と、シートに細い腰をすべらせてきた。馴れ馴れしいが、擦《す》れた感じは少しもしない。

話してみたら、昼間は空港のグランドスタッフとして働いており、週に数回アルバイトをしているこの店には、在籍して半年ほどになるのだという。マイバッハの男についてなにか知っているかもしれず、それとなくたずねてみる。

「なに、お兄さん探偵とか？」

女が、からかうように眉をひそめた。

「あんな呑み方してたら誰だって気になるって」

稲田は、目的を悟られぬようつとめて平然と言った。

「常連のお客さんでよく来るんだけど、お店にきたら、毎回、最初に札束積みあげて呑んでる。

たまに中抜けしてほかの店行ったりして。すごいよね」

「なにしてる人なの？」

「中国系のマフィア？　半グレ？　なんかそんな感じって聞いたけど」

いくぶん酔いのまわった調子で女が言うには、マイバッハの男は薬物をしのぎにしているらしい。年長の菅原がへりくだっていた理由もうなずける。

「芸能人とかもお客さんらしいよ」

秘密を共有するかのように女が声をひそめる。張静たちは、芸能人の豪邸で薬物パーティーにでも耽《ふけ》っていたのか。

「私は直接知らないんだけど、前にここにいた女の子が覚醒剤にハマっちゃって、借金漬けになって沖縄のソープに売られちゃったんだって。つかまって、刑務所はいっちゃった子もいるし——」

さらりと語られる悲惨な話を聞いているうち、華やかな暮らしを送っているように見える張静も、いずれ食い物にされ、没落してしまう気がした。そうなったら苫小牧の張静の土地は、ほかの誰かの手にわたり、今回の計画も頓挫してしまう。

それから一時間ほどしてマイバッハの男が腰を上げるのが見えた。店を出るのを待って、稲田たちも会計をたのんだ。

エレベーターに乗り込むと、宏彰が心地良さそうに手すりにもたれかかった。

「稲ちゃん、明日もさっきのところ行こうよ。同伴で。俺についてた……あの娘いいよ」

赤らんだ頬をゆるめている。

「やめときなよ。どうせ、カモられるだけなんだから」

「いやぁ、あれは完全に俺のこと好きになってた」

相好を崩した宏彰が食い下がり、エレベーターに緩みきった笑声がみちた。

「そういえば、あのマイバッハのやつって何者だったの？」

ふと思い出したように宏彰がつぶやいて、それに答えようとしたとき、一階に到着した。

エレベーターの外に踏み出した稲田は、ひらきかけた唇をとじた。心臓が音を立てて鳴り、呼吸が苦しくなる。

眼前のエレベーターホールに、十数人の男たちが待ち構えていた。いかつい面々が肩を怒らせ、不穏な空気をただよわせている。

事態が飲み込めず、混乱した。宏彰も呆然と立ち尽くしていた。

「お前ら、どこの者《もん》だ？」

先頭の一人が口をひらいた。マイバッハの男だった。

「ずっとつけてたろ？」

いつの間に気づかれたのか。店でいい気になって女と酒を呑んでいるときか。これだけの人間を集める時間を考えれば、その前か。

「人違いじゃないですか」

殺気立った沈黙に耐えきれず、稲田が苦し紛れにそれだけ言うと、すぐそこで凄《すご》んでいた取り巻きの一人がジャケットをはだけさせた。腰にひらめくものがある。コンバットナイフが差さっていた。

「とぼけんな、こら」

怒号の方を見れば、ほかにもナイフを手にしているものがいる。

端にいた小柄な坊主頭がしびれを切らすと、なにか吠えながら前に歩み出てきて、こちらのジャケットの襟をつかんだ。

「やめてくださいよ」

稲田は、なるべく感情が出ないように小さく言った。この人数とコンバットナイフにはどうやっても勝ち目がない。

「死ぬぞ？」

坊主頭の前歯が黒く欠けていて、呼気にふくまれる煙草の悪臭が不快だった。

「……知らないって言ってるじゃないですか」

なおもしらばくれていると、坊主頭の肩越しに、コンバットナイフを腰に差していた男が近寄ってくるのが見えた。

「鼻からいっていい？」

いつの間に腰から抜かれたのか、コンバットナイフの刃が頬に当たっている。使い込んだ風合いで、ただの脅しには見えなかった。少しも顔を動かせない。流れ出た汗が止まらなかった。

「ちょっと待ってください」

宏彰の声だった。

「実は張静さんという中国人の女性を調べてまして……その流れでたまたまこっちに」

それを耳にしながら、稲田は自分の顔が引き攣《つ》っているのがわかった。

——余計なこと喋んじゃねえよ。

喉まで出かかった不満をかろうじて胸の内にとどめた。白《しら》など切らなければよかったと後悔したが、もう遅い。いっそのこと逃げようか。自分一人ぐらいなら、どうにかなるかもしれない。

「張静？」

マイバッハの男が中国語の流暢な発音で聞き返し、拍子抜けしたように眉毛を引き上げている。

「お前ら、もしかして菅原たちのあれか。シンガポールから来てるっていう」

棘《とげ》のない声だった。

「そうです」

宏彰が困惑気味にうなずくと、相手が納得するように苦笑している。

「こんなとこで遊んでる場合じゃねえだろ。いいのか、知らねえぞ。お前らの勝手だけど」

どことなく挑発をふくんだ言い方に聞こえた。

「二度と俺をつけまわしたりするな」

マイバッハの男は、仲間を引き連れて電光がみなぎる繁華街に消えていった。

二人だけになり、エレベーターホールが静寂につつまれる。外の喧騒が、レンガ調に統一されたタイル張りの床や壁に反響していた。

ジャケットの内ポケットに入れていたスマートフォンが着信を知らせた。

「ニュースご覧になりましたか？」

端末越しのハリソン山中の声には、ふだんと変わらない落ち着きがあった。

「いや、それどころじゃなかった。ニュースってのは？」

「道知事選、現職が敗れました」

端末の受話口から、ハリソン山中の淡々とした声が返ってきた。

翌日の午後、稲田は宏彰と連れ立って、大通《おおどおり》公園にほど近い老舗《しにせ》ホテルのラウンジに行った。

約束の十五分以上前にもかかわらず、すでに窓際の席に菅原の姿があった。

「話ってのはなんだ」

こちらの着席を待つことなく、菅原が言った。急な呼び出しで、なにか察したのかもしれない。その声にはありありと不審の響きがふくまれていた。

「心苦しいんですが」

宏彰が、奥の椅子に腰掛けながら事務的な調子で切り出す。

「結論から申し上げますと、道知事選の結果が思わぬ形に転んだので、いったん苫小牧の件は見合わせることになりました」

事前にハリソン山中と取り決めたことだった。なりすまし役の教育や道具の手配などいますすめているものをすべて止め、計画を白紙にもどす。その了承を菅原から得るようにと指示を受けていた。

「面白いな」

口の端を吊り上げて笑う菅原の緑眼に、剣呑《けんのん》な光がきざしている。

「で、そのあとは？」

これから決める予定だと宏彰が答えると、場の空気がたちまち緊迫した。

「お前、なに言ってんだ。そっちが苫小牧でやりたいって言ったから、こっちも動いたんじゃねえか。道知事選なんか知らねえよ。勝手に見合わせんな」

度を失った菅原が声を張り上げる。

「そうなんですが、ただ、ＩＲのカジノ前提で買い手にアプローチしていたわけですから……」

「それはお前らの都合だろ。こっちは関係ない。早くやれ、できないなら金払え」

稲田は黙って聞きながら、菅原の余裕のなさが引っかかっていた。北海道の知事選挙も、その結果で左右されるＩＲ開発が今回の計画に欠かせないことも、理解しているはずだった。なのに、理不尽な要求をしている。

「もう後戻りできねえんだ。苫小牧が駄目なら、お前らも大変なことになる」

妙に確信めいた言い方だった。

「大変なことって？」

稲田は言葉をはさんだ。

深く皺のきざまれた菅原の渋面がこちらにむけられる。視線をそらすつもりはなかった。耐えきれなくなったように窓へ視線をむける相手の目に、迷いの光が浮かんでいた。

「中国の面倒なやつらに一部の仕事をまかせてる。そいつらに早く金を払わないと本当にまずい」

もどかしそうに話す菅原の言葉を聞きながら、稲田の頭に心地よい感触が走った。

「それって、マイバッハ乗ってる人？」

「呉磊《ウー・レイ》を知ってんのか」

菅原が意外といった感じで目を丸くしている。

「昨日、すすきので見かけた」

張静を尾行していたことも、マイバッハの男たちに囲まれたことも黙っていた。

「わかるだろ。あいつら人を殺すなんてなんとも思ってないんだ。トラブルになったやつが何人も死んでる」

雑居ビルのエレベーターホールで対峙したコンバットナイフの冷たい感触がよみがえってくる。

「でも、それって菅原さんとそいつらの話で、俺ら関係ねえじゃん」

稲田は、相手のペースにはまらないよう冷静に指摘した。

「そういう理屈が通じないから言ってんだ」

菅原は切迫した口調で言うと、

「お前らじゃ話にならん。ハリソンと直接話す。それでビデオ電話かけろ」

と、テーブルに出してあった宏彰のタブレット端末を指差した。

宏彰が躊躇している。昨日のビデオ会議で、今日は終日連絡がとれないとハリソン山中が話していた。

「早くかけろって言ってんだよ」

怒号がひびきわたり、にぎやかだった周囲の話し声がやんだ。

静まり返った店内に、食器の触れ合う遠慮がちな音がする。スタッフが苦情をつけにきたのか。誰かがこちらのテーブルに歩み寄ってくる気配がした。

「その必要はありません」

聞き慣れた声だった。稲田たちが振り返ると、目元に微笑をたたえたスーツ姿のハリソン山中がすぐそこに立っていた。

＊

モニターの画面を凝視したまま、マウスで少しずつスクロールしていく。表形式にならんだ数値や文字列が延々とつづいている。どれも同じデータに見えてならなかった。

酷使した目の奥に鈍痛に似た違和感があり、ピントが合いづらい。サクラは、マウスから手を離して目薬を差した。

壁にかかった時計を見ると、いつの間にか午後十一時をまわろうとしている。捜査二課のフロアは、当直の捜査員が何人かいるだけでひっそりとしていた。

この無味乾燥なデータにかかりきりになってから一週間近く経っていた。自分から言い出したこととはいえ、終わりがあるかどうかもわからない、途方に暮れる地味な作業の連続で嫌になる。

ハリソン山中は、捜査員の裏をかくように中国の上海発のフェリーで堂々と神戸《こうべ》港から入国していたが、「内田健太郎」とは別名義のパスポートを使い、他人になりすましていたらしい。港周辺の防犯カメラでリレー捜査をおこなったものの、どこへ消えたのか、行方知れずとなっている。国内の空港や主要駅を利用していないか、警察庁や出入国在留管理庁はじめ関係各所に探ってもらっているが、それらしき人物が発見されたという報告はいまのところあがってきていない。

ハリソン山中が日本にいるとわかっているのに、その居場所がつかめない。もどかしい状況がつづく中、捜査員の間で議論になったのは、わざわざ危険を冒してまでハリソン山中が帰国した目的だった。さまざまな意見がかわされるのを耳にしつつ、しきりにサクラの胸に去来していたのは、はじめてインテリジェンス・センターをおとずれた道中のバスで言われた藤森班長の言葉だった。

——あいつは、これくらいでいい、ということを知らない。

もし、ハリソン山中があらたな地面師詐欺のために帰国したのだとしたら、なにかしらの準備をしてきているはずだった。石洋ハウス事件で多くの地面師が刑務所に収監されているため、本人みずから拠点のシンガポールからターゲットの土地を物色していた可能性が高い。藤森班長の了承を得たうえで、法務省が保有している不動産がらみのデータ照会の許可を捜査本部にもとめ、結果、関係機関の折衝を経てめでたく認められた。

サクラは、モニターに視線をもどした。

画面に映し出されたデータは、いわゆる登記簿謄本である、土地・建物の登記情報の閲覧請求履歴だった。一年間の請求件数はゆうに十億件を超えるが、そのうちシンガポールからアクセスしたユーザーのデータにしぼり、数年分さかのぼって手がかりを探していた。

「なんかわかったか」

振り向けば、知らぬ間にいた藤森班長が紙カップを差し出してくれる。プラスチックの蓋の飲み口から立ち上る湯気はコーヒーの香りがした。

「いえ」

データは、氏名、住所、連絡先など請求者が入力する情報のほかに、請求者の利用したブラウザの種類、端末の種類、端末の個体識別番号、IPアドレス、プロバイダー情報などもふくまれている。「個人利用」や「法人利用」の氏名欄に、「内田健太郎」はもちろん、ハリソン山中が使っていると思われる偽名はなく、ほかをさらってもハリソン山中にむすびつきそうな情報はない。

「脳みそ使ったときは、ブドウ糖補給した方がいいぞ」

隣の席に腰掛けた藤森班長が、小さなシュークリームがたくさん詰まった袋をひらく。

礼を述べて、ひとつだけ口に入れた。甘いカスタードクリームが舌の上でとろけ、疲労の深さを教えてくれる。

「この仕事やってると、不思議なことに出くわす。誰も信じないような偶然がかさなったりしてな」

藤森班長が、眉間に皺を寄せながらコーヒーをすすっている。

「けど、なんもせずにただ待ってたって、やって来ない。めんどくせえことを悪態つきながら、それでも根気よくやってるときに降りてくる。毎回じゃない。ごくたまに、諦めかけたころにやって来る」

こちらを励ますためだけの方便だとしても、くすんでいた心が明るむようだった。

なにげなくモニターの画面に目をもどして、なにかが引っかかった。なにかがわからず、気になる。再度画面に意識をそそぐと、「一時利用」の中の、不動産の所在地が表示された箇所に視線が吸い寄せられた。見覚えのある住所だと思ってすぐに、記憶のそれと一致した。

「どうした」

藤森班長がけげんそうにこちらをうかがっている。

「この住所なんですけど、以前、私が調書をまいたイギリス人が、不動産の売買で七億円だましとられたという住所と同じです」

サクラは、東京都心の住所が記された画面の一部を指ししめした。その請求者が使用していた端末の個体識別番号を抽出してみると、アクセスポイントはばらばらながらクレジットカード情報はすべて同じで、ほかにも多くの物件について請求している。

「東京だけじゃなくて、全国各地にまたがってますね」

サクラは画面をゆっくりとスクロールさせていった。東京以外では、横浜市、大阪市、佐世保《させぼ》市、釧路《くしろ》市、和歌山市、千葉市、常滑《とこなめ》市、名古屋《なごや》市、苫小牧市に集中している。

しばらく無言で画面をにらみつけていた藤森班長が、なにかに気づいたように口をひらいた。

「……カジノの候補地だ」

いずれの物件も、きわめて地積の大きいものばかりだった。これがハリソンだとしたら、カジノ開発に便乗してなにかたくらんでいるのか。

「直近だとどれになる？」

サクラが、データを請求日順にならべかえてみると、最新では釧路市の物件を請求していた。それも一件ではなく、何件にもおよんでいる。その前に頻繁に請求していた苫小牧市の物件から、二ヶ月以上も時間が空いていた。

「釧路も、カジノがらみですかね」

「いや、釧路はちがったと思う」

藤森班長はそこで言葉を切り、

「なんで釧路なんだ……」

と、自問するような声を画面にぶつけた。

受話器越しに、川久保が甲高《かんだか》い地声をひびかせていた。

「クレジットカード情報をもとに身元を探りましたが、カフェやホテルのラウンジからアクセスしていた人物は国実《くにみ》不動産の駐在員ということが判明いたしました。業務の一環で登記簿が必要だったようです。防犯カメラの映像も確認しましたし、本人と責任者にもお会いして裏を取りました」

サクラは形ばかりの相槌を打ちながら、窓の方に目をむけた。

青葉をしげらせた栃の並木や、その樹間にのぞく法務省の赤レンガ棟が糠雨《ぬかあめ》に濡れてくすんでいる。梅雨明けしたはずの灰色の空模様さながら、一度は明るみかけた胸内が再びふさがってくるようだった。

ハリソン山中が日本に再入国してから、すでに二ヶ月以上が経過している。いまだ足取りがつかめておらず、土地勘のありそうな場所をふくめて目撃情報も一切ない。どこに潜伏しているのかも不明で、ふたたび海外へ逃亡したのではないかといぶかしむ捜査員の声も聞かれる。

捜査体制が縮小する中、数少ない手がかりの一つは、シンガポールからウェブサイトを通じて登記情報を大量に閲覧請求したアクセス記録だった。同一人物とおぼしきこの請求者は、まるで地面師が次の土地《ターゲット》を探すかのように、カジノの候補地を中心に大規模な物件ばかりを選んでいる。数百件におよぶ物件の各所有者や管轄の警察署に不審な点がないか聞き取りをしてみたりしたが、所有者については連絡がつかないものや連絡先不明なものも多く、新たな手がかりはなにひとつ得られなかった。

また、最新の閲覧請求記録が釧路の物件に集中している件については捜査本部でも注目されたが、所有者はじめ、関係機関や地元の不動産会社に問い合わせても、異変はないという。カジノの候補地からはずれている釧路に、地面師が目をつけるような大規模な再開発の計画もないようだった。

せめて、シンガポールからアクセスしたその人物がハリソン山中だという事実があれば、局面も変わりうるが、在シンガポール日本国大使館の川久保二等書記官の報告によってその可能性も砕かれてしまった。

「ほかに、防犯カメラに誰か一緒に映っていたりしませんでしたか」

簡単には諦めきれなかった。

「いずれも、映っているのはその社員だけでしたね。少なくとも、ハリソン山中らしき男はどこにも確認できなかったです」

それならどうして国実不動産の社員は、イギリス人が地面師詐欺にあった都内の物件についても登記情報を閲覧請求していたのか。偶然なのか。

「そちらも確認とりましたけど、業務の中で同様に必要だったみたいですよ。社宅かなにかで」

川久保はそこまで言うと、こちらの落胆を察してか、どこかなぐさめるような調子でつづけた。

「国実不動産すら注目するほどの優良物件だったということなんでしょう」

サクラは気を取り直すように席を立つと、藤森班長に川久保の調査結果をつたえた。

「裏でハリソンが糸引いてるって線はないのか」

「現地の責任者にも会って裏取りしているそうです」

藤森班長は思案するように押し黙り、

「念のため、東京本社にも裏を取ってみてくれ」

と、付け加えた。

自席に戻ろうとすると、呼び止められ、袖机から取り出した一通の封筒を手渡された。

「恋人からだ」

表書きの宛名には、几帳面な楷書体でサクラの氏名が記されてあり、裏を見れば、静岡刑務所の住所とともに〝辻本拓海〟という差出人の名が控え目にならんでいる。

辻本とは、静岡刑務所の面会室で言葉を交わしたことがあるだけで、これまで手紙をもらったことも送ったこともなかった。

「捜査にかかわる内容だったら、教えてほしい」

藤森班長からハサミを借り、その場で封を切った。便箋には表書きと同様、神経の行きとどいたボールペンの文字がつらなっている。時候の挨拶ではじまる文面には、捜査の動向を案じているとつづられたあとで、前回の面会で話していないことを思い出したという旨が記されてあった。

〃ハリソン山中は、以前から狩猟を趣味にしており、北米などの海外でハンティングを楽しんでいましたが、当初は国内を主戦場にしていたようです。〃

ハリソン山中が美食家で、ファッションに強いこだわりをしめしているのは知っていたが、ハンティングが趣味だという情報は、捜査本部も把握しておらず、辰のノートにも見当たらなかった。

かすかに胸が高鳴ってくるのを自覚しながら、その先を目で追った。

〃国内ではもっぱら北海道を好んでハンティングに訪れていたようです。理由は不明ですが、興が乗ると熊の話をよくしていたので、もしかしたらヒグマの生息する北海道というフィールドに、ある種のスリルを求めていたのかもしれません。住民票を北海道に移し（おそらく偽の身分でしょう）、猟銃の許可申請や保管もそちらで行っていると話していたような記憶があります。〃

ハリソン山中が銃砲所持の許可を過去に受けているとしたら、なにかしら記録が残されているかもしれない。ハンティングのためだけに、わざわざ逮捕のリスクを冒してまで帰国したとは考えにくいが、手がかりがほとんどない現状を考えると、銃砲所持の許可や、あわせて取得しているだろう狩猟免許の記録についてたしかめてみるべきだと思った。

手紙の内容をつたえると、椅子の背にもたれながら頭の後ろで手を組んで聞いていた藤森班長が、心なしいたずらっぽい目をこちらにむけた。

「行ってみるか」

*

「遅いですね」

両隣に腰をおろした部下の一人が落ち着かない様子で耳打ちしてくる。ケビンは、腕時計に目を落とした。

六十階に位置するこのミーティングルームに通されてから、すでに三十分ほど経過している。

「気長に待とう」

ケビンは、正面に視線をすえたまま鷹揚に言葉を返した。

長いテーブルの反対側には、先方が座る六脚のエグゼクティブチェアがつらなり、その背後をガラス窓が全面に覆っていて明るい。窓のむこうには香港島《ホンコン》の林立した高層ビル群がせまり、ビルの合間から青々としたビクトリア湾がのぞいていた。

ビクトリア湾を中心とした世界的金融街をかかえる香港政府は、目下、深圳《シエンチエン》市との境界付近を中心とした北部地域において都市開発計画を推し進めている。計画は、大規模なインフラ整備や住宅建設、商業施設の整備、イノベーションと科学技術産業の誘致を通じて、さらなる経済発展を目的としており、ケビンたちもかねて注目し、開発の機会をうかがっていた。

これまでパートナーをもとめて地場の企業といくつも交渉をつづけてきたが、この日、ようやく香港の大手不動産開発会社と、北部都会区の共同開発プロジェクトにむけた覚書の締結まで漕ぎ着けることができた。深圳湾に面したマングローブ林のほとりに、ラグジュアリーホテルや商業施設をふくむ超高層ビルを建設する目論見で、実現すれば、会長の父もその結果に満足し、経営者としての自分の才覚を認めるにちがいなかった。

ミーティングルームのドアがひらき、先方が姿をあらわした。

「待たせたね」

部下をしたがえた最高経営責任者《CEO》が、口元に微笑をたたえながら正面の椅子に手をかける。父よりいくらか年少だが、縁無しの眼鏡をかけた面差しには苛烈な競争と困難を乗り越えてきた自信がみちあふれている。

「前回、連れていっていただいた中環《ツォンワン》の鮨屋の味が忘れられません」

ケビンは相好を崩して言った。

こちらの好みを知ってわざわざ予約困難な店に招待してくれたが、そうした細やかな相手の気遣いは最初に会ったときから一貫している。新米経営者である年少の自分に対しても誠意ある態度で接してくれるのが常で、あらためて信頼のおけるパートナーにめぐまれたと感じ入っていた。なごやかな空気の中、すでに事務レベルで合意のとれている覚書の締結をすすめようとしたところ、不意にCEOがさえぎって、

「内容について見直したい」

と、表情も変えず言った。

思いもよらない話に、頰の筋肉がこわばっているのが意識された。

聞けば、高層ビル開発はほかの中国企業とすすめることになったという。そのかわりに住宅開発のプロジェクトに参画しないかとつづけた。資料を見ると、平地に造成された宅地に、無機質な箱のような集合住宅がびっしりとならんでいる。合理性のみを追求していて、そこにはなんら創造性も感じられない。利益にしか関心を寄せない父なら、喜んで乗りそうな計画だった。

「ですが、うちとやるとおっしゃったじゃありませんか」

鮨屋のカウンターで酒を酌み交わしながら、誰が見てもひと目でわかるシンボルタワーにしようとビルのデザインイメージや好みの建築家について熱く語り合った。合弁会社をつくり、出資割合については等分にすると握手も交わした。にもかかわらず、どうしてとつぜん約束を反故《ほご》にしたのか理解できなかった。

「言った覚えはないな」

いつのまにかCEOの表情から、さきほどまであった柔和な色が消えている。眼鏡の奥の目に老獪《ろうかい》な光がやどっていた。お前じゃ無理だ、という父の言葉が頭をかすめていく。

「そっちのためを思って言うが、断らない方がいい。高速道路も近いし、悪い話じゃないんだ」

CEOが親身な口ぶりで言う。神経に障る響きだった。

検討する価値はありそうだと部下たちが耳打ちしてくる。並行してすすめているベンガルールのプロジェクトは当局の認可を得るのに難航し、インドネシアのプロジェクトもジャカルタからの首都移転計画で先行きが不透明になり、頓挫したばかりだった。ほかに、将来的な成長が見込め、心浮き立つような創造性あふれるプロジェクトは残されていない。

ここは手堅く実をとるべきなのかもしれず、父なら間違いなくそうするだろう。

「高層ビルを、うちとやる余地は残されていないということですね？」

残念だが、と正面のCEOが平然と首を横に振った。

「貴社の成功と発展を願っております」

ケビンは不満を押し隠しながら丁重に述べ、当惑する部下を追い立てるように退席した。

地上へ下りるエレベーターの中は、重苦しい空気が張り詰めていた。長くこのプロジェクトにかかわってきた部下たちは、渋面をならべながら口をつぐんでいる。

「これでよかったんだ」

ケビンは自分に言い聞かせるようにつぶやき、胸底に煮え立つ焦燥をやり過ごしていた。


ついさっき確認したばかりの腕時計に目を落とす。約束した時間から十分が過ぎている。

ケビンはカウンター席に腰かけたまま、ふたたびエレベーターホールにつながる入り口の方に首をのばしてみた。レセプションスタッフがいるだけで、それらしき姿は見えない。スマートフォンを確認しても、予定の変更を告げるような新着のメッセージは先方からとどいておらず、あらかじめ指定した日時や店に誤りもなかった。

「お連れ様がお見えになるまで、なにかお飲みになってらっしゃいますか」

いつになく平静をうしなっているせいで、女性スタッフのさり気ない心配《こころくば》りすらわずらわしく感じてしまう。

「いや、いい。ありがとう」

ケビンは、日課の瞑想を再現するように呼吸を意識した。いくぶん気持ちが安らぎ、周囲を見渡す余裕が生まれてくる。

カウンターのむこうのオープンキッチンでは白衣をまとった何人もの調理スタッフが立ち働き、忙しそうに手を動かしている。窓からマリーナベイの夜景を一望できる店中に、食事を楽しむ客の賑やかな話し声があふれ、自分と隣の空席のところだけ隔絶されたようだった。

待ち合わせ相手は、二週間前にオーチャードの会員制ラウンジで知り合ったリナだった。

プールサイドのサンベッドが隣だった彼女は若く、ロングヘアのほっそりとしたスタイルで、ひときわ周囲の視線をあつめていた。中国系のアジア人に見え、そのときは日本人の血が入っていると知らなかったが、容貌には柔和な感じがあり、興味をいだいた。

たまたま頼んだカクテルが同じだったのをきっかけに言葉を交わしたものの、じっとこちらの目を見つめて話す相手に気後れし、最初はうまく話せなかった。十代は勉強漬けで、大学に入ってからも図書館に籠《こも》りっぱなしだったため、異性とのコミュニケーションに身構えてしまうのはどうしようもなかった。普段なら早々に相手に見限られてしまうのに、彼女は嫌な顔ひとつせず自然に接してくれた。

胸元から肩口にむかってきざまれた蘭のタトゥーにひるんだものの、微笑を絶やさない目元はどこかやさしかったし、父親が日本人だと聞いて、にわかに親近感をおぼえた。気づけばスマートフォンで自宅の和室を見せながら、禅や瞑想や友人のリュウについて触れ、いかに自分が日本と縁があるか話し込んでいた。

別れ際、シンガポールに居住しているという彼女と儀礼的に連絡先を交換して、それで終わりだと思っていたが、驚いたことに彼女の方からメッセージをくれた。何度かメッセージを交換するうち、意識するようになり、瞑想中もリナが頭の片隅にとどまりつづけていた。もう一度逢って話したい気持ちをおさえきれず、勇を鼓してこの日の食事に誘ってみると、快く応じてくれた。だがそれも、しょせんは気まぐれじみた冷やかしだったのかもしれない。

ケビンは悄然としたまま、カウンターのむこうへ焦点の曖昧な視線をすえていた。

内臓を圧迫するような屈辱感がこみあげてくる。思い違いをして一人いい気になっていた間抜けな自分が腹立たしかった。プライベートではたまにしか着ないジャケットも、店内にうっすらただよっている食物や出汁《だし》の香りも、しきりにひびきわたる誰かの陽気な談笑もすべてが不快に感じられる。周囲の視線にさらされるのが苦痛で、早くこの場をはなれたかった。

スタッフを呼ぼうとしたとき、肩先にやわらかいなにかが触れた。

「迷っちゃった」

振り返ると、こちらの肩に手を置いたリナがほほえんでいた。

驚きのあまり言葉が出ず、どのような顔をしたらいいかわからなかった。心臓の鼓動を聞きながら、座席に細い腰をすべらせる相手を呆然とながめていた。

「ごめん、わかりづらかったかな」

胸内に歓喜があふれ、自然と頬がゆるんでくる。

メイクアップしたリナの顔は華やかで、体に張りつくようなワンピースが、形のいいヒップやバストの優美なラインを浮き彫りにしている。蘭のタトゥーは薄い生地の下に隠れ、ラウンジで目にしたビキニ姿のときとは別人と思えるほど、大人びた雰囲気だった。

「来ないと思った？」

こちらの気持ちを見透かすようにリナが上目をつかう。

「まさか」

ケビンは首を振って視線をそらした。

あらためて間近に見るリナは、魅惑的だった。横で食事をしているだけで平常心を保つのがむずかしい。訊いてみたいことや話したいことが頭の中で渦巻いているというのに、なにから切り出していいかわからず、もどかしかった。

「香港出張どうだったの。大事な商談だったんでしょ？」

リナがさりげなく話題を振ってくれる。

「ぜんぜんだった」

肩をすくめて体裁を取り繕おうとしたものの、相手の相槌にうながされ、話すつもりのなかった商談の顚末を打ち明けていた。

「きっとすぐにまた、いい話がくるよ」

ただの気休めの言葉だとわかっていても、彼女から言われると沈みがちだった気分も晴れわたる思いだった。

高校生まで日本で過ごしていたというリナが上品に箸を使いながら刺し身を口にはこび、美味しいと眉をひらいている。雫状にぶら下がったイヤリングに、照明の光がまばゆく散乱していた。箸を止めて見入っていると、その横顔がこちらにむいた。気恥ずかしさにおそわれて、目をそらす。

「この店にしてくれたのって、私のルーツに日本が関係してるから?」

からかうような、でも嬉しそうな訊き方だった。

「それもあるけど、僕も和食が好きだから」

季節感や素材を大事にする、繊細で健康的な和食の世界観は、禅の精神に通じるものがある。

「てっきり流行《ファッション》なのかと思った。ほらいまって、和食好きとか言っとくと通ぶってる感じがするじゃない?」

「そんな薄っぺらい奴らとはちがうよ」

ついむきになってしまう。

「ケビンは、〝キアス〟な感じじゃないもんね」

キアス——シンガポール人の国民性をあらわす俗語としてしばしば使われる。よく言えば、他人に先んじてチャンスをつかむといった競争心や上昇志向、悪く言えば、他人より劣っていたくないといった虚栄心や優越感といった意味合いになるだろうか。父がまさにキアスを体現していた。父の血が流れている自分にも、深いところでキアスが根を張っているのかもしれないが、キアス的な振る舞いは無自覚のうちに避けてきた。

「WSDグループの御曹司《おんぞうし》だし、言い寄ってくる女の子たくさんいそう」

どこか距離を置くような言い方に聞こえた。

「そういう人は、僕じゃなくて、僕がもってる金とか肩書が好きなんだよ」

自分の声に自嘲めいた響きがふくまれていることに気づく。誰でもいいわけじゃなかった。

「どんな人と付き合ってきたの？」

言葉に詰まった。

留学先からもどって働き出してからというもの、公私ともに何人もの異性と出会ってきた。心惹かれる人も中にはいたが、どれもうまくいかなかった。相手に巡り会えず孤独感がつのったときは、ひそかにゲイランの娼婦街におもむき、適当な女を買って憂さを晴らしていた。

「じつは……誰とも付き合ったことがない」

後悔の念がわずかに湧いたが、自分の心に正直でありたい気持ちが強かった。うつむいて、酒を口にふくむ。あまり味が感じられなかった。

「純粋なんだね。そんな風に見えないのに」

驚いて顔をあげた。馬鹿にされるとばかり思い込んでいた。

「なんとも思わないの？」

「人それぞれでしょ、そんなの」

自分という人間を正面から認めてくれたような気がし、胸が熱くなってくる。思いきり抱きすくめたい衝動をかろうじてこらえた。

それからは夢中で話しつづけ、会計を済ませて席を立ったときには心地よく酔いしれていた。パウダールームに行ったリナをエレベーターホールで待っていると、ジャケットの内ポケットに入れていたスマートフォンが着信を知らせた。リュウからの電話だった。入店直後にもかかってきていたが、リナが気がかりで出られなかった。

すでにシンガポールでの休暇を終えて日本に帰国しているはずだった。何度も電話をしてくるのは、メールやメッセージではつたえられない内容だからか。

「誰から」

もどってきたリナがこちらをうかがっている。

「リュウ。さっき話した大学院のときの」

着信はいっこうに止まず、スマートフォンが手の中で執拗に振動していた。

「出ないの？　親友なんでしょ？」

いまはリナのことだけを考えていたかった。

「あとで——」

振動しつづけるスマートフォンをジャケットに仕舞おうとしたとき、ひらきかけた唇にやわらかなものが押し付けられた。ストップモーションのように周囲の景色が緩慢に流れていく。リナが人差し指でこちらの口をふさいでいた。こんなことをされたのははじめてだった。

「私のことはいいから」

こちらに寄り添うようなくつろいだ光がその目に浮かんでいる。おとなしくうなずいて、電話に出た。

「ごめん、何度も電話して。いま話せる？」

もちろんと答えたが、早く電話を切りたかった。

「こないだ、ケビンがくれたラッフルズホテルのジャム、すっごい美味しかった。お返しに、日本のシングルモルト贈ろうと思うんだけど、会社に送ってもかまわない？」

リュウの気遣いに感謝しつつも、この程度の用件ならメッセージで済ませてほしかった。

「そんなの気にしなくていいよ。でも、ありがと。会社宛に送ってくれて問題ないから」

電話を終えようとすると、リュウにさえぎられた。

「それとさ」

端末の受話口から聞こえてくる相手の声は、妙に慎重な感じだった。

「こないだ、次のプロジェクトの投資先を探してるって言ってたよね？」

「……そうだね」

リュウが、こちらのビジネスについて自分から言及してくるのは珍しい。いや、はじめてかもしれなかった。

「面白い話があるんだ」

もったいぶった話し方だった。

「面白い話？」

妙な声が口をついて出る。かたわらのリナが、どうしたのとでも言いたげに眉を引き上げていた。

「前に北極海航路の話したのおぼえてる？」

五

キッチンの流し場に食器をはこぶと、スポンジを泡立てて順に汚れを落としていった。広尾に住んでいたときから使っている平皿が懐かしい気持ちにさせる。

母が隣に立ち、洗剤のついた食器をすすいでくれる。流水につつまれたその手は、配達の仕事で重い荷物をもつことも多いのか、見ないうちにずいぶん節くれ立っていた。

「サクラ、明日も泊まってけばいいじゃない」

年の瀬は仕事が立て込んでいたせいで、札幌市内の母のアパートに来るのは一年ぶりだった。父がここに住んでいたときは一度も足を踏み入れていないから、まだ数えるほどしか泊まったことがない。

「もうホテルとっちゃったから。空港行くのもそっちの方が楽だし」

明日は、朝から北海道警察の公安委員会を訪れる予定だった。作業量が読めず、夜遅くまでかかるかもしれない。

「お母さん、もう東京来ないの？　一緒に住もうよ」

前にも同じことを口走った気がする。故郷とはいえ、祖父母もすでに他界し、ここで一人暮らす理由などないはずだった。

「いまさら東京なんか行けないわよ。人が多いし、空気も汚いし」

おどけるように言いながら、母はすすぎ終えた食器を水切りカゴに立てかけている。

食器を洗い終え、母が風呂に入っている間に居間で明日の準備をしていると、テレビボードの隅に目がいった。

小ぶりながら発色のいい数輪の向日葵《ひまわり》が窓辺の花瓶に挿してある。向日葵は母の誕生花で、毎年母が自分のために買っているのは知っていた。その向日葵の横に、見慣れない写真立てが伏せてある。手にとってみれば、昔のアルバムを整理したら出てきたと、春に母が送ってきた二十年前の家族写真だった。郷愁を誘う古い写真には、九歳の誕生日をむかえた自分と母とならんで、母の人生を狂わせた父が写っている。飾ってあるのが意外だった。

「つい懐かしかったから。サクラもまだ小さくて可愛いし」

振り返ると、髪の濡れたパジャマ姿の母が面映《おもはゆ》そうに立っていた。

「いまなにしてんの」

父のことなど話題にすらしたくないのに、見てはならないものを見てしまった決まりの悪さから、つい訊いてしまった。

「知らないわよ。こんなやつ」

母の表情に物憂げな色が浮かんでいる。


「それじゃ、終わったら声かけてください」

係員が会議室を出て行き、一人きりになったサクラは、朝陽の差し込むひろい会議室を見回した。

前方にむかってずらりと四列にならんだ長机の上に、おびただしい量の段ボール箱が置かれている。すべて北海道警察の公安委員会が管理している銃砲所持許可証の申請記録だった。事前に申し入れをし、過去分までさかのぼって資料庫から出してきてもらっていたが、想像していた以上の量にたじろぐ。これを確認すると思うと、途方に暮れそうだった。

日本全国で所持を許可されている猟銃はおよそ十五万丁をかぞえ、そのうち北海道では八千丁あまりにおよぶ。一人で複数丁所持している場合もあるが、過去数十年分にわたって許可証の返納や更新をしなかったものまであわせれば、データベースに登録済みのものをのぞいても、これだけの量になるのは当然だった。

「やるか」

自分を奮い立たせるようにつぶやくと、トートバッグを肩から下ろし、手近の折りたたみ椅子に置いた。

段ボールは、記録の古い順に並べられていた。手始めに、猟銃の所持が許可される下限年齢、すなわちハリソン山中が二十歳の誕生日をむかえた四十五年前の記録からたしかめていくことにした。

資料庫に保管されていたとはいえ、四十五年も前の資料となると、カビ臭く、紙は茶色く焼けているうえ、表面にざらざらとしたものが付着している。白いブラウスを着てきたことを後悔したが、作業にとりかかった。

白い手袋をはめ、段ボール箱から書類の束を取り出していく。

銃砲所持の許可は、複数の申請書類によって審査されており、そのうち住民票の写し、経歴書、申請書類に添付された証明写真にしぼって目を通していった。

ほどよく空調の効いた明るい室内に、紙をめくる音だけがひびく。

途中、朝一の便で新千歳空港から直行してきた捜査員の先輩が合流し、二人で手分けをしたものの、いっこうにハリソン山中も、それらしき人物も出てくる気配がない。最初は物珍しさも手伝って一枚ずつじっくり読み込んでいたが、すぐに飽きて機械的な手つきになっていた。単純な作業がつづき、あくびがこみ上げてくる。

「こりゃ大変だよ」

辟易《へきえき》した先輩の野太い独り言がしきりだった。

正午をむかえても、めぼしい情報は見当たらず、作業が終わる見通しも立たない。昼食もとらず午後もそのまま作業をつづけた。

やがて申請書類は、データベースに登録されている近年のものになり、念のため今年度分まで確認したが、結局、期待した成果は得られなかった。

「なんも出てこなかったなぁ」

Yシャツを腕まくりした先輩が疲れ果てたように椅子に体をあずけて、スマートフォンをいじっている。

「見落としはなかったと思いたいんですけど」

サクラも椅子に腰をおろし、ぬるくなったペットボトルの水を口にふくんだ。窓から見える真向かいのビルに、傾いた日差しが照りつけている。深い徒労感が意識されていた。

辻本の思い違いだったのか。もしかしたら、銃砲所持の許可申請を出したのは北海道の公安委員会ではなく、ほかの都府県なのかもしれない。

サクラは残りの水を飲みほしてから、立ち上がった。全身が汗みどろで、早いところホテルに引き上げてシャワーを浴びたい。先輩も先ほどから、今夜の夕食と決めているらしいジンギスカンとビールの話しかしていなかった。

作業終了を係員に告げにいこうとして、視界の端に、最も古い申請書をおさめた段ボール群が映った。ハリソン山中が二十歳になる前のもので、まったく手をつけていなかった。

「一応、見ときますか……」

段ボール群に近づいてみて、二つほど比較的古くないものが混ざっているのに気づく。あらためてみると、ほぼ四十年前、ハリソン山中が二十六歳のときのものだった。順番が入れ替わっていたらしい。

あまり乗り気ではない先輩と惰性のように調べていくと、一枚の申請書で手が止まった。一度は目をそらしたカラーの証明写真に引っかかるものを感じ、視線をもどす。

白いタートルネックのニットに下襟の太いジャケットを羽織り、耳が隠れるほどボリュームのあるウルフカットの若い男が、挑発的ともとれる微笑を浮かべた目でこちらを見つめている。申請当時の年齢は、ハリソン山中よりも五歳年長となる三十一歳で、申請書や住民票の氏名もちがうが、似ていた。

「ちょっとこれ見てもらっていいですか」

隣で作業していた先輩に確認してもらう。

「……っぽい感じはするな」

いぶかしんでいた先輩の声がはずんでいる。

サクラはトートバッグからタブレット端末を取り出し、ハリソン山中の写真を整理したアルバムから、二十代のハリソン山中が撮影された一枚を画面に表示した。赤いオープンツーシーターのベンツの前で女と肩を組んでいる。申請書の証明写真と見比べる。目元の感じがそっくり、いや、まぎれもなく本人にちがいなかった。

係員に調べてもらったところ、写真の申請者の所持許可は三年ごとの更新を何度かかさねたがすでに失効しており、申請者自身は十五年ほど前に他界していることが判明した。

ハリソン山中は、一時暴力団組織に籍を置いていたうえ、前科・前歴も一つや二つではおさまらない。申請しても、銃砲所持の許可はおりない。他人の身分を乗っ取って、申請したのかもしれなかった。

「不思議ですね」

係員によれば、ハリソン山中と思われる人物が申請していた住民票の住所、すなわち銃砲を保管していた同じ場所に、その人物が所持していたFNブローニングD5という猟銃が、一度札幌の銃砲店への譲渡を経たのち、いま現在は菅原滉一《こういち》という別の人物によって保管されているらしい。

「私も詳しくないですが、上下二連式で、美しい彫刻がほどこされた貴重なものです」

菅原はFNブローニングD5以外にも、十年以上の猟銃の経験が必要なライフル銃をふくめ、計六丁の銃砲を所持している愛好家であるため、偶然がかさなっただけだろうとのことだった。

「北海道は広いですけど狭いですから」

係員が自虐的に苦笑している。

サクラは、係員の対応を先輩にまかせ、東京にいる藤森班長に電話をかけた。

「ハリソン山中の猟銃と保管場所が同じか」

藤森班長は、その偶然の一致をどう解釈すべきか、判断できかねているようだった。

「更新のときに、身元は調査するもんな」

自身に問いかけるような言い方だった。

「おととし更新だったので、その際に実施しています」

サクラは、手元の書類に目を落とした。銃砲所持許可証の更新の際には係員が申請者に聴取をする決まりとなっているが、これは菅原本人に聴取した調書の控えだった。

「念のため、これから聞き込み捜査《ジドリ》をしようと思うのですが」

住民票にしめされた菅原の住所は、ここから地下鉄で二駅はなれた中島公園《なかじま》の近くだった。明日は北海道庁自然環境局をおとずれ、狩猟免許の確認をしなければならない。明後日は午前中の便で帰京する予定のため、聞き込みをするなら、今日のうちに済ませておくに越したことはない。

「こっちでも、北海道警察《どうけい》の幹部に当たって探ってみる」

電話越しからも期待を寄せているのがわかった。

地下鉄の最寄り駅に到着したときには、あたりに薄闇が染み出しはじめていた。

「ここだな」

ならんで歩く先輩がスマートフォンの地図を確認している。

前方に、目的の分譲マンションが建っているのが見える。豊平川《とよひらがわ》にほど近く、このあたりでは比較的戸数が多い。

築年数は経っているものの、管理状況は良好のようで、外観だけ見れば、あまり古さは感じさせない。

サクラは、菅原の住所である三階の角部屋に視線をのばした。

「留守ですかね」

マンション前面につらなるバルコニーは鉄柵でかこわれ、部屋の掃き出し窓が見える。菅原の部屋は電気が消されていた。

「どうだろ、中途半端な時間だからな」

まだ西の空は残光に染まってあかるい。電気がともされている部屋はわずかだった。

「さっさと終わらせて、ビール呑むぞ」

先輩がマンションのエントランスにむかって歩き出す。サクラもあとにつづいた。

五階から順に聞き込み捜査をおこなっていったが、単身者が多いのか、呼び鈴を押してもほとんどが不在だった。たまに住民に話が聞けても、菅原について知っているものはあらわれない。

二階と一階を終え、後回しにしていた三階のフロアにおもむく。

目当ての三一〇号室を訪ねても反応はなく、ほかの部屋も不在がつづいたが、三〇七号室の呼び鈴を押すと、ドアのむこうから足音が近づいてきた。

あらわれたのは、エプロンをつけた年配の女性だった。

「三一〇号室の菅原さんについて、少しお尋ねしたいのですが」

サクラが身分を告げると、いくぶん驚いた様子だったものの、快く捜査に応じてくれた。女性は、菅原の銃砲所持に関する公安委員会の身辺調査にも何度か協力しており、菅原とは顔を合わせれば、互いに挨拶をする仲だという。これまで菅原がトラブルや事故を起こしたりしたこともないらしい。

「最近は、お見かけしてないですね」

女性が顎に手をそえながら顔をくもらせた。

「最後に見かけたのって、いつ頃かおぼえてらっしゃいます？」

隣の先輩が言葉をはさむ。

「いつだったかしら……半年以上前だったかな。もうちょっと前だったかも」

菅原は、ふだん三一〇号室に居住していないのだろうか。

「最近、三一〇号室でなにか変わったことってありませんかね」

先輩の質問に、なにもない、と女性は首を振っている。

「最後にすみません、この男に見覚えはありませんか」

サクラは、トートバッグから取り出したハリソン山中の近影をしめした。女性がのぞきこむようにじっと見つめる。またも首を横に振った。

無駄足を引きずってマンションから出てきたときには、すっかり日が暮れていた。前面道路につらなる街灯が白い光を落としている。

サクラが地下鉄の駅の方に足をむけようとすると、先輩に呼び止められた。

「おい」

小声ながら緊迫していた。

振り返ると、マンションの方に視線をすえている。いつの間にか、三一〇号室に明かりがともっていた。

室内に人影が映ったかと思うと、掃き出し窓が動いた。バルコニーに人が出てくる。

振り返った先輩に腕を引っ張られ、無言で抱き寄せられた。Yシャツの生地が汗で湿り、蒸し暑い。恋人同士をよそおっているつもりらしいが、我慢するほかなかった。

「見えるか」

先輩の肩越しに三一〇号室のバルコニーをそっとうかがった。

鉄柵のやや上方に、赤い微光がともっている。男が煙草を吸っているらしい。

目をこらして男を見つめた。逆光でなかなか顔が判別できない。

男が豊平川の方に顔をむける。室内の明かりが、そっと男の横顔を照らした。サクラはその横顔に視線をそそいだ。周囲のざわめきが遠のき、鼓動の音だけが大きくなっていく。胸底が急速に冷えるような感覚にとらわれた。

無自覚のうちに体が動き出していた。突き飛ばすように先輩からはなれ、その足でマンションの方へむかう。頭の芯が熱く、パンプスを履いている感覚も地面を踏んでいる感覚もしない。階段をのぼり、三階の外廊下を急いだ。こちらを制止する先輩の声が背中に聞こえた気がしたが、止まらなかった。

外廊下の突き当たりまでいき、躊躇なく三一〇号室の呼び鈴を押す。応答がない。呼び鈴を親指で連打した。

「おい、佐藤。やめろ」

狼狽する先輩の手を振りほどいて、玄関のドアを拳でたたいた。拳を鉄板に打ちつけるうち、次第に息が切れ、力がはいらなくなる。それでもやめなかった。先輩が唖然として立ちつくしていた。

「居留守なんか使ってないで出てきて」

あえぐように声を振り絞り、弱々しく拳を振り下ろす。ドアに額を押しつけ、乱れた息をととのえた。

「……大丈夫かよ」

動揺した先輩の声が背中に当たる。

鍵を開ける音がし、おもむろにドアがひらいた。

玄関に、五十年配の男が立っていた。着古したタンクトップと短パンから肉の削げた手足がのび、眼窩《がんか》は落ち窪んでいる。生え際は後退し、長く垂らした髪は白いものが交じって栄養不足のように細く縮れている。

菅原でもなければ、ハリソン山中でもなかった。父だった。

「……お前だったのか」

別人のように落ちぶれた父が瞠目している。

「なんでここにいんの」

サクラはぞんざいに言った。

いまだ事態を飲み込めていない先輩が、思い出したように警察手帳を提示し、捜査の協力をもとめる。絶縁した親だと耳打ちすると、言葉をうしなっていた。

「お巡りなんかやってんのか」

つまらなそうにつぶやく。昔となにも変わっていなかった。

「いいから説明してよ」

無関心の表情を浮かべていたが、やがて面倒くさそうに口をひらいた。

「人にたのまれて管理してる」

先輩が菅原やハリソン山中の名前を出し、写真を見せる。

「……知らんな。もう帰ってくれ」

細い腕をのばしてドアを閉めようとする。

サクラはドアをつかんで、強引に半身を入れた。違法捜査にまごついた先輩が申し訳程度にドアに手をかけている。

「帰らない。部屋の中たしかめるまで絶対」

にらみ合いになり、相手の細い腕が筋張って隆起する。歯を食いしばってこらえた。体がちぎれてもかまわなかった。

「……勝手にしろ」

ふいにドアが軽くなり、父が踵を返して室内に引き返していく。

サクラは靴を脱ぎ、内部にあがりこんだ。

室内は、十五畳ほどのリビングと寝室の間取りで、リビングの片隅には観音開きの大きなガンロッカーが設置されている。ソファの前のローテーブルやキッチンの流し場には、すさんだ生活を物語るように、コンビニエンスストアの惣菜のゴミと空の酒瓶が無造作に転がっていた。

室内を見回ってきた先輩が耳打ちする。

「ほかに誰もいない」

サクラは、バルコニーに視線をむけた。

父がすべてを諦めたような目で煙草を吸っている。最後に見たときはもっと髪もあり、肉づきもよかった記憶が残っている。変わり果てたいまの姿は、まるで老いた廃人だった。唯一変わっていない横柄な表情を見ていると、怒りが突き上げてきた。

「お母さん裏切ってまでやりたかったことがこれ？」

父が、なにか言いたげにこちらに目をむけた。無言のままバルコニーの外に視線をもどし、煙草の煙を吐き出している。

「佐藤、もう行くぞ。まずい」

うながされて三一〇号室を出ると、外廊下に、さきほど聞き込みをしたエプロン姿の女性が不安そうに立っていた。

先輩に対応をまかせ、階段を駆け下りる。胸が張り裂けそうだった。できるだけ早くこのマンションから離れたかった。

一階まで下り、外に出ようとしたとき、エントランスでむこうからやってきた人と肩がぶつかった。引き締まった体つきの、長身の若い男が、驚いて目を見開いていた。

サクラが謝ると、長身の男はそれを無視して、

「大丈夫？」

と、怪訝そうにこちらを見ている。

いつのまにか熱いものが目にあふれ、頰を濡らしていた。

「大丈夫です」

そのまま通り過ぎたが、ふと呼ばれたような気がし、振り返った。

男が、エントランスに転がっていたテニスボールでリフティングをしていた。左右の足の甲で巧みにコントロールしたかと思うと、天井すれすれまで蹴り上げたテニスボールを額に当てて階段をのぼっていった。

＊

肩をたたかれて目を覚ました。

「シートもどして」

右隣の座席で映画を鑑賞していたリナが、イヤホンを外してこちらをむいていた。着陸態勢に入っているらしい。キャビンアテンダントが客席を巡回している。

ケビンは身を起こし、シートベルトを締め直した。左手の窓に視線をむけると、眼下にひろがる海面が朝陽に照らされ、光の粒をばらまいたように輝いていた。

チャンギ空港を深夜に出発してから、途中、羽田空港の乗り継ぎをはさんで、すでに十時間近くが経過している。日常的に利用するとはいえ、狭い密閉空間で不特定多数の人間と長時間過ごすことを強いられる飛行機という乗り物は苦手だが、さほど負担に感じないのは、同伴者がリナだからかもしれない。

「水飲む？」

リナからペットボトルを受け取り、かわいた口中をうるおす。ただのボトルドウォーターのはずなのに、どこぞのエアラインのファーストクラスで提供される高価なシャンパンより、よほど心を満たしてくれた。

ディスプレイのフライトマップでは、当機が蛍光グリーンの航跡を引きながら、太平洋をいだくようにゆるくカーブをえがいた北海道南東部の沿岸に接近している。マップ上に〝KUSHI・《ドット》RO〟と記された目的地を見つめた。

最初に電話越しのリュウから釧路という地名を聞かされたとき、それが北海道にあることすらわからなかった。これまで東京や京都には何度も足をはこんできたが、北海道については今日まで未踏の地で、詳しくもない。聞いたことがあるのは、人口約二百万人をかかえる道庁所在地の札幌や、近年スノーリゾートとして世界中から投資が舞い込んでいるニセコくらいだった。

札幌から三百キロはなれた釧路は、かつては炭鉱と水産業でさかえ、道東最大の繁華街を有していた時代があったという。近年は衰退いちじるしく、一九八一年には二十三万人をほこった人口も十六万人にまで減少している。降雪量が少ないためにニセコのようなウインタースポーツ客は見込めず、同じ北海道の苫小牧が一時取り沙汰されたようにカジノリゾートの候補地として挙げられているわけでもない。

それが、どうしてそのような辺境の地を訪れることになったか。

はじまりはリュウの一言だった。

——近い将来、釧路はシンガポールみたいになる。

まるで学生の頃のように熱っぽくリュウが説明してくれたところによれば、地球温暖化の影響で北極海の氷が減っているために、北極海を抜けて大西洋から太平洋をつなぐ航路の使用が現実味を帯びてきているらしい。これまで冬季の北極海航路は厚い氷にはばまれてコンテナ船の往来が不可能だったが、通年使用が現実となれば、現在利用されているスエズ運河経由の欧州航路よりも、ヨーロッパから東アジアまでの距離が四割ほど短縮されるという。それは、コンテナ船の輸送コストや輸送日数も大幅に削減できることを意味する。

そうなった場合、北極海航路の先端であるベーリング海峡に近く、アジアの玄関口でもある釧路港が、海運の拠点となるハブ港として国際的に重要な役割を果たすことになる。釧路に世界中から人とモノと金があつまり、いたるところでゴールドラッシュならぬ、開発ラッシュが繰り広げられるはずだという。

すでにリュウの勤めるシンクタンクも当局や関連企業と釧路のプロジェクトを始動させつつあり、釧路近辺の水資源をおさえていた一部の中国企業でも、北極海航路をにらんだ新たな投資の動きが水面下で見られるという。今後そうした動向が活発になるのは時間の問題で、そうなる前に現地へ視察におもむき、まわりに先を越されぬよう投資を検討すべきだといつになく強い調子でリュウは言った。

最初にその話をもらったとき、ただちに検討すると電話口でリュウにはつたえたものの、投資を検討するつもりも、視察するつもりもさらさらなかった。

相手はこちらの事業内容や立場を把握しているし、創業者である父から大きな成果をもとめられている現状についても話していた。信頼のおける旧友でありながら、優秀なコンサルタントでもあるリュウが、こちらの窮状を見かねて助言してくれたのは疑いようがない。実際、香港の北部都会区開発のプロジェクトは頓挫し、進行中のほかのプロジェクトも先行きが見通せない。にもかかわらず、ほとんど食指が動かなかったのは、単に自分が不案内というだけでなく、日々世界中の投資先を渉猟《しょうりょう》している社内の物件取得《アクイジション》部門や開発部門から、これまで一度も釧路の地名が挙がってきたことがなかったからだった。

それが一転して釧路を訪問することになったのは、リナの後押しがあったからにほかならない。

「見るだけ見てきたら？　北海道にちょっと住んでたことあるから、私が案内してもいいし」

エンジンの重低音がこもった機内に、キャビンアテンダントのアナウンスが流れている。

隣の座席に目をやると、ブランケットを膝にかけたリナが両肘をかかえながら、ブロンズ調のアイシャドウが塗られた瞼《まぶた》を閉じている。

まさかこうして、一緒に国外にでむくとは思わなかった。建前上は視察で、彼女の職業がコーディネーターという偶然がかさなったにせよ、知り合ったばかりの異性と旅行していることが信じられない。リナと旅行気分で名所や特産物を楽しめれば、たとえこの視察が無駄に終わったとしてもかまわなかった。

リナが目をつむったまま腕をほどき、肘置きに左手をのせた。人差し指にはめられたピンクゴールドのリングがなめらかな光をはなっていた。日本料理屋のエレベーターホールで、唇に押し付けられた人差し指の感触がよみがえってくる。もう一度触れてほしかったし、触れてみたかった。

　ケビンは、「不注意」をよそおって相手の左手に自分の右手を近づけた。心臓が胸板を強くたたいていた。

　もう少しであの感触が指先にもたらされようとしたとき、相手の人差し指がかすかに動いた気がした。手を止めて隣をうかがうと、閉じていたはずの瞼がうすく開き、リナが自身の左手を凝視している。

　反射的に右手を引っ込めた途端、滑走路に車輪の接地する衝撃がシートを通してつたわってきた。


　到着ロビーのターンテーブルで手荷物を回収し、建物の外に出ると、肌寒いほどの涼気に全身がつつまれた。

「やっぱり北国だね」

　半袖のTシャツ姿のリナが上腕をさすりながら無邪気に笑っている。玄関脇に設置されたオブジェ風の温度計を見ると、二十度にとどいていない。

　ケビンはスーツケースを足元に置いて、駐車場のむこうに視線をのばした。森の上方に、白い薄雲がまだらに浮かんだ青空がひろがっている。シンガポールの熱帯気候に慣れすぎたからか、盛夏の快晴だというのに汗すらかかないのが不思議な感覚だった。

　反対側の送迎スペースに一台のステーションワゴンが停まり、運転席の男性がこちらにむかって手をあげている。前日に現地入りしていたリュウだった。再会の握手をする。最後にシンガポールで会ったときはまだ春先だった。

「変わりない？」

もちろん、とリュウはにこやかに笑っていたが、その表情に憂鬱の影が染みでている。シンガポールでの休暇を終え、またしても仕事のストレスにさらされているのかもしれない。

車の荷室にスーツケースを積んでいると、離れた場所で電話していたリナも横断歩道をわたってこちらにやってきた。

リナが笑いをこらえるような表情を浮かべながら荷室を整理していたリュウに近づき、声をかけて会釈をする。振り返ったリュウの顔が驚愕の色に染まった。リナが親しげな感じでなにかをつたえ、リュウもまたなにごとか返していたが、日本語のため内容まではわからない。

「なに、知り合い？」

ケビンは二人の顔を交互に見ると、リナが英語に切り替えてくれた。

「一度、日本人会のパーティーに呼ばれたことがあって、そのときに彼と少し話したの。名字しか聞いてなかったから、ケビンの親友が彼だなんてぜんぜん気づかなかった」

空港を出発した車が、長い幹線道路をすすんでいく。

後部座席のシートに身をしずめたケビンは、リュウが立ててくれた視察スケジュールに相槌を打ちつつ、視線はサイドウインドウの外にむけていた。広大な空き地におびただしいソーラーパネルがならんでいる。国土が狭いシンガポールでは、考えられないほど贅沢な土地の使い方だった。

「カヌーの予約してあるから、そのあと昼ご飯にしよう」

それを聞いて、助手席のリナがはしゃいでいる。

初日のこの日は、釧路湿原を観光したのち、そこから車で一時間ほどの距離にある阿寒湖《あかんこ》のホテルに宿泊する。北極海航路の拠点となりうる釧路湾や釧路市内の視察は、明日に時間をとってあるとのことだった。

しばらくすると道路の両側に鬱蒼《うっそう》とした木々の緑がせまり、左右の視界がさえぎられどこまでも途切れない。すでに湿原の中に入っているらしい。シンガポール市内のデザインされたレインツリーの街路樹に見慣れている目には、なんの変哲もない野ざらしの森に見えた。かすかな後悔が頭をかすめていく。ケビンは無言のまま、あらためて意識されてくる長距離移動の疲労感をやり過ごしていた。

ガイドをたのんであったネイチャーショップで受付を済ませると、車を乗り換えて小川まで移動した。ライフジャケットなどの装備を身につけ、簡単なレクチャーと注意事項の説明をうけたのち、それぞれパドルを手にカヌーに乗り込む。

最後尾のガイドの説明を通訳してもらうために、先頭にケビンが乗り、順にリナとリュウがシートに腰をおろした。

すべるようにカヌーが動き出す。

川面は緑がかった茶色で、水中に差し込んだパドルが思いのほか透けて見える。最初はパドルを漕ぐことに集中していたが、すぐにその必要がないことに気づいた。川幅は六十フィート前後か。ゆるやかに蛇行した川は、池と錯覚するほど流れがおだやかだった。舵をとるガイドのパドルだけで推進力はえられるらしく、ケビンはパドルを漕ぐ手を止め、誰に言われるでもなく周囲の景色に意識をかたむけていた。

自分たち以外に誰もおらず、人工物の類はどれだけすすんでも視界に入ってこない。

ときおり、ガイドのおだやかな低声が後方から聞こえてくる。その声音に同調するようにリナが通訳してくれていた。

低層の湿原をつくる多年草が両岸に群生し、立ち枯れた木立とともに遠くの山並みまで視界を確保してくれる。そうかと思えば、川岸に迫《せ》り出した高木が目のさめるような緑を彩って景観にリズムを生んでいる。多様な野鳥のさえずりがしきりで、エゾハルゼミと呼ばれる虫の鳴き声も聞こえた。

カヌーがゆっくりと川を下っていく。まばゆい川面に、木立の緑と青空が交互に映り込んでいた。

仕事の際につきまとう重圧や緊張とは無縁だった。禅をしているときの心境に限りなく近い。パドルが静かに水をかく微音を聞いているうち、しだいに心のざわめきが静まっていくのを自覚していた。

カヌーをおりたあと、釧路湿原を見晴らす展望台を訪れた。

駐車場から森の中へつづく遊歩道をしばらく歩くと、やがて断崖にもうけられた展望台に到着し、視界がひらけた。

「すごいね」

前を歩いていたリナが、観光客がむらがっている展望台のデッキに駆け寄っていく。

ケビンも柵に近づき、その場に立ち尽くした。

ただの森などではなかった。見渡す限り、緑の湿原がひろがっている。さきほどカヌーで下った川がここからは見えないほどのスケール感で、湿原のむこうの地平線ははるか遠くかすんでいた。

信じがたいことに、公園全体の面積はシンガポールの国土の三分の一にもおよぶらしい。人間の力ではとうてい生み出せない雄大な大自然の造形にただ圧倒されていた。

その夜、夕食を済ませると、ケビンはリュウを誘い、ホテルの屋上に併設されたスパにおもむいた。屋上全体が湯気の立ち上る温水のインフィニティプールとなっていて、日中は、プールの水面が眼下の阿寒湖に溶け込んでいるように見えるらしい。

時間が遅いせいか、自分たちのほかは端の方で男女が浸かっているだけだった。

「釧路いいよ。正直、なめてた」

ケビンはプールの底に沈められたリクライニングチェアに身をあずけ、夕食中にも繰り返した感想を口にしていた。

「だから言ったろ？　釧路はポテンシャルがすごいんだって。これに北極海航路が来るんだから、本当にシンガポールみたいに国際都市になる。はっきり言って、投資しない奴は馬鹿だね」

頭の後ろで手を組みながら夜空を見つめるリュウの声に、少し棘がふくまれているように聞こえた。

「さっさと決めた方がいいよ」

「なにを？」

相手に目をむけると、視線がぶつかった。

「投資。うちの会社が全面的にバックアップするから」

暖色の間接照明によって陰影がきざまれたリュウの表情はかたい。

「そんな簡単にはいかないよ。いくらポテンシャルがあるからって」

笑い飛ばしたが、リスクを過剰に恐れ、判断を先送りしたためにチャンスを逃したことは一再ではなかった。

「そんなんだから、いつまで経っても親父を超えられないんだろうな」

冗談のつもりで言っているらしいが、そのようには聞こえなかった。

端にいた男女がプールからあがり、階下へ下りていく。

自分たちだけが残され、湯口からこぼれる水音だけがひびいている。重苦しい空気が流れていた。話題を変えたかった。明日の予定をたずねようとすると、先にリュウが口をひらいた。

「リナってさ、ケビンの恋人なの？」

出し抜けにたずねられ、うろたえてしまった。

別に部屋をとっているとはいえ、自分たちの関係を疑うのは無理もないかもしれない。事前にリナのことは、日本語が堪能な外部のコーディネーターとだけつたえていた。シンガポールの会員制ラウンジで知り合ったことも、思いを寄せていることもリュウには話していない。視察を都合よく利用しただけの、個人的な旅行と思われたくなかった。

「いや。でも、気にはなってる」

迷いを断ち切るように言った。この期におよんで隠しても仕方がない。

「ケビンあのさ――」

おもむろにリュウが半身を起こした。思いつめた目でこちらを見ている。なにを言おうとしているのか予想もつかなかった。

どうにか言葉を絞り出そうとしかけていたが、沈黙に耐えきれなくなったようにその口元がほころぶ。

「応援してる」

いつもの思いやりにみちた声だった。

こちらに拳をのばしてくる。ケビンは礼を述べて相手と拳をあわせた。

*

「部屋の管理人さんに菅原さんから連絡いってるみたいですから、行けば渡してくれるはずです」

バックミラーに目をやると、マッサージチェアを思わせる革張りの後部座席で、ハリソン山中がスマートフォンに目を落としていた。

「部屋どこだったっけ?」

「三一〇号室です」

稲田はシートベルトを外して、運転席のドアノブに手をかけた。

「稲ちゃん、俺も行こっか」

助手席の宏彰が気をまわしてくれる。

「大丈夫。でかい爆弾はこぶんじゃないんだから」

車を降り、前方のマンションへ足をむけた。

弾《たま》を忘れたから取ってきてほしいと、すでに釧路入りしている菅原から連絡があったのは、札幌のレンタカー店で車を調達していた三十分ほど前だった。保管場所のマンションに常駐している管理人には連絡してあるという。

苫小牧の計画が頓挫したあと、シンガポールからひそかに来日したハリソン山中の発案により、次の計画の舞台を釧路に移すことが決まった。あわただしく準備がすすめられていく中、折をみて気晴らしに射撃をしに行こうと言い出したのは、ハリソン山中だった。

釧路近郊には、菅原の知人が経営する広大な射撃場があり、そこなら禁猟期のいまでも猟銃が使用できるという。共通の趣味であり、菅原とハリソン山中をむすびつけたのもハンティングだとはいえ、巨額詐欺を仕掛けようとしているこの状況下で、悠長に射撃を楽しもうとするネジの外れっぷりはいかにもハリソン山中らしかった。

マンションのエントランスに入ったところで、スーツ姿の小柄な女が階段を駆け下りてきた。すれ違おうとしたところで、ぶつかる。

「ごめんなさい」

二十代後半くらいか。相手は涙を流していた。

「大丈夫？」

女は放っておいてほしそうに、大丈夫だと言い残して去っていった。

足元を見ると、テニスボールが転がっている。稲田は気まぐれにリフティングをしてから、階段をのぼった。

二階の踊り場に差し掛かったとき、女性むけのトートバッグを手にしたスーツ姿の男が下りてきた。痴話喧嘩でもあったたか。あきらかに焦った様子だった。

以前、交際していたレースクイーンの女に浮気がばれて、フォークで胸を刺されたときの記憶がよみがえってくる。小さな点が四つならんだ傷痕はいまも消えずに残っているが、自分が必死に繰り返した苦しい言い訳と、目をむいてフォークを振りかざしてきた相手の顔が思い返され、笑い出したくなった。

三一〇号室の前まで来たものの、チャイムを何度押しても誰も出てこない。

ドアの鍵がかかっていないのをいいことに、内部をのぞきこんだ。電気はついているが、廊下にもそのむこうの居間にも人影は見えない。

「すいません」

耳を澄ましてみたが、応答がない。トイレや風呂場にも人がいる気配はなさそうだった。行き違いで、出かけてしまったのか。

「お邪魔しますよ」

管理人がもどってくるまで待たせてもらうつもりで、稲田は室内に上がりこんだ。煙草の臭いが充満した居間は、何日も掃除がされていないらしい。空の酒瓶やゴミがそこら中に散らかっている。

居間に隣接した部屋にそれとなく目をむけて、声をあげそうになった。

やせ細ったタンクトップ姿の男がベッドに腰かけており、煙草を吸いながら虚脱した目を壁にむけている。薄れた頭髪は白髪がまじり、落ち武者のようにだらしなくのびきっていた。

「……いたのかよ」

壁を凝視していた目がこちらをむく。五十代にも七十代にも見える年齢不詳のこの男が管理人らしい。

「かったるくてな」

吸い殻が山積みにされた灰皿に煙草をもみけし、目頭のあたりを指でおさえている。

「具合でも悪いの？」

目頭をおさえたまま、力なく首を横に振った。

「古い天敵とばったり会った」

どのような言葉を口にすればいいかわからずにいると、男が壁際のサイドボードを指差した。紙袋が置いてある。中に、弾の入った紙箱がいくつかおさめられていた。

「また殺すのか」

不気味な響きだった。殺す対象がシカやイノシシといった動物ではなく、人間を指しているように聞こえる。

「射撃場で遊ぶだけだよ」

相手をする気になれず、稲田が紙袋をもって立ち去ろうとしたときだった。

「ハリソン山中がこっちに来てるってのは本当なのか」

しわがれた男の声がひどく緊張している。

「知ってんの？」

「……逃げるなら早い方がいい」

こちらへの警告というより、自分自身にむけた呟きに聞こえる。濁って黄ばんだ目に、後悔とも諦めともつかない色が浮かんでいた。

「なんでよ」

黙りこくったきり、返事はなかった。

部屋を去る際、男の方を一瞥すると、うすい肩を落とし、魂が抜けたように虚空《こくう》の一点を見つめていた。

弾の入った紙袋をトランクにいれて運転席にもどり、稲田はバックミラー越しに後部座席のハリソン山中に目をやった。

「あの管理人って何者なの？」

「一時は勢いがあったとうかがっていますが、どうなんでしょうね。いまは菅原さんの仕事を手伝っているようですが」

関心のなさそうな声が返ってくる。

「なんかあった？」

助手席の宏彰がカーステレオのラジオを選局しながら言った。

「いや、別に」

――逃げるなら早い方がいい。

不穏な男の声を置き去りにするように、稲田は車を発進させた。

カーナビに目的地までの所要時間の目安が表示されている。四時間あまりだった。飛行機に乗ってしまえば一時間もかからず釧路に行けるものの、滞在先となる貸別荘は空港からはなれているうえ、国際海空港手配をかけられているハリソン山中を考慮すれば陸路以外の選択はなかった。

「マヤちゃんて、もう釧路にいるんだっけ？」

宏彰が後部座席にとどくような声でたずねた。

「そうですね」

ハリソン山中は、誰かとメッセージでもやりとりしているのか、先ほどから休みなくスマートフォンをいじりつづけている。

「なんだっけ、あの、禅に心酔しているっていう」

ターゲットのシンガポール人がマヤと同じ便で釧路に来るというのは稲田も聞かされていた。

「ケビン・ウォン。ＷＳＤグループ創業者の御曹司。いやあ、これを嵌《は》め込めたら相当に熱いよ」

シンガポールで駐在員生活が長かった宏彰に言わせれば、ＷＳＤグループは現地では相当に名が通っているらしい。

「どうやって引っかけたの？」

ハリソン山中の指示で、マヤが偽名を使い、あらかじめ狙いをつけていたケビンと接触したというのは聞かされていた。

「それが稲ちゃんさ、さっきハリソンから聞いたんだけど、これがまた力業なんだ」

「手札が限られてましたからね」

後方から、ハリソン山中の澄ました声が返ってくる。

嬉々として話す宏彰の説明によれば、ケビンには日系の大手シンクタンクでコンサルタントとして勤務する日本人の親友がいるらしい。その親友をゆすって、温暖化の影響で釧路がシンガポールのような近代都市になるという嘘を吹き込んでもらったのだという。

「話はこっからで、その優秀な親友くんをどうやって口説いたかっていうと――」

そこまで聞いて、稲田にも察しがついた。

「マヤ？」

「正解」

シンガポールに滞在していた親友リュウをマヤが誘惑し、セックスを隠し撮りした動画でゆすったのだという。これまでも使ってきたお決まりの手口だった。

信号で車が停止している間に、宏彰がタブレット端末で動画を見せてくれる。

ベッドの上にいるリュウとおぼしき裸の男が、ドレスを着たまま苦悶の表情を浮かべるマヤにおおいかぶさり、彼女の両手をおさえつけながら執拗に腰を打ちつけている。乱れたドレスから乳房と蘭のタトゥーがのぞき、薄手の黒いストッキングは激しく破かれていた。

「ほかの動画もそうだったけど、着衣のままめちゃくちゃ犯すのが趣味なんだな。本人に動画を送って、無理やりされたから訴えるって言ったら、簡単に落ちたらしい」

カメラが切り替わり、リュウの顔が大きく映し出される。もっと鳴け、と残酷な目で薄笑いを浮かべている。

「稲田さん、その方に見おぼえありませんか」

ハリソン山中に言われて、頭をめぐらしたが思い出せない。

シンガポールで顔合わせをしたあとに公園のレストランに寄ったが、そのとき隣の席にいた日本人だという。いつの間に接触していたのか。まったく気づかなかった。

「あのとき話してたの？」

振り返ると、ハリソン山中が愉快そうにうなずいている。

「日本人と一緒にいたシンガポール人がケビンです」

後続車がクラクションを鳴らしていた。稲田は前にむきなおり、ふたたび車をすすめた。

「そうだ、ハリソンさ」

タブレット端末をながめていた宏彰が顔をあげた。

「釧路のやつ、なりすまし役ってどうすんの？　探すって言ってたじゃん」

ハリソン山中が狙いをつけた土地は、釧路川河口にあり、海に突き出すようにV字の形をしている。三万二千七百六十二坪を有する、東京ドームが二つ以上入る広大な一団の土地だった。

権利関係は単純で、仮に「北極海航路」の通年利用が実現した場合には、釧路でもっとも価値ある土地の一つになるのはあきらかだという。このエリアの現在の実勢価格は、坪二十万円前後で推移し、単純計算で六十五億円ほどにおよぶが、「北極海航路」をふくめた将来性や希少性を考慮すれば、潜在的な価値は計り知れないようだった。

ハリソン山中の説明によると、現況は物流会社の巨大な倉庫がいくつも建っているが、それらは行政の支援で副港地区に新しく整備された埠頭《ふとう》用地へ移設されることが正式に決定しているらしい。一方、跡地利用については、現在七メートルほどある埠頭の水深を十五メートル前後に改修し、世界最大級の豪華客船が停泊可能なターミナルビルを整備する噂があるだけで、なにも具体的なことは決まっていない。土地が売りに出るという話もないようだった。

「面接してる時間がなかったので、菅原さんの知り合いに年齢の近い方を紹介してもらいました」

ハリソン山中の落ち着きはらった声が後方から返ってくる。

土地の所有者は、権堂英世《ごんどうひでよ》という七十歳になる個人だった。サラブレッドの牧場や倉庫会社を所有しているが、いずれも形ばかりの名誉職で経営は人にまかせ、趣味のクルーズ旅行を気ままに楽しんでいるという。

「そんなんで大丈夫かよ」

宏彰が不安そうな声をもらしている。稲田も同じ思いだった。苫小牧の計画のときは、何十人も面接したにもかかわらず、なかなか適任者が見つからなかった。

「今回は買い手《ターゲット》が、日本語を解さない外国の方ですから、そこまで厳密になる必要はないでしょう。それよりも大事なものがあります」

なんだろう。ハンドルを操作しながら耳をかたむけていた。

「たとえ我々の計画どおりにことがはこび、本人をその気にさせることができたとしても、専門のチームに精査《デューデリジエンス》されてしまえば、あっけなく嘘がめくれ、話が壊れてしまうはずです」

プロジェクトの困難さをあらためて突きつけられたような気がする。

「それを避けるためには、短い視察中に決めきることです。スピード勝負です。チャンスは一度きり。賽《さい》はすでに投げられました」

どこか楽しんでいるような響きだった。

「もう一つ。当局はすでに、我々が国内で動いているという情報をつかんでいるようです。時間はかけられません」

ハリソン山中の陽気な声とは裏腹に、車内を重苦しい空気がつつむ。

カーステレオから、夏バテ対策を紹介する男性パーソナリティの明るい話し声が流れている。無意識のうちにハンドルを握る手に力が入っていた。

「ですが、心配は無用です。着実に計画を実行すればいいわけですから。ウーさんたちにも、私からお願いして手伝ってもらえることになりましたし」

「ウーさん？」

宏彰が訊き返した。これまでの打ち合わせでもそんな名前は出てこなかった。

「お二人とも会っているはずですよ。在日中国人の方で、マイバッハに乗ってらっしゃる」

それでわかった。張静《チャン・ジン》を張り込んでいた流れで尾行した呉磊《ウー・レイ》のことだった。尾行がばれて、呉磊一味に脅された記憶がよみがえってくる。ハリソン山中は、菅原を介さず、呉磊と直接やりとりをしているらしい。知らぬうちに呉磊と関わりをもっていることが意外であり、気味も悪かった。

「ラジオも悪くないんですけど、音楽でも聴きましょうか」

気分を変えるようにハリソン山中がつとめて明るい調子で言った。

「なに聴く？」

宏彰が、カーステレオに無線接続したタブレット端末を指でなぞり、音楽配信アプリを立ち上げている。

稲田が、好きなヒップホップをリクエストする前に、

「そうですね。景気づけに『威風堂々』といきましょうか」

と、ハリソン山中が提案した。

「なにそれ」

知らない曲名だった。

「エルガーの行進曲です」

車載スピーカーから盛大なクラシックが流れてきた。どこかで耳にしたことがあるかもしれない。聴いているだけで勇気がこみあげてくるようだった。

「ユアン・マクレガーが出てた、『ブラス！』思い出すな」

宏彰が懐かしむような声をもらしている。

高架下を走っていた車が、高速道路のゲートを通過する。

ゆるやかなスロープをのぼりながら、アクセルペダルを踏み込んでいく。本線へ合流する際にバックミラーを見ると、ハリソン山中が指揮者を真似て、心地よさそうに手で拍子をとっていた。

六

「お注《つ》ぎしましょうか」

顔をあげると、カウンターのむこうで女性店員が水のピッチャーを手に会釈していた。目の前に人が来ていることにも気づかないほど、自分の思いの中にひたりきっていたらしい。

「お願いします」

サクラは取り繕うように居住まいをただすと、コーヒーカップの脇に置かれた空のコップを差し出した。

「カミキリムシ、最近すごく多いんですよ。隣の植物園から飛んでくるみたいなんですけど」

店員が、二階まで吹き抜けとなった窓に視線をむけている。

つられて目を凝らしてみれば、北海道大学の植物園の緑を切り取ったガラス窓のところどころに、二、三センチほどの黒い甲虫《こうちゅう》が張りついていた。

甲虫を見つめているうち、菅原のマンションをおとずれたときのことがあらためて思い起こされてくる。

どうして父はあそこにいたのか。住民票上の居住者である菅原とはどのような関係で、その菅原とハリソン山中は猟銃のほかになにか接点があるのか。本人に直接問い質《ただ》してみたかったが、その後おとずれた北海道警察の職員にいい加減な受け答えをし、銃刀法違反と住居侵入の容疑で任意同行されたらしい。しばらく勾留されるかもしれなかった。

「おかわりくらいしたらどうなんだ」

声の方を見ると、隣のスツールに藤森班長が腰掛けようとしていた。

東京にいるはずが、いつの間に札幌に来たのだろう。唖然とするこちらをよそに、藤森班長は店員を呼んでコーヒーを二つ注文した。

「いつなんどきでも連絡取れる状態にするのが刑事の務めだろ」

先輩刑事には行き先を告げていたが、私用も公用も携帯電話はホテルに置きっぱなしだった。

「……すみません」

「お前の親父だったんだってな」

藤森班長が声を低める。

サクラはコップの水を口にふくみ、胸中の動揺が顔に出ないよう押し黙っていた。父が相場師だったことも、その父と絶縁していることも他人に話したことはない。

「道警が対応してくれてるが、ほとんどしゃべらんのだと」

父は、知人にたのまれて菅原のマンションに住み込みの管理人をしていると供述しているらしい。その知人というのも、酒場で顔馴染みとなった名前すらわからない常連で、菅原はもちろん、ハリソン山中にも会ったことがないといった趣旨の受け答えをしているとのことだった。

女をつくって母を捨て、酒に溺れながら長らく漂泊していた父にふさわしい話だった。生活が荒《すさ》んですべてがどうでもよくなり、酒場で声をかけられた正体不明の客に乞われるまま、仕事を引き受けたのだろう。

「お前の母親が身元引受人として署にむかえに行くことになってる。念のためお前も一緒に行って、もう少し探ってくれるか」

あの無気力で無責任な父とふたたび顔を突き合わせるのは気がすすまなかった。

ない。


「無理ならいい」

藤森班長の目に気づかわしげな光が浮かんでいる。

「いえ、大丈夫です」

捜査に私情をはさみたくなかった。

「川久保って、いるだろ？」

一瞬、誰のことを指しているのかわからなかった。互いに知っている人物といえば一人しかい
「シンガポール大使館の？」

藤森班長が神妙な面持《おもも》ちでうなずく。

「お前には黙ってたけどな、スパイ《エス》の容疑で内偵がはいってた」

「どういうことですか」

在シンガポール大使館でおもてむき二等書記官をつとめる川久保は、警察庁から課報員《インテリジェンス》として出向している。他国の諜報機関に籠絡《ろうらく》されてしまったのか。

まだ確定したわけじゃないが、と断ってから藤森班長はつづけた。

「ハリソン山中のイヌだった」

サクラは驚いて、相手の横顔に視線をむけた。

「シンガポールで頻繁に会ってたらしい。川久保が隠しもってた口座に大量の仮想通貨が眠ってる。おそらく、ハリソン山中をかくまった謝礼なんだろ」

川久保は、ハリソン山中が「内田健太郎」という偽名を使ってシンガポールで顔を変えようとしているという情報をくれた。実際は、顔にメスを入れた痕跡はあったものの、まったくの別人

だった。当のハリソン山中は、そのどさくさにまぎれて密入国を果たしている。捜査を攪乱《かくらん》させるために、川久保があえて誤情報を流していたのか。

「立場としては国際逮捕手配書《赤紙》が出てるハリソンの方がはるかに弱いから、見逃すかわりに金をよこせとでも言ったんだろ。せこい野郎だ」

苦り切った表情の藤森班長が苛立たしげにスマートフォンを取り出した。

画面に、防犯カメラ映像を切り出したとおぼしき写真が表示されている。レストランのエントランスのようだった。入店しようとする、白いシャツに灰色のスラックス姿の川久保が映っていた。

「この少し前に、こいつも映ってた」

藤森班長が画面をなぞり、別の写真が表示された。

水色のシャツを着、胸元にサングラスをさした長身の男が同じく入店しようとしている。ハリソン山中だった。その隣には、ハリソン山中と同じくらいの背格好をした若い男が映っていた。

「一緒にいるやつは身元が割れてる。元Jリーガーだ」

「Jリーガーって、サッカー選手ですか？」

男は、稲田健二《けんじ》という元プロのサッカー選手で、三部リーグで活躍していたが、シーズン中に裏カジノに出入りしていたことが発覚し、それが原因で引退したという。

「なんで元Jリーガーなんかが、シンガポールでハリソン山中と一緒にいるのかはわからんが、共犯者《レツ》なのかもしれん」

画面に、試合中に撮影したユニフォーム姿の稲田の写真が何枚か表示される。防犯カメラよりも鮮明で、アングルのせいか、いくぶん異なった顔の印象をうける。なにか頭の中で引っかかるような違和感をおぼえたが、その正体まではわからず、もどかしかった。

画像についで、稲田が映っている動画が流れた。芝生のひろがる練習場でゴールにむかってサッカーボールを蹴り込んでいるシーンのあと、アスファルトの敷かれた駐車場で私服姿の稲田がテニスボールを得意げにリフティングしている。

鮮やかな記憶の断片が脳裏を一閃《いっせん》した。

「私……会ってます」

サクラは画面に視線をすえたまま口をひらいた。

「会ってる?」

藤森班長が怪訝な表情で、カップをもちあげようとした手を止めている。

「菅原のマンションに行ったとき、稲田に声をかけられました」

菅原のマンションで父と衝突したあと、涙を流すこちらを見てエントランスで声をかけてくれた長身の男がいたが、その男こそ稲田にちがいなかった。

菅原とハリソン山中に接点があり、ハリソン山中と稲田に接点があるとすれば、菅原と稲田に接点があってもなんら不自然なところはない。あのとき稲田は菅原の部屋をおとずれたのだろう。部屋の中にいた父にも会っているはずだった……。

「いろいろ繋がってきたな」

藤森班長の声に明るい響きがふくまれている。

「ハリソン山中たちがなにを企んでるか、川久保さんから直接聞き出すことは難しいんですか」

計画さえおさえてしまえば、先回りすることだってできる。

「それは無理だ」

「どうしてですか」

検討すらされないのは納得できない。

「もう死体《ホトケ》になってる」

背筋に冷たいものが走った。

「つい先日、シンガポールの自宅のベランダから転落したらしい。事故か自殺か。それとも殺人《コロシ》かはまだわかってない」

サクラはぬるくなったコーヒーを口にふくんだ。胃に落ちた液体が重い固体となって鳩尾《みぞおち》のあたりにわだかまってくる。ハリソン山中の周辺で不審死が連続しているという捜査記録が思い起こされていた。

＊

カーステレオからポップソングが流れていた。助手席のリナが小刻みに頭を揺らしながら、アップテンポのリズムに乗せてフィンガースナップをしている。

「ケビン、この曲知ってる？　日本人のグループだけど、シンガポールでもよく聞くよ」

リナが振り返り、艶やかな髪からフリージアに似た香りが鼻腔をかすめた。触れてみたい欲求が突き上げてくる。

「音楽は聴かないんだ」

罪悪感をおぼえつつも、なんでもないように首を振った。

「今朝も禅やったの？」

バックミラー越しに、運転席でハンドルを握っているリュウと目が合う。前夜、インフィニティプールでリナに対する思いを打ち明けたからか、気が楽だった。

「もちろん」

明るい陽光にさそわれ、窓の外に顔をむける。

釧路中心部を目指す車の両側には、延々と牧草地がひろがり、黒いビニールでラッピングされたロール状の牧草が点在している。道路はひたすら一本道がつづき、時折、見上げるほどの大型トラクターとすれ違うほかは、ほとんど往来もない。窓を閉め切っているにもかかわらず、わずかだが堆肥の匂いが忍び込んできていた。

このあとは昼食をはさんで、地元の政治家や不動産ブローカーとの会合が予定されているという。わざわざアレンジしてくれたリュウに申し訳ないので不満は顔に出さないが、いまはリナのことしか頭にない。明日から滞在する東京でどのように過ごすかの方が重要だった。

途中、街道沿いのそば屋で食事をとると、車はしばらく市街地をすすみ、釧路駅近くの駐車場で停まった。

政治家との会合まではずいぶん時間があるというので、視察がてら三人で駅周辺を散策することにした。

市内でもっとも大きなターミナルだという釧路駅は、レンガ調のタイルが張られた四階建ての構造物で、全体に経年劣化がいちじるしい。人が少ないせいか、寂れた印象しか受けなかった。

「日本の地方はどこもそうだけど、車社会に変わって郊外型のショッピングモールができて、駅が街の中心じゃなくなったんだよ」

前を行くリュウが、まるで自身の故郷を擁護するかのような口調で説明してくれる。

ケビンは駅舎をはなれ、駅から繁華街にのびるというメインロードに足をむけた。管理の行きとどいてなさそうな古い建物が通りにつらなり、路面店の多くがシャッターを閉ざしている。車の往来はあっても、歩道に人影はほとんど見られず、街灯に併設されたスピーカーからは、オルゴール風の音色でモーツァルトが誰もいない路上に流れていた。

「寂しい感じだね」

そうつぶやくと、この時間はオフィスアワーだから、となぐさめるようなリナの声が返ってきた。

メインロードをすすみ、飲食店が密集する釧路一番の繁華街を歩く。

昼間のせいかここでも人の姿はまばらで、カモメの鳴き声だけが路地にひびきわたっていた。空きテナントだらけの大型商業施設の壁にスプレーで走り書きされた、グラフィティとはとても呼べないただの落書きを無言でながめつつ、投資をすすめてきたリュウへの苛立ちがつのってくる。

「正直、この街に可能性があるなんて思えないな」

ケビンは足を止めて言った。

「これ以上見ても仕方ないし、できたら、このあとの会合もキャンセルしたいんだけど」

釧路視察を切り上げて、今日のうちに東京へ移動してしまいたかった。

「ケビンがそう言いたくなるのも無理はないよ。実際、人がいないし、活気も感じられないし」

リュウが慰めるような口調でつづける。

「けど、誰も手をつけてないからこそ、投資する甲斐があるんじゃないの？　シンガポールだって、昔はジャングルだったじゃん」

そう言われてしまうと、返す言葉がない。

「今晩予約してる鉄板焼は、私行きたいんだけど」

リナに背中を押されると、これ以上抵抗する理由はなかった。

政治家の事務所をおとずれて意外だったのは、現役の国会議員という点だった。ふだんは東京の永田町《ながたちょう》にいるが、月に何度か、後援会の事務所があり、有権者のいる地元にもどってくるのだという。

応接室に通されたケビンは、リュウとリナに通訳をたのみ、国会議員とロシア人だという私設秘書とむかいあった。

会合は、ケビンの経歴からはじまり、シンガポールでの事業内容にうつると、やがて釧路の将来性におよんだ。国会議員いわく、釧路には、観光資源をはじめポテンシャルがありながら宝の持ち腐れ状態がつづいているため、国からの支援をうけて公共事業をすすめつつも、民間や海外からの投資を積極的に呼び込まなければならないという。

ケビンは、隣のリュウの視線を意識しつつ、口をひらいた。

「北極海航路の通年利用が可能になるという話を聞いたのですが、その点はいかがでしょう。そうなった場合、港湾をもつ釧路が重要な拠点になるらしいのですが、実現するのでしょうか」

国会議員は、間違いなく実現するとうなずき、そのための準備をしていると力強い調子で述べた。

あまりにもあっさり認めたために、いぶかしんでいると、それまで黙っていた秘書が口をひらいた。それによれば、ロシア政府も北極海航路については新たな外貨獲得手段として最重要課題の一つととらえており、水面下で水先人の確保や港湾の整備を計画しているらしい。

その後も意見交換が活発におこなわれたために、予定時間を大幅に超えてしまったが、最後は、今後も互いに協力しあおうと国会議員と固い握手をして会合を終えた。

「いい人だったね」

事務所を背にしたリュウが自慢げな口調で言う。

「国会議員がバックアップしてくれるって、すごくない？　なんでもできるじゃん。あの人、何回も当選して力あるんでしょ？」

隣を歩くリナも自分のことのように興奮している。

「不動産ブローカーがホテルで待ってるんだけど、このまま行っていいよね？」

リュウが足を止めて、こちらの顔をうかがっていた。

＊

「まだ酒が残ってるわ」

隣の宏彰がネクタイをゆるめながら、スーツを着込んだ体をぐったりとソファの背にあずけている。昼下がりのホテルのラウンジは、まだ約束した時間の前ということもあって人は少ない。

「呑みすぎだよ」

稲田は笑いながらスーツの内ポケットから、スマートフォンを取り出して時間を確認した。ケビンたち一行が来るまで一時間近くある。

釧路に到着した昨日は、計画の舞台となる現地や会合場所のホテルを入念に下見し、途中、呉磊《ウー・レイ》と落ち合って細かな段取りを打ち合わせた。

夜は、菅原につないでもらった国会議員との会食がもうけられていたため、ハリソン山中に代わって宏彰と二人で参加した。謝礼として、あらかじめ国会議員の後援会に個人献金としてあわせて数百万円分振り込んでいたせいか、会食は終始なごやかな雰囲気ですすみ、プロジェクトの協力を確約してくれた。

「でも、稲ちゃんさ、女の子すげえよかったじゃん。札幌みたいに擦れてないっていうか、素直でさ」

いぜんとして昨夜の余韻にひたっているようだった。

前夜は会食のあと、霧につつまれた盛り場に流れ、二人で呑み直した。翌日の仕事を考慮して控えめにするつもりが、つい楽しくなってボトルを空けてしまった。

「にしても、昨日の私設秘書あやしかったなぁ。他人《ひと》のこと言えた分際じゃないけど」

宏彰がほくそ笑んでコップの水を飲み干す。

「汚れ役っていうか、黒い部分はぜんぶ引き受けるって感じだったもんな。呉磊らとは、またぜんぜん雰囲気がちがって」

私設秘書は上背のあるロシア人の中年男性で、もともと通訳として来日したのだという。二時間ほどの会食中、目尻に皺を寄せながらにこやかに笑う国会議員とは対照的に、ほとんど表情を崩さず、流暢な日本語を話すにもかかわらず無駄口を一切たたかなかった。秘書というより、社会の裏側で暗躍する工作員といった方がよほどしっくりくるが、ビジネスに徹し、こちらの要求に沿って手筈《てはず》をととのえてくれたのはありがたかった。

稲田は名刺入れから自分の名刺を抜き出し、あらためてながめてみた。不動産会社名、札幌の住所、偽名にくわえ、〝不動産コンサルタント〟という肩書が記されている。裏は同様の内容が英語で印刷されていた。

「こんなんで大丈夫かな？」

ハリソン山中に用意してもらった名刺はシンプルなデザインでいかにもそれらしく、実際、ここに記された法人も登記されているらしい。

「平気だって。なんかあったら日本語で話せば、あっちはわかんないんだから」

宏彰が調子よく言いながら身を起こし、ネクタイを結びはじめた。

もどかしかった。英語が話せない自分が、この場でできることはほとんどない。一回きりのチャンスを逃せば、一生遊んで暮らせる大金が消えてなくなってしまう。

「ハリソンからだ」

宏彰がスマートフォンのメッセージを確かめている。

「なんだって？」

「呉磊たちも着いたって」

段取りの最終確認をしているうち、刻々と時計の針がすすんでいく。気づけば、約束の時刻を過ぎていた。

「来たかな」

宏彰がロビーの玄関口に視線をのばしたまま腰を浮かした。

振り返ると、三つの人影がこちらにむかってくる。稲田も立ち上がり、スーツのボタンを留めながら、気持ちを落ち着かせるように腹式呼吸を繰り返した。

*

ホテルへ到着すると、ロビーに面したラウンジに、不動産ブローカーとおぼしき二人のビジネスマンが待っていた。

四十前後に見える年長の方は、やや長い髪を後ろになでつけ、体の線はほっそりとしている。柔和な表情で、テーラーやブティックあたりにいそうな感じだった。もう一方の二十代とおぼしき年少の方は、筋肉質で背が高い。眼光するどく、金融系にいそうなタイプだった。

二人ともリュウとは顔なじみらしい。それぞれにこやかに握手を交わし、なにごとか声をかけながら肩をたたきあっている。聞けば、前に会社で取り組んだプロジェクトで仕事をともにしたのだという。

不動産ブローカーとそれぞれ挨拶を済ませ、ソファセットに腰かけてまもなく、異変に気づいた。

周囲の客席には、スーツを着た人々が何組もいて大きな声で話しているが、いずれも、アクセントのやわらかな日本語の響きではないように聞こえる。中国語のようだ。観光客には見えない。あたかもここがオフィス街にあるホテルのラウンジのようで、寂れた街の中では異様な光景だった。

それとなく隣のリュウに指摘する。

「ウォンさん、わかりますか？」

正面に座る年長のブローカーが英語で言った。

「全員、中国の方なんですよ」

投資目的で土地やビルを買い漁《あさ》りに来ているのだという。どうして釧路の物件に投資をしているのかわからないでいると、年長のブローカーがつづけた。

「北極海航路ってご存じですか」

その言葉を聞いた途端、肌が粟《あわ》だった。思わずリュウの方を見ると、話したとおりだろと言いたげに深くうなずいている。

釧路周辺はもともと水資源が注目されて中国人からの投資があったが、ここにきて北極海航路の通年利用による釧路の再開発が現実のものとなった影響で、にわかにバブルの状態になっているのだという。

「じつは、本日はウォンさんにもいくつかご興味をもたれそうな土地をご紹介するつもりだったのですが、すでに買い手がついてしまったんです」

年長のブローカーが顔をしかめると、隣の若い方も深々と頭を下げた。

ケビンは黙って話を聞きながら、内心動揺していた。

「ですが、せっかくシンガポールから来ていただいたのに、それではあまりにも申し訳ないので、一件、まだ表に出ていない物件をご紹介できるのですが、いかがでしょう。現地をご覧になりますか」

このホテルから車ですぐのところにあるのだという。断る理由はなかった。

車でむかうと、そこは埠頭で、眼前にだだっぴろい倉庫街がひろがっていた。倉庫の間から海がうかがえる。

「目の前が海なんだ」

車を降りたリナが感嘆し、

「中心地で、これだけの広さがある土地はなかなかないよ」

と、リュウもつづいた。

「ここは、どれくらいの広さですか」

地図と図面を見せてもらう。軽く百十万平方フィートを超えていた。高さの制限はあるものの、ホテルをふくむ商業施設の建築が可能だという。

ケビンは胸のざわめきをやり過ごしつつ、図面を確認しながら周囲を歩いた。

頭の中で眼前の倉庫を消し、更地にしてみる。視界をさえぎるものはなく、どこまでもひろがる海がささやかな波音を立てている。

この場所に、時代を超えて受け継がれるような理想のホテルをつくるとしたら、どのようなものがふさわしいだろう。グンナール・アスプルンドの「森の火葬場」、ジェフリー・バワの「ジェットウィングライトハウス」や「ヘリタンスアフンガラ」、設計者不明の「桂離宮《かつらりきゅう》」……自分の世界に入り、これまで見てきた古今東西のホテルやランドスケープデザインを思い返していたとき、ふいに近づいてきた車のエンジン音で我に返った。

営業車風の軽バンにつづいて、ワインレッドのマイバッハが敷地に横づけされた。作業着姿の労働者が立ち働くこの場所に、超のつくほどの高級セダンはあまりにも違和感がある。

マイバッハから出てきたスタイルのいい派手な若い女とスーツ姿の男が図面を見ながら、倉庫の方をむいて話し合っている。ホテルで耳にしたのと同じ中国語だった。

知り合いなのか、軽バンから出てきた男と年長のブローカーが言葉を交わしていたが、すぐにそのブローカーが慌てた様子でこちらにやってきた。顔がくもっている。

「ウォンさん、本当にすみません。こちらの見落としだったんですけど、あちらの方がもうおさえてしまったそうです」

夕方、ホテルにチェックインしたあと、ケビンは、リュウたちと食事をする前に最上階のバーに一人足をはこんだ。

ほかに客のいないカウンター席に腰をおろし、女性のバーテンダーに、オリジナルのショートカクテルをたのむ。カウンターのむこうは一面の窓で、釧路の港が一望できた。日没がせまっており、水平線に茜色の夕陽が沈もうとしている。

没していく夕陽を見つめながら、カクテルに口をつけていたが、考えるのはさきほど視察したあの倉庫街の土地だった。ほかに買い手がついてしまったと聞いたときはなんとも思わなかったのに、いまは未練をおぼえている自分に気づく。マーケティング調査もデューデリジェンスもおこなっていない以上、なにも判断できないはずなのに、なにか心に引っかかるものがあった。

いつか夕陽が完全に沈みきり、紺色の闇が眼下の港街をつつみはじめたとき、リュウから電話がかかってきた。

「いま上のバーにいる。すぐロビーにおりるよ」

相手はそれには答えず、

「さっき見てきた倉庫の土地なんだけどさ、まだ買えるかもしれないって」

と、受話口のむこうで明るい声をひびかせた。

滞在先の別荘にもどると、リビングのソファで宏彰がビールを呑みながらテレビをながめていた。

「どうだった？」

こちらに首をひねる宏彰の目に、他人の失敗を期待するような光がうかんでいる。

稲田は、斜《はす》むかいに腰かけ、荒々しくソファに背中をあずけて天をあおいだ。

「駄目。ぜんぜん当たんね」

「だから言ったじゃん、稲ちゃん。止めといた方がいいって」

なにも言い返せず、奥歯を強くかみしめて相手の笑声をやり過ごすしかなかった。

この日、朝早くからハリソン山中と菅原とともに射撃場へおもむいた。最初は、射撃に興味のない宏彰と、晩飯の調理担当である菅原の手下のスキンヘッドとともに別荘に残るつもりでいたが、菅原の知人が経営している射撃場だから免許などなくとも撃てると聞き、気晴らしがてら稲田もついていくことにした。

同行が決まったときは二、三発撃たせてもらえればじゅうぶんぐらいに考えていたのに、出発の準備をしている間にいつもの悪い癖が顔を出し、つい二人に賭けをいどんでしまった。もともとシューティングゲームが得意なうえ、六、七十の老人相手なら負ける気がしなかった。ただそれ以上に、前日にケビンと初対面を果たした興奮が影響していたのかもしれない。

釧路市街のホテルで会ったケビンは、写真で見ていたより童顔でこざっぱりとした風貌だったが、宏彰たちと英語で言葉をかわすそのふるまいの端々に、シンガポール屈指の大企業の御曹司にふさわしい気品のようなものが感じられた。呉磊の手配による中国人投資家をよそおった仲間の演出の甲斐もあり、ターゲットの土地にかなり興味をしめしているという。序盤の困難を乗り越え、そこに一応は自分が地面師として役割を果たしているというささやかな成果は、意外と思えるほどの充足感をあたえてくれていた。

そうした気分にまかせてハリソン山中たちに勝負をいどんだが、結果はさんざんだった。クレー射撃では、空中に投げられた皿《クレー》に一発も当てることができず、ライフルでは的紙の端の方をかするのがせいぜいだった。対して二人は、時速八十キロで宙を横切る直径十一センチの標的をいとも簡単に撃ち落とし、その腕前はライフルにおいても変わらなかった。とりわけハリソン山中に関しては、命中精度がすさまじく、三百メートル先の的の中心をことごとく射貫いていたのには驚かされた。

結局、自分が受け取ることになっている成功報酬分の半分を、プロジェクト終了後に二人に譲りわたす羽目になってしまった。百億円の仕事なら二億五千万円、二百億円なら五億円にもおよぶ。負けることなど考えていなかったから、今夜のメインディッシュである道産の和牛ステーキまでも手付金がわりに賭けの対象にしたのは、いま思えば間抜けな話だった。

「とんでもねえ奴だな」

見れば、宏彰がテレビ画面に顔をむけながら苦笑している。

テレビの情報番組では、酪農家の男性が沈痛な面持ちでリポーターのインタビューに応じていた。画面のテロップや一部モザイク処理された写真から判断すると、男性が飼育する放牧牛がヒグマにおそわれたらしい。

「おもちゃみたいにしやがって」

宏彰がぼやくとおり、ヒグマは牛の腹を無惨に裂いて内臓を引きずり出しただけで、ほとんど食い荒さず、ぬいぐるみと戯れるみたいに痛めつけたのち死骸を野原に打ち捨てていた。

画面がスタジオに切り替わる。

防犯カメラにおさめられた姿と、前足の幅が十八センチに達する足跡から推察されるのは、襲ったヒグマは体長二メートル、体重三百キロほどのオスだという。これまでこの個体とおぼしきヒグマによって殺害された牛は八十頭を超え、地元ハンターらが駆除をこころみているものの、人間に対する警戒心は相当に強いようでいまだ発見にはいたっていない。画面の簡略な地図を見ると、被害が集中しているのはこの別荘が建つエリアの隣町だった。

「わりに近くだからさ、せっかくだから見てみたいよね。姿見せねえかな」

賭けに負けたせいで、他愛のない宏彰の軽口も神経に触れてくる。

「出てきたらぶっ殺して熊ステーキにするから、宏彰さんの和牛と交換しようよ」

「やだよ、そんなの。まずそうじゃん」

いつもの軽妙な調子でさらりと受け流されてしまい、すっかり気勢をそがれてしまった。

しばらくリビングでくつろいでいると、ドアがひらき、テラスのジャグジーバスにつかっていたハリソン山中があらわれた。

「稲田さん、さきほどの賭け、遊びなのは承知してますから、気になさらないでくださいね。報酬はちゃんとお支払いしますので。もちろん和牛ステーキも」

ハリソン山中がソファに腰をしずめ、手に持っていたレザーのシガーボックスから葉巻を抜き出す。

それとない言い方だったために心が揺らぎかけたが、嘘つき呼ばわりされるくらいなら素直に敗北を認めてしまう方がましだった。申し出を突っぱねると、相手はなにか言いたげな表情で何度か小さくうなずきながら、葉巻にシガーカッターの刃を入れていた。

ハリソン山中の葉巻が三分の一ほど短くなったところで、階下の個室で誰かと電話をしていた菅原もリビングにあがってきた。稲田を見るなり、相好をくずす。

「今日は悪かったな。サッカーでヘディングやりすぎて脳みその細胞がメタメタだから、的に照準があわなかったんだろ？　わかるよ。もっと加減してやりゃよかった。肉はちゃんと食べてな」

小馬鹿にするような口調に聞こえた。

「年寄りをうやまったんだよ」

尖った声が出てしまう。

「そう怒んな怒んな。ハリソンなんて、俺が教えてやったときはぜんぜんだったんだ。イモ引いてばっかで。なぁ？」

ハリソン山中は葉巻を指にはさんだまま曖昧に微笑している。

「なぁ、ハリソン。訊いてんだ。イモ引いてたよな？」

笑いながら問い詰める菅原の目に、かたい光がうかんでいた。冗談なのか本気なのかわからず、誰も口をひらこうとしない。煙のたゆたう室内に、緊張した空気が流れはじめた。

稲田は、そっとハリソン山中の横顔をうかがった。ふしめがちに葉巻を吸う表情はおだやかに見えたものの、束の間、険しい色が差した、気がした。

無言の虚空に一筋の煙が吐き出されていく。

「そうでしたね」
負けをみとめるような爽やかな口調だった。ハリソン山中が重たい空気を振り払うように、
「仕事の話をしましょう」
と、楽しそうに葉巻の灰を灰皿でととのえている。
昨日、稲田たちがケビンと接触したことで、釧路の土地にケビンの投資意欲をむかわせること
にはかろうじて成功したものの、このまま本人に「偽物」と気づかれることなく、それもなるべ
く速やかに決済にまでもっていかなければならない。時間がかかればそれだけ、ケビンやケビン
の会社に調査の時間をあたえることになってしまうし、ハリソン山中を追っている当局にも嗅ぎ
つけられてしまう。
「地主の権堂英世のなりすまし役って、もう準備とととのってるんですよね？」
宏彰が、菅原の顔に視線をむけた。
「いつでもいける。金本《かねもと》って言ったっけな。もと芸人の。ひととおり権堂の個人情報はおぼえた
みたいだからな。ただちょっと面倒なのは権堂本人の方なんだ」
「面倒って？」
もったいぶった話し方がじれったく、稲田は口をはさんだ。
「さっき連絡きて俺も知ったんだけど、権堂はＳＮＳやってるんだ。税務署に睨まれるから、こ
ういう地主タイプは珍しいんだけどな」
菅原によれば、権堂は数年前からＳＮＳを通じて日々の出来事をインターネット上に公開して
いるのだという。備忘録代わりなのか、自身の承認欲求をみたすためなのか、かなりＳＮＳに入
れ込んでおり、日に数回かかさず投稿しているようだった。

「面倒ってのは、来週からクルーズ船で旅するって思いっきり書いちゃってんだ。この感じだと、前日も当日もクルーズ船がらみの書き込みとか写真がSNSにあふれることになると思う。ケビンサイドがSNSを見ていないのを祈って、やっちまうかどうかだな」

権堂のSNSを共有してもらうと、たしかに顔こそ出していないものの、食事の画像を中心に身辺雑記ふうな内容が投稿されている。ためしにスマートフォンで〝権堂英世〟を検索してみると、まめな投稿が功を奏したのか、権堂のSNSは検索結果の二番目に表示されていた。

「クルーズ船旅行の前に、決済を仕掛けることはできませんか」

口をひらいたのは、ハリソン山中だった。

「いや、それだと道具が間に合わない。東京の道具屋にたのんであるが、特急料金を支払ってもそんなに早くできない」

今度の決済には、身分証明書、実印、印鑑証明書、権利証といった書類が必要だが、それらを偽造した「道具」がそろわなければ、いくら本人に似たなりすまし役がいようと先にはすすめない。

「ひとまずクルーズ船のルートや運航会社あたりの情報はおさえておきましょう。決済のタイミングについては、あらためてマヤさんと相談することにして」

ハリソン山中の言葉を聞きながら、稲田の脳裏に、昨日ホテルで目にしたマヤとケビンの姿がよぎっていた。事前に聞かされていたこともあり、ケビンがマヤに入れ込んでいるのは傍目にもすぐにわかったが、一方のマヤも、演技と言われなければコーディネーターではなく、ケビンの女と映らないでもなかった。

「疑うわけじゃないんだけどさ、マヤって、ケビンの方に寝返ったりしないの？　マヤからしたら、こっちでリスク冒して報酬もらうより、このままケビンの女になって財産もらった方が楽じゃね？」

「考えたこともなかった。言われてみるとそうだよね」

宏彰が感心したように目で笑っている。

「それについては心配は無用でしょう」

ハリソン山中が即座に否定した。

「マヤのこと信頼してるから？」

口では言ってみたものの、ハリソン山中という人間がそんなものを根拠にしているとは思えなかった。

「それもありますが」

ハリソン山中はそこで言葉を区切り、

「マヤさんは以前、私からのお願いで、ケビンの父親にハニートラップを仕掛けたことがあります。プロジェクト自体はうまくいきませんでしたが、互いの顔は知っているので、寝返りたくとも寝返れないでしょう。それは、マヤさん自身が一番わかっていることです」

「親子どんぶりじゃねえか。お前ら、とんだ変態地面師クラブだな」

声を出して笑っていた菅原のスマートフォンが着信した。画面を見た途端、静かになり、やや緊張した面持ちで席を外す。

「そういえば、帰ってくんの遅いな」

宏彰が、窓に目をむけていた。

菅原の手下であるスキンヘッドが買い出しに出かけてから、ずいぶん時間が経っているという。

街までは車で三十分ほどの距離だった。窓のむこうでは、かたむきかけた陽の光が、敷地の周囲に鬱蒼とひろがる落葉樹の林を照らしていた。

「急いだ方がよさそうだ」

電話を終えてもどってきた菅原が、ハリソン山中に険しい視線をむけている。

「どういうことです」

「北海道警察《どうけい》の奴から連絡があった。警視庁の奴らが北海道警察《どうけい》本部にきたらしい。猟銃の許可証を調べ上げて、俺とお前の許可証を見つけて帰っていったんだとよ。佐藤さんも勾留されて、弁護士に面会に行ってもらったら、マンションにもやってきたらしい」

稲田は二人のやりとりを聞きながら、札幌のマンションに弾を取りに行ったときのことを思い出していた。「佐藤さん」というのは管理人のことだろう。警察と鉢合わせしていたら、今頃はここにいることもなかったかもしれない。追っ手が確実に近づいている事実が重苦しい気分にさせた。

「まずいね。いったん仕切り直す？」

宏彰の表情に焦りがにじんでいる。

皆の視線があつまり、

「いえ、やりましょう。一度チャンスを逃すと、二度ともどってきません」

と、ハリソン山中は涼しい表情で二本目の葉巻に火をつけた。

室内に、ふたたび葉巻の香りが濃くただよいはじめる。うっすらと天井に立ち上っていくその煙をかきみだすように、車のクラクションの音が聞こえた。

クラクションは、五秒ほどつづいてやんだ。

広大な農場や山林がひろがるこの付近はほとんど鳥のさえずりしか聞こえず、一帯にひびきわたるほどの人工的な音はまずしない。音源地は近くではなく、かといってそう遠くでもなさそうだった。往来のまばらな国道で、事故でも起きたのだろうか。

稲田は立ち上がり、窓辺に近づいた。

二百坪ほどあるこの敷地からもっとも近い国道までは、ゆるやかなS字をくだって一キロほどへだたっている。国道で鳴らされたにしては、いくぶん音の輪郭がはっきりし過ぎている気がする。国道へつづく舗装路に目を凝らしてみたが、敷地をとりかこむ林にさえぎられて入り口のところしか見えなかった。

「あいつかな」

菅原が電話をかけている。スキンヘッドが買い出しに使った菅原のBMWのクラクションの音に似ていたらしい。しばらく受話口に耳を押し当てていたが、やがて、つながらないとでも言うように首を振った。

「これ呑んだら、散歩ついでに見てくるよ」

宏彰が缶ビールをかたむけている。夕食まで特にすることもないので、稲田もついていくことにした。

外へ出ると、ひんやりとした空気が火照った頬をなでた。夕暮れが押しせまり、気温が下がりはじめている。

稲田は、羽織っていたウインドジャケットのジップを顎まで引き上げた。

「さっきの、マヤがケビンの親父にハニトラ仕掛けたって話さ、本人たちにとっちゃ堪《たま》んないよね。男の嫉妬は本当に質《たち》が悪いっていうし。思わない？」

ならんで歩く宏彰の目に喜色がうかんでいる。

「なんか俺は、仕事だからって、そういうの平気でやっちゃうマヤの心の闇の方が気になったけどな」

頭上からとどく小鳥のさえずりと、前庭のアプローチに敷かれた砂利を踏みしめる音がするだけで、クラクションはもう聞こえてこない。

「でもさ、親子だよ。ケビンの親父が知ったらどんだけ事業を成功させたって、絶対認めてくれないと思うよ。心情的に」

陽気に話しつづける宏彰の横顔には、重苦しい空気から解放されたような表情が色濃かった。

敷地内のアプローチから、国道へつながる舗装路に切り替わると、道の両側に奥深い林がせまってきた。高さ二十メートル前後の落葉樹が林立し、気ままにねじ曲がった灰褐色の幹や枝が旺盛に葉をしげらせている。おとろえつつある陽光がところどころ樹幹の間に差し込み、腰の高さで群生する熊笹に陽だまりをつくっていた。

センターラインのない道は、車がどうにかすれちがえるくらいの幅しかない。一つ目のゆるやかなカーブを曲がり、そこからさらに二百メートルほどすすむと、ふたたび道が大きく弧をえがきはじめた。

カーブを抜け出るところだった。盛り場から遠く隔絶された別荘生活の不満を漏らしていた宏彰が、不意に口を閉ざした。

数十メートル先の路上に、ＳＵＶタイプの黒いＢＭＷがこちらをむいて停まっている。スキンヘッドが買い出しで乗っていった車にちがいなかった。右ハンドルの運転席のドアが開きっぱなしになっていて、車の前には、勇ましい角をのばした雄のエゾシカが横たわっている。

稲田は無言のまま宏彰と顔を見合わせ、近づいた。

エゾシカは、頭から血を流して息絶えていた。BMWと衝突したのだろう。目をひらいたまま首があらぬ方向に折れている。車は相当にスピードが出ていたようで、ボンネットの一部がくの字に曲がるほどフロントがひしゃげていた。修理できたとしても、かなりの費用がかかりそうだった。

稲田たちが耳にしたクラクションはエゾシカとの衝突時にBMWから発せられたのは間違いなさそうだが、奇妙なことに、運転手であるスキンヘッドの姿は車内になく、周囲にも見当たらない。エンジンはかかった状態で、スマートキーがダッシュボードのフックに吊り下がっている。後部の荷室をのぞきこむと、直売所あたりで買ってきたらしい和牛のステーキ肉や野菜のほかに、ビールやシャンパンといった酒も積んであった。

どこに行ったのか。事故の連絡なら、スマートフォンを使えばいい。スマートフォンの充電が切れ、自走もできず別荘に助けを求めるなら、ここに来るまでの一本道のどこかで見かけているはずだった。

「事故で動転して、いきなり腹が痛くなったとか?」

宏彰の目が笑っていた。

「下痢ならありうるかな」

稲田は、ドアの開け放たれた運転席側に立ち、振りむいて林の方に視線をむけた。見える範囲では人影らしきものは見当たらない。草むらの陰にしゃがみ込んでいる可能性もあった。

「近くにいるか?　いるなら返事してくれ」

宏彰が運転席側の林にむかって声を張り上げた。しばらく二人で耳を澄ましてみたが、それらしき人声は返ってこない。

稲田は、林の中へ足を踏み入れた。

周囲を歩き、死角となっていた樹木や下草の陰を調べてみても、スキンヘッドの姿は見えない。用を足すとしても、これ以上奥に行くかは疑問だった。

「稲ちゃん」

呼びかけられて振り返ると、

「これ、あいつのじゃない？」

と、後ろをついてきた宏彰がスマートフォンをかかげていた。

下草が途切れた腐葉土の上に落ちていたという。間近で見ると、たったいま落としたかのように目立った汚れも傷もなく、風雨にさらされた感じもない。画面はロックされているが、状況から判断するかぎり、スキンヘッドのもので間違いなさそうだった。

「なんでここに落ちてたんだろ」

宏彰が不思議そうに言って、スマートフォンが落ちていた場所と道路に放置された車に繰り返し視線をおくって距離をはかっている。二、三メートルだろうか。

稲田は、別荘に残っているハリソン山中に連絡をして状況を説明し、菅原にたのんでスキンヘッドに再度電話をかけてもらった。ややあって、宏彰が拾ったスマートフォンの画面が明るんで振動しはじめた。

「我々もそちらに行きますね」

電話越しでも、ハリソン山中がいぶかしんでいる様子なのがわかった。

ＢＭＷの前で待っていると、五分もたたぬうちに、別荘の方から車のくだってくる音がした。エゾシカの死骸をはさんで、ＢＭＷとむかいあうようにミニバンが停まる。

「派手にやってくれてんじゃねえかよ」

自身の壊れた車に歩み寄りながら、菅原が声をあらげた。

あとから降りてきたハリソン山中が、エゾシカに近づき、しゃがみこんで陰部のあたりを興味深そうに観察している。

「なにやってんの」

稲田の声にハリソン山中が顔をあげ、満足したように立ち上がった。

「ペニスから精液が出ていないか確かめてました」

言っていることが理解できず黙っていると、歓喜の表情を浮かべたハリソン山中がつづけた。

「絞首刑の死刑囚や自殺された方の中には、まさに絶命をむかえようとする瞬間に、ペニスが硬直して射精することがあるんです。どのような興奮状態なのか知りたいんですが、いまだ謎のままです。動物にも同じ現象があるかと思うのですが、残念ながらこちらのエゾシカは絶頂をむかえる前に事切れてしまったようです」

付き合いきれないといった顔で、菅原が林の方へ歩いていく。スマートフォンが落ちていた場所まで案内した。

「あの馬鹿。俺の車、鉄屑にしといてどこ行きやがったんだ」

苦り切った表情の菅原が周囲を見渡しながらつぶやいている。

「ヒグマと遭遇したって可能性はないですか」

ハリソン山中の一言に、林の方に足をむけようとしていた宏彰があからさまに動揺したのがわかった。

稲田の頭に、さきほど情報番組で流れていた獰猛なヒグマの事件が思い起こされた。六百キロはあるという牛を憂さ晴らしのごとく何十頭もなぶり殺してきたヒグマがこの林の中にいると思うと、にわかに恐怖が感染してきた。

「ないな。あいつらは頭もいいし、鼻もきく。臆病っていうより、極端に慎重なんだ。こっちから会おうとしたって会えない。知床《しれとこ》なんかは、観光客が餌付けしまくったせいでそこらへんにウロついてるらしいがな」

菅原の断定の仕方は、ハンターとして長らく北海道の山に入り、その生態を知り尽くした者だけがもつ経験と知識に裏打ちされている感じがする。その自信にみちた声を聞いていると、稲田の内部に垂れ込めはじめた不安もうすれていった。

捜索範囲をひろげてみたが、なにひとつ手がかりが見つからない。警察に捜索依頼をするわけにもいかず、やむなく別荘にもどってスキンヘッドの帰りを待つことにした。

「これどうしよっか」

稲田は、エゾシカの死骸を見下ろした。ＢＭＷの方は、自走するぶんには問題なさそうだった。

「ひとまず置いとく？」

宏彰がそう応じると、菅原が口をはさんだ。

「ひと目につくし、放っといたらヒグマが寄ってくるな。つって、処分場にもってくのもあれだし、捌《さば》くのも面倒だし……しょうがねえから、見えないとこに投げとけよ」

稲田は、手伝うという宏彰の申し出を断ってエゾシカの前足を両手でつかむと、腰を落として引きずった。相当に重い。ゆうに百キロ以上はありそうだった。やっとのことでアスファルトからエゾシカをのけ、道路から見えない位置まで引っ張ったとき、足元の雑草の中にペン状の白いものがあることに気がついた。手にとってみると、電子タバコ用カートリッジだった。

「もしかしてこれも、あいつのじゃない？」

宏彰を呼ぶと、異変に気づいたハリソン山中と菅原もやってきた。

皆で、カートリッジが落ちていた場所に立ってみる。

どうしてスキンヘッドの所有物がはなれたところに二つも落ちているのかがわからない。道路に飛び出してきたエゾシカと衝突して車を停め、エンジンをつけたまま慌てて運転席を出たあと、事故を知らせようとしたが、なにか不測の事態に見舞われてスマートフォンを落とし、カートリッジも落としたのか。

「俺の車、駄目にしたから、ブルってケツ割ったのかもな」

菅原は苦笑しながら言ったが、否定できる材料もなく、それもありうるような気がしてくる。少しはなれたところを調べていたハリソン山中がなにかに気づき、地面の一点を凝視している。

「どうした」

稲田は歩み寄って、相手の視線の先に目をやった。

下草の葉の一部に、黒っぽい斑点が付着している。血にちがいなかった。ほかの二人もやってきて、無言でそれを見つめている。血痕は点々と林の奥の方へつづいていた。

「事故で頭割れて、前後不覚で林ん中さまよってるってことはないよな……」

菅原が自身に問いかけるようにつぶやくと、血痕をたどりはじめた。稲田たちもあとにつづいた。

誰一人口をひらこうとしなかった。皆押し黙ったまま、血痕を見失わないように足をはこんでいる。木々の間を縫うように薄暗い林の奥へ点綴《てんてい》する血痕の行方を追っているうち、稲田の胸にいつしか得体のしれない恐怖が芽生え、車へ引き返したい衝動に襲われていた。

百メートル近くすすんだところだった。

「……いた」

菅原が低い声で言った。

十メートルほど先の高木の下で大の字に人が倒れている。近寄ってみると、予想していたとおりスキンヘッドだった。

稲田はその姿を見て、息をのんだ。

左目付近が眼球ごとえぐり取られ、鼻のあたりの骨が露出していた。あふれ出た血が顔半分を赤く染め、頰をつたったそれが堆積した腐葉土にしたたり落ちている。よりむごたらしいのは、腹部の方だった。重機の爪で無理やり引っ掻いたかのようにポロシャツごと腹が引き裂かれ、血にまみれた腸の一部が飛び出して地面すれすれに垂れ下がっている。血の臭いが立ちこめ、むせ返るようだった。

「……ヒグマだ」

顔をしかめた菅原が自身の非を認めたふうな口調でこぼしている。

稲田はこみ上げてくる嘔気をこらえつつ、足元のスキンヘッドに声をかけた。返答はないものの、呼吸はある。すぐに処置をほどこせば助かるかもしれなかった。

「救急車呼ぶよ……」

宏彰がおびえきった表情でポケットからスマートフォンを取り出すと、ハリソン山中がそれを手で制し、それはできないと首を横に振った。

稲田は傍観しつつ、自分の顔が引きつっているのを自覚していた。もし救急車を呼べば、ヒグマによる重大な獣害事件として報道されるにちがいない。警察も捜査に乗り出し、別荘やそこに滞在していたハリソン山中の存在もあかるみに出るかもしれない。そうなったら、プロジェクトどころの話ではなくなってしまう。

ただ、そうは頭で理解していても、実際にスキンヘッドを見殺しにすることに強い抵抗を感じた。人から金を騙し取る詐欺という犯罪とは、決定的になにかがちがう。越えてはいけない一線だと直感的に思った。なのに、体はかたまったまま微動もせず、その場に立ち尽くすことしかできないでいた。

「残念ですが、ここで葬《ほうむ》りましょう」

ハリソン山中が平然と言った。

「それでいいよ。そうしよう」

菅原はあっさりと同意をしめしたあとで、つづけた。

「ただし、こいつの命の代価は払ってもらう。プロジェクトが成功したら、八割こっちによこせ。いまこいつを助けたら、一円も入ってこないどころか、お前は終わるんだ。いいな」

今回のプロジェクトで菅原に支払われる報酬は、呉磊らへの支払いもふくめて、騙し取った金の半分だと聞かされている。それが八割だという。乱暴な要求だった。

「それは――」

なにか言いかけたハリソン山中をさえぎって、菅原が強い口調で言った。

「いいか、お前と交渉してるんじゃないんだ。もう決まったことなんだ、わかったな」

ハリソン山中は顔色を少しも変えず、なにごともなかったように黙っていた。

ふと見ると、スキンヘッドの唇がわずかに動いている。

しゃがみこんだ宏彰がスキンヘッドの口元に耳を近づける。言っていることが汲み取れたらしく、顔をあげた。

「……水だって」

スキンヘッドが買ってきた食料の中に炭酸水と氷が入っていた気がする。稲田が車に引き返そうとすると、菅原に呼び止められた。

「水なんかいいから、さっさとスコップ取ってこいよ。あと斧《おの》も。早くしないと日が暮れるだろ」

あまりに一方的な言い方だった。

「なら、自分でやれよ」

思わず食ってかかると、宏彰にたしなめられた。確実に死がせまっているスキンヘッドを前にして、これ以上争う気になれなかった。

来た道をもどろうとすると、

「用具室は鍵がかかっていたはずなので、私も行きましょう」

と、ハリソン山中が言った。所在をうしなった宏彰もあとをついてくる。菅原は一人その場に残り、くたばりそうなスキンヘッドになにごとか語りかけていた。

稲田はうつむきがちに無言で歩をすすめた。宏彰が話しかけたそうにしていたが、いまは誰とも口をききたくない気分だった。

ふと、土を踏みしめる音や靴が下草を払う音にまじって、車のエンジン音が聞こえたような気がした。

最後にＢＭＷをはなれたときはエンジンを止めていたし、ハリソン山中たちが乗ってきたミニバンも同様のはずだった。大型バスや重機のような重く低いエンジン音は、舗装路がある方ではなく、稲田たちの背後から聞こえてくる。

振り返ると、黒く巨大な影が前方の木々の間をすさまじい速さで横切っていく。それがヒグマだと気づいたときには、十メートルほど先に見える菅原に飛びかかっていた。

巨大なヒグマだった。人間の力などではどうにもならない圧倒的な存在感をはなっている。はかなげな叫び声が短く聞こえ、すぐにヒグマの唸り声にかき消された。背をむけて菅原におおいかぶさっていたヒグマが、思い出したように顔をあげ、こちらへ首を振った。

なにを思ったのか、唸り声をあげながら歩み寄ってくる。

髪の毛が一斉に逆立ち、全身が粟だった。足が根を張ったように動かず、ヒグマに目が釘付けになった。ひとかかえほどある厳《いか》つい頭にうがたれた、無感情の小さな目がまっすぐこちらを見つめていた。

――んでこっちに来んだよっ。

稲田は、とっさに右足で地面を蹴り、左手にむかって走った。

熊笹の中に飛び込み、あえぐように必死で手足を動かした。笹の枝や葉が腕や頬を猛烈な勢いで殴りつけてくる。まったく痛みを感じなかった。心臓が激しく音を立てて脈打ち、胸板を突き破りそうだった。熊笹をかきわける葉擦れの音が自分のものか、野獣のものか区別がつかない。闇雲に樹幹をかわすたび、背中にヒグマが躍りかかってくるイメージが執拗に脳裏にひるがえっていた。

息が切れ、胸苦しさが限界をむかえようとしたとき、自分の乱れた呼吸と熊笹をかきわける音しかしていないことに気づいた。

背後を見ると、木立と熊笹で見通しのきかない林の中にヒグマの姿はない。自分への追跡をあきらめ、うずくまった宏彰か、どこかへ逃げたハリソン山中のもとへむかったのかもしれなかった。

どこをどう走ってきたのか、周囲を見回しても似たような景色がひろがっているだけで車のある道路の方角がわからない。遠ざかっているのか近づいているのかも見当がつかなかった。

足を止める気にはなれず、絶えず後ろに注意を払いながらすすむ。できれば宏彰たちが襲われ、そのまま気をとられていてほしかった。

登りの勾配がきつくなり、右手に生け垣のように蔓《つる》のからまった藪《やぶ》が高々と立ちはだかる。勾配をのぼりきったところだった。荒々しい吐息が間近で聞こえたかと思うと、藪の切れ間からおもむろに黒い影があらわれた。

ヒグマだった。

自分のものとは思えない悲鳴が口から吹き出た。

踵を返した右足が、背後から飛びかかってきたヒグマの前足に引っかかり、つんのめるように倒れた。土が口の中に入る。

這って逃げた。

背中に強い衝撃が走り、体ごと横倒しにふっとばされる。面前に落ちていた細い枝をつかんで必死に起き上がった。

見ると、すぐそこで、ヒグマが人間のように二本足で立ち上がってこちらを見下ろしている。焦げ茶の毛におおわれた顔から目をそらすことができない。足が硬直し、膝頭が震え出す。

ヒグマは人差し指ほどありそうな牙をむきだしにしたかと思うと、林中にひびきわたる咆哮《ほうこう》をあげた。

身がすくむほどの声を耳にし、観念した。逃げる気が失せていく。こんなところで犬死にするのが悔しくてならなかった。

ヒグマをにらみつけると、大声を張り上げながら渾身の力で手にした小枝を振り回した。

ヒグマが前足を地面につけ、唸り声をあげながら寄ってくる。獣の臭いが濃くなった。不思議と恐怖は感じなくなっていた。

「なめんじゃねえぞっ」

振り回した小枝がヒグマの額に当たり、あっけなく折れた。

左前足のあたりに回し蹴りをいれた。まるで分厚い絨毯をまいた丸太だった。もう一度蹴ったが跳ね返され、バランスを崩して倒れた。

地面に尻をつけたまま後退《あとずさ》りする。なにかわめきながら、手当たりしだいに土や落ち葉をつかんで投げつけた。

ヒグマが立ち上がり、大口を開けた。上下の牙はするどく、長い舌はしなやかでやわらかそうだった。視界に映るすべてがおそろしくゆっくりに感じられ、なにも聞こえなくなった――。

林中にこだまする乾いた破裂音と同時に、稲田は我に返った。

面前のヒグマが悲痛な声を短くもらし、天を見上げるように仰《の》け反《ぞ》っている。そのまま力つき、地面に音を立てて倒れた。

剛毛におおわれた後頭部の一点から血が流れている。

助かった。そう思った途端、足腰に力が入らなくなり、その場から立ち上がれなくなってしまった。喉が焼けるように痛く、全身が汗みどろだった。土でよごれた手が細かくふるえていた。

むこうから人がやってきた。ライフル銃を手に下げている。

「スリル満点でしたね」

ハリソン山中は爽やかに言うと、横倒しに転がったヒグマに近寄り、陰部をあらためはじめた。

「こいつは当たりですよ。最高の最期をむかえたはずです」

ペニスの先に雫のごとくあふれ出た精液をすくいとって愛おしそうに舐めている。稲田はしばらく悄然としたまま呆気にとられていた。

放心状態となっていた宏彰と合流し、三人で菅原とスキンヘッドがいた場所にもどった。

すでに息絶えたスキンヘッドからややはなれたところで、菅原が倒れていた。下唇から下が顎ごとふっ飛ばされていた。喉仏の付近から胸にむかっておびただしい血を垂れ流し、弱々しい目をしばたたいている。呼吸をしているのか、なにか話そうとしているのか。気道の付近で、血の泡がしきりに音を立てて盛り上がっていた。

ハリソン山中はそっと足元の腐葉土をすくいとると、ステーキに塩でも振りかけるみたいに気道の窪み目掛けて土を落としていった。苦しいのか、ほんのわずかに菅原が身をよじっている。稲田は身動きもせず、ハリソン山中の嬉々とした横顔をながめていた。

＊

北海道警察の庁舎の前で待っていると、通りのむこうから母が歩み寄ってくるのが見えた。

「駐車場迷って、遅くなっちゃった」

口元に笑みをこぼしながら、日傘をたたんでいる。

サクラは、母の唇に目が引き寄せられていた。ふだん仕事につけている口紅よりブラウンがかった明るいトーンで、艶もある。さりげなくアイシャドウもほどこされていた。

「いきなりサクラの上司の方から電話があって、あいつを迎えに来いって言われたからびっくりしたわよ」

ぞんざいな口調なのに、どことなく声色は明るい。

二人で庁舎内に入り、「身元引受人」の手続きを済ませて父を待った。ロビーのベンチに肩をならべて腰掛け、サクラは口をひらいた。

「身元引き受けるって……お母さんのアパートに連れて行くの？」

母を身元引受人に指名したのは父だが、母にその気さえあれば拒否することもできたはずだった。

「どこも行くとこないならしょうがないじゃない。本人がそうしたいって言うなら、しばらくいてもいいし」

そこまで考えているとは思わなかった。母はもう父を憎んでいないのか。

「向日葵、誕生日に飾るようにしてるでしょ？」

母のアパートをおとずれたときも、居間のテレビボードに飾ってあった。

「サクラにはずっと言わなかったけど、あれね、ぜんぶあいつが贈ってくれたやつなの。毎年、毎年。出会ってから一回も欠かさず」

まったく知らなかった。母が肩の荷をおろしたかのように安堵の微笑を浮かべている。

物心ついたときから、家の中に向日葵が飾られていた記憶がある。父がほとんど家に寄りつかなかった広尾のときも、父がほかの女をつくって札幌の家を出ていったあとも、母の誕生日である夏には必ず向日葵があった。母が自分で買ったものとばかり思っていた。

「変なところで律儀だから」

母が頬をゆるめている。

あの身勝手きわまりない父が、一度や二度ならともかく、毎年、母と離れ離れになってからも欠かさず向日葵を贈りつづけているというのは信じられなかった。

「なんで、教えてくれなかったの？」

「あいつが、誰にも言わないでくれって」

ロビーのむこうから、父が職員に付き添われながらこちらへ歩いてくるのが見えた。

くたびれた感じの開襟シャツを着、痩せた体にはやや大きすぎる膝丈のパンツに片手を突っ込んでいる。便所サンダルを鳴らしながらゆったりと歩く様子は、まるで近所を散歩しているかのようだった。

母が立ち上がり、何年ぶりかに再会する父のもとへ近づいていく。行きたいような、そうしたくないような足の運び方だった。

母は職員に深々と頭を下げると、父の肩口に手をやりながら、言葉少なになにか語りかけていた。父の表情は平然としていて、さして変化は見られない。それでも、時折母の方に顔をむけ、小さくうなずき返している。言われなければ、どこにでもいる中年夫婦に映るにちがいなかった。

サクラは腰を浮かしたものの、遠くからながめるだけで、なかなか二人のもとへ近づくことができないでいた。

庁舎をあとにし、母が車を停めた駐車場へとむかう。

サクラは、やや距離を置いて二人の後ろを歩いていた。父とは、先程から一言も口を利いていないどころか、目もあわせていない。

父が足を止め、母になにか話しかけたかと思うと、花壇の石垣に腰掛け、目を細めながら煙草に火をつけている。暮色に染まりかけた遠くの空をあおぎつつ、おもむろに鼻腔から煙を吐き出していた。

話すなら、いましかなかった。サクラは母に声をかけて、少しの間父と二人だけにしてほしいとたのむと、躊躇する気持ちを断ち切って歩み寄った。

「菅原とはどういう関係なの？」

なるべく感情をこめずに言った。

「……お前もしつこいな」

父がうんざりしたように視線をそらす。

「いいから答えてよ」

「さっきお巡りに話した通りだ。なんも知らん。飲み屋の常連からたのまれただけなんだ」

「ハリソン山中は？　地面師」

「……そんな奴知らん」

「この男なら、知ってるでしょ。部屋に来たはず」

サクラは、スマートフォンを取り出し、インターネット上にあがっていた稲田の画像を相手に見せた。

「……生意気な奴だったたな」

画面から顔をそらし、静かに煙を吐き出している。

「なにしに来たの？」

「猟銃の弾取りに来ただけだ。使いって言ってたから、そこらへんの小僧だろ」

父は、もういいだろと言いたげな顔で、短くなった煙草を石垣の上でもみ消すと、その吸い殻をなかば潰れた煙草の箱の中にねじ込んだ。

「最後に訊いていい？　なんで毎年、お母さんに向日葵贈ってるの？」

ほとんど感情をしめさない父の目に、わずかだが動揺の色があらわれたように見えた。秘密に触れたから怒ってもよさそうなのに、押し黙ったままなにも言い返してこなかった。

サクラは、少し離れた場所で不安そうにこちらをうかがっていた母を呼び戻し、話は終わったとつたえた。

「これからどっかでご飯食べようと思うんだけど、サクラも行く？」

気遣わしげな言い方にもかかわらず、かすかに母の声ははずんでいる。

「いい。仕事あるから」

父と顔を突き合わせて食事できるほどの、寛容な気持ちはまだもてない。遠ざかっていく二人に、背中をむけたときだった。

「サクラ」

ふいに呼び止められて、動悸が高まった。最後にその声で自分の名前を呼ばれたのはいつだったか。

振り返ると、父が足を止めていた。

「いろいろ悪かったな」

西日をあびた顔に、おだやかと見えなくもない色が差している。記憶の深層に眠っていた懐かしい顔とかさなっていく。

「あいつら、大型客船に乗るみたいだ」

どうして知っているのだろう。

「迷ったら、直感にたよれよ」

相場師の頃のような険しい表情だった。父はそれだけ言い残し、母とふたたび歩き出した。

七

シャンパンで乾杯するなり、ケビンは辛抱できず、

「それで……あの土地が買えるってのは本当なの？」

と、声をひそめながら右隣に顔をよせた。さりげなく言ったつもりが、声が上ずっていた。

シャンパンを口にしていたリュウが、そのまま勢いよく呑み干して空のグラスをカウンターにもどした。

「買える」

一片の迷いもない響きだった。微笑を目元にたたえ、我がことのように喜んでくれている。

「さきに申し込んでいた中国人がキャンセルしたんだって。本当についてるよ」

ケビンは親友の明るい声を耳にしながら、昼間、巨大な倉庫がつらなる埠頭にマイバッハであらわれた、一番手とおぼしき中国人男女を思い起こしていた。後先考えずに慌てて土地をおさえたが、あとになって開発資金のリソース不足にでも気づいたのかもしれない。争奪戦の激しさは予想以上だった。

「さすがケビン。もってる」

ドレスアップした左隣のリナも音を立てずに拍手している。

ケビンはグラスに残ったシャンパンを口にふくみ、カウンターの鉄板に上機嫌な視線をそそいだ。

鏡のように隅々まで磨き上げられた鉄板の上では、口髭をたくわえた恰幅のいいコックが、前菜のタラバガニとホタテをソテーしている。小気味よく鳴るターナーの金属音と食材の焼ける低い音が耳に心地よかった。

「不動産屋づてに聞いたんだけど、購入するには条件があるらしい」

リュウが言い忘れたかのように付け足した。

「どういう条件なの？」

自分より先にリナが口をはさんだ。

「オーナーが早く土地を処分したがってるから、すぐに決済できること」

よくある話だった。事業に失敗でもしたのかもしれない。重要なのは、処分の理由ではなく、どれくらい急いでいるかだった。

たずねてみたところ、

「一週間」

と、リュウが即答した。

ケビンは顔が緊張しているのを自覚しながら、新たに注がれたシャンパンで口の中を湿らせた。いくらなんでも短すぎる。一週間では、まともに物件の評価ができるはずもなく、投資をすべきかどうかの判断材料など到底あつめられない。

「それ過ぎたら、ほかに待ってる中国人に売るらしい」

胸がざわついた。もしこの機会をのがすと、二度と手に入らないかもしれない。

「いくらなんだっけ？」

スマートフォンをカウンターに置き、電卓アプリを立ち上げた。

「十万八千三百四平方メートルで、二百十億円。手付金は五％」

計算してみると、およそ平方メートルあたり二十万円、平方フィート換算で一万八千円だった。知ったところで、釧路の相場感がまったくわからず、リターンが期待できる金額かどうか判断のしようがない。

「ニセコのコンドミニアムにくらべたら、はるかに安いよ。将来、シンガポールみたいになるって考えたらなおさら」

リュウは慎重な言葉遣いで述べてから、

「どうする？」

と、こちらの顔色をうかがってきた。

コックの洗練された手さばきにより、ほどよく焼き目のついたタラバガニとカットされたホタテが各自の皿にサーブされる。素材にまとった醬油の香りが湯気とともにただよい、食欲をそそってくる。

椅子の背にもたれて腕を組んだケビンは、黙り込んだまま虚空に厳しい視線をすえていた。両脇の二人が、料理に箸もつけず自分の発言を待っている。

「買う……」

口の中でつぶやいて、リュウの方にむきなおった。

「買うよ」

カウンター席に安堵の吐息がもれ、張り詰めていた空気がほどけていく。

「インスピレーションは大事にしたいから」

物件の土地に立ったとき、眼前に果てしなくひろがる海に、得も言われぬ感情を掻き立てられた。この海の先に壮大な北極海航路が横たわり、いずれは同じ海でむすばれる母国のように発展していく様がありありと脳裏にあらわれた。そしてそこには、禅の精神と釧路湿原の静謐《せいひつ》さを内包するような、創造性にみちたラグジュアリーホテルが建ち、この都市のあらたなシンボルとなっている……これまでバラバラだった点と点がようやくつながった気がした。

「いつもみたいにきちんとしたリサーチはあきらめるしかないけど、契約までにやれることはぜんぶやろうと思う」

その結果によって、おそらく今回の判断がくつがえることはないだろうが、取締役会での説明はもちろん、父からなにか言われたときの説得材料はもっておきたかった。

「それはうちの会社にまかせてよ。いくらでも協力はできるから」

明日いったん帰京する予定のリュウが、安心しろとでも言いたげにこちらの背中に手を回してきた。グループ会社ふくめて、社内のリソースの提供を惜しまないという。決済にも立ち会うとまで言ってくれ、心底ありがたい申し出だった。

「私も手伝う」

おどけながらリナもつづいた。

「ありがと、でも大丈夫。前にお世話になった東京のコンサルファームがあるから、そこに協力してもらう。こういうのは自分のところでマネジメントしたいんだ。北極海航路についても、シンガポールで海運やってる知り合いの経営者に聞いてみるよ」

「……そんなのいるの？」

リュウが意外そうに目を丸くしている。

「急にたのんで平気なのかな」

リナの顔色には憂慮の気配が濃かった。

「問題ないよ。コンサルタントの稼働はさっき確保したから。主要なデータとざっくりした所感があれば、今回はじゅうぶんだし」

二人の心配を振り払うように快活な声を出し、頰張ったホタテをシャンパンで流し込んだ。

ここ何日かでしなければならないことが頭の中に溢れかえってくる。次々と算段をつけていくうち、しだいに胸内のざわめきが薄れ、自然と頰がゆるんでくるような陶酔感が全身をつつんでいった。


ふたたび右に旋回しはじめた。機体が大きくかたむき、それにつれて操縦席のフロントガラスを上下に二分していた水平線も角度がついて斜線となっていく。

ケビンは腹筋に力をこめた。

独特の浮遊感だった。このまま倒れつづけ、よもや二千フィート下で青々とひろがる海面に墜落するのではと錯覚しそうになる。

「助けて」

隣の後部座席に同乗しているリナが、泣き笑いの形相で必死にこちらの左腕にしがみついてくる。けたたましいエンジン音に混じって、子供のようにはしゃぐ彼女の甲高い声がヘッドセットを通して耳朶《じだ》にひびいていた。

彼女がヘリコプターに乗るのははじめてとはいえ、飛行してだいぶ時間が経つというのに、少しも慣れる様子がない。スマートフォンで写真を撮りまくってはひたすらはしゃぎつづけている。ときおり操縦席のパイロットが地形や海岸線の状況を日本語で解説してくれても理解できないでいたが、知識よりも五感で感じることを重視していたから、少しも気にならなかった。

操縦士が、左右の足元にあるペダルと手元のスティックを器用に動かし、ヘリコプターの姿勢がもとの水平にもどっていく。

ケビンはサングラスをはずすと、腕時計に目をやった。すでに一時間近く経過している。

東京行きを取り止めて北海道滞在を延長したこの日は、朝から釧路空港におもむき、事前にチャーターしたヘリコプターで釧路近郊を周遊していた。釧路湿原を経てから、阿寒湖、屈斜路湖《くっしゃろこ》、摩周湖《ましゅうこ》をまわり、さきほど厚岸《あっけし》町の湿原の上空を通過してきたところだった。視察が目的ではあったが、細かなところはどうでもいい。釧路という土地を俯瞰《ふかん》することで大局的な視座を獲得し、なによりも空から埠頭の物件をながめてみたかった。

「ケビン、こっちむいて」

リナが顔を寄せてきた。スマートフォンをかかげ、自分たちの方にむけている。

「釧路、最高。ケビンのホテルができたら、毎年来たい。いいでしょ？」

「もちろん」

彼女にむけて力強く親指を立ててみせた。

今回の投資にあたり、その妥当性やリスクについて東京のコンサルファームや自社のデューデリジェンスチームに調査を依頼していたが、そのリサーチ結果がここにきて続々とケビンのもとにもたらされていた。手元にある既存データや公共機関が公表しているパブリックデータなどをもとにしただけの、分析というにはあまりにも安直なものばかりではあるが、いま時点においてネガティブな情報は一切なかった。

釧路湿原という豊かな観光資源は言うにおよばず、釧路は夏は過ごしやすく、海産物にもめぐまれている。インフラを見ても、八千二百フィートの滑走路を有する空港が市内中心部から近く、高速道路のインターチェンジや長距離鉄道の駅もそなえている。

治安は問題ないし、政治的なリスクも低い。リスクらしいリスクといえば、地震くらいだった。ただそれも、日本列島が複数のプレートの上にある火山帯ということを考えれば、ある程度は許容しなければならないだろう。

埠頭の物件については、街の中心地に位置し、大型クルーズ船も停泊可能な釧路湾に面している点や、十万八千三百四平方メートルにおよぶ地積の広さを考慮すると、きわめて希少性が高い。二百十億円という売値は周辺相場よりも高いが、将来的に北極海航路が開通し、釧路港が要所になるという市場の可能性を考慮すれば、むしろ安すぎるくらいだという。地盤や地質については専門機関による調査が必要だが、過去をさかのぼってみると問題と報告された記録は見当たらず、法令上もホテル開発の障害になりそうなものは見当たらないとのことだった。

頭の中でえがいた理想の開発計画がにわかに現実のものになりつつあり、神経が昂《たかぶ》ってくる。意識はすでに物件取得後の開発をいかにすすめるかに移っていた。

海岸線をなぞっていたヘリコプターのフロントガラスのむこうに、見覚えのある港湾が見えてくる。周遊の最後は、物件の上空でホバリングしてもらうようリクエストしていた。

釧路湾だろう港湾を指差して叫んだ。

「港《ハーバー》？」

「イエス」

操縦士が威勢のいい声を返してくれる。

ケビンは、シートベルトがわずらわしく感じられるほど身を乗り出し、物件の埠頭に視線をそそぎつづけた。

視察を終え、釧路空港からタクシーで市内へもどると、リナがごく自然にこちらの腕をとって体を密着させてくる。

「今日の夜、ここ行ってみよ」

夕食のレストランをリナにゆだね、ケビンはスマートフォンで新着のメッセージをすみやかに確認していった。

一通のメールでスクロールする手が止まる。

北極海航路について論文を中心に調査していた部下からだった。それによれば、地球温暖化にともなう北極海航路の可能性についてはさまざまな専門家の間で活発な議論がなされているが、現状では実現の可能性はきわめて低い。たとえ開通したとしても水先人などのコスト面がネックになるため、世界の流通に変革をあたえるほどのインパクトは見込めないというのが大勢《たいせい》の見方らしかった。

その文面を何度も目でなぞっているうち、しだいに呼吸が浅くなってくる。気づけば、電話をかけていた。

受話口からコール音が聞こえてくる。相手はシンガポールで海運会社を経営する同世代の知人だった。数日前にメールを送っていたが、いまだ返信がきていない。

出ないかとあきらめかけたとき、聞きおぼえのある声が聞こえてきた。

「どうした？」

忙しいのか、早く切りたそうな雰囲気だった。

「北極海航路についてメールで質問した件なんだけど、返事がなかったから」

そう告げると、相手はあざけるような声をもらし、

「それか。北極海航路なんてまともに相手にしてるやつ、業界じゃ聞いたことねえよ。なに期待してんのか知らないけど、やめとけ」

と、早口に言って電話が切れた。

「どうしたの？」

隣のリナが心配そうに顔をのぞきこんできた。

呼吸がしづらく、全身の毛穴からじっとりと汗がにじんでくる。スマートフォンをにぎりしめたまま、アイコンのならんだホーム画面をじっと見つめていた。

＊

形崩れしたソファに長く身を沈めていたせいか、腰のあたりに鈍痛にも似た負担を感じる。昨晩も神経がたかぶってまともに眠れず、疲労感が抜けきれていないことも関係しているのかもしれない。

稲田が座りなおして重心を変えると、手をついた拍子に表面の合皮がひび割れ、もろくなった箇所が崩れるようにはがれた。

十畳もない空間をとりかこむ壁は黄ばんだクロスの一部が引き裂かれ、以前は風俗店の待合室だったことを物語るように、キャストの勧誘と盗撮が発覚した場合は罰金百万円を請求する旨の貼り紙がかかげられたままになっている。カビ臭い冷気を吐き出す旧式の空調機からは断続的に異音がし、淡々と話しつづけるハリソン山中の語調をいっそう事務的な響きにしていた。

「というわけで、一部変更はありますが、基本的には当初の計画に沿ってすすめていきましょう」

ハリソン山中がそう締めくくり、タブレット端末をローテーブルに置いた。端末には、クルーズ船をふくめた世界中の船舶の現在位置と動きがリアルタイムで把握できるアプリが立ち上がったままになっている。北海道の西側の日本海から南東側の太平洋にかけての、海岸線の地図が表示されていた。

小指に二連のリングがはめられたその手でシガーボックスから葉巻を取り出し、ガスライターで先端をあぶりはじめると、煙草と消臭剤の人工的な臭いが染みついた室内に、葉巻の豊かな香りがひろがっていった。

「それと、明日の金本さんとの最終打ち合わせは、干支《えと》や生年月日の暗唱確認だけでなく、当日の服装もチェックしておいてください。華美すぎず、気ままにクルーズ旅行を楽しむ富裕層を演出できるようにトラッドなスタイルがふさわしいと思います」

ハリソン山中が言い忘れていたように付け足したが、確認をもとめられた宏彰は聞こえていないのか、せわしなく手元のスマートフォンをいじってはニュースサイトに食い入っている。

「宏彰さん、大丈夫ですか」

ふたたび声をかけられて、動揺したように宏彰が顔をあげた。

「……大丈夫。わかってる」

そう答える目には、焦燥の色が濃い。

「まだ出てない？」

稲田がたずねると、宏彰が小さく首を横に振った。不安にみちた表情の中に、かすかながら安堵の気配が浮かび出ている。その心境は稲田も似たようなものだった。

菅原とスキンヘッドが死んでから丸二日が経っていた。

二人の死後、ただちに別荘をはなれたが、数少ない宿泊施設があつまる駅前すら閑散とした釧路市内にとどまるのは目立ちすぎると判断し、その足で札幌にもどってきた。呉磊《ウー・レイ》のつてをたより、すすきのの雑居ビルにあるこの廃業した風俗店に一時的に身をひそめている。

獰猛なヒグマによって無惨に損壊された二人の亡骸《なきがら》は、警察や消防に知らせるわけにはいかず、かといって処分する時間的な余裕もなく、ハリソン山中が射殺したヒグマの死体もろとも林の中に野ざらしで置き去りにしてきた。菅原のＳＵＶについても、フロント部分が大破している状態ではむやみに公道を走らせることもできなかったため、やむなく現場に放置してきている。

周辺に人家はまばらで、車の往来も少ないとはいえ、付近一帯を定期的に巡回している別荘の管理人がＳＵＶの存在に気づくのは時間の問題だった。管理人は、運転手不在の事故車を不審に思い、警察へ通報することだろう。そうなれば、腐敗がすすんで強烈な臭気をはなっているはずの遺体は、すぐに発見されてしまう。いまのところそれを報じるメディアはないが、ハリソン山中が指名手配されているせいで、ただでさえ警察に目をつけられているというのに、今回の一件でますます厳しい状況に追い込まれてしまった。

稲田はペットボトルをつかみ、すっかり気の抜けてしまった炭酸水を口にふくんだ。息苦しさを感じる。陰気で薄汚い密室に閉じこもっているせいでも、葉巻の匂いや部屋の臭気のせいでもなかった。

宏彰の方に目をやると、目を細めてうまそうに葉巻を吸うハリソン山中の落ち着きぶりとは裏腹に、相変わらずかたい表情でスマートフォンに目を落としている。

菅原たちが死んでからというもの、ふさぎ込んでずっとこの調子だった。二人の死が受け入れられないというより、スプラッター映画さながらのそのむごい死に様の方がよほどショックだったのかもしれない。でなければ、蚊でも殺すみたいに菅原の息の根を止め、その後何事もなかったかのようにプロジェクトをすすめるハリソン山中の冷酷さに対して、いまさらながら恐れをいだいたのかもしれなかった。

「仮定の話になりますが」

ハリソン山中がそう切り出し、

「報道されていないだけで、すでに警察が菅原さんたちの遺体を把握しているとしたら、どうされますか」

と、宏彰に顔をむけた。

「どうって……」

不意の問いかけに、スマートフォンを手にしたまま言いよどんでいる。

「稲田さんは、いかがですか」

ニュースで報道されているかどうかで頭がいっぱいで、その後のことについては一切考えていなかった。

「どこかへ逃げますか」

自分では明確に意識していないだけで、心のどこかではそうするつもりでいたのかもしれない。捕まりたくはなかったが、そうした弱みを認めたくもなかった。

答えられずにいると、ハリソン山中が言葉をついだ。

「当局の狙いは、あくまで私一人です。お二人が怯える必要はありません。不安は頭のリソースをいたずらに消耗するだけで、なにも解決してくれませんから」

これまでハリソン山中といくつもプロジェクトをこなしてきた宏彰はさておき、少なくとも自分に限っては今回がはじめてだった。プロジェクトに加担しているとはいえ、まだケビンから金を騙しとったわけではない。菅原たちにしても、偶然あらわれたヒグマが襲ったのであって、自分たちはなんら手をくだしていなかった。瀕死の菅原にハリソン山中が止《とど》めを刺さず、病院へ搬送したとしても、顔の半分が吹き飛ばされたあの状態ではまず助からなかったことだろう。菅原たちを放置したことの責任は生じるが、それほど重い罪には問われないかもしれない。

「我々がわざわざシンガポールから北海道にやってきた理由を、いま一度思い出してみませんか」

ハリソン山中がそこで数秒の間をはさみ、

「ここに籠城して当局の影にびくびくするためでもなければ、潰れたファッションヘルスを再生させるためでもないはずです。少なくとも私はそうです」

と、葉巻を口にくわえた。

稲田は黙って聞きながら、吐き出されて宙にぼんやりとひろがっていく白煙に視線をすえていた。

すべては金のためだった。それも、一生使い切れないほどのうなるような大金をつかむためだった。そして、その金をもってシンガポールに凱旋《がいせん》し、苦汁をなめさせられたカジノに痛烈な一撃をあたえるために、いや、魂が消し飛ぶほどのスリルを味わうために、前回奪われたチップの何倍、何十倍もの賭け金で一世一代の勝負をする……。

「すでに我々はこのゲームにベットしています。それも、世間を揺るがすほどのビッグゲームです。あと少しでその勝敗が決するというい ま、はったり《ブラフ》かもしれない相手の手札におののいて勝負を降りてしまうのか、それとも運命を信じて勝負の馬車に乗りつづけるのか」

もしここで降りてしまったら、ハリソン山中から支給されている毎月の手当はストップするだろう。すでに支給された分にしても、この滞在中に出費がかさんでいくらも残っていない。シンガポールに凱旋するどころか、日本で生活することもままならないかもしれない。そうなったら、つまらない連中に下げたくもない頭を下げてつまらない仕事にありつくか、それを突っぱねて、また路頭をさまようかの二つに一つだった。どちらにしても、惨めな思いをするのは目に見えている。

なにか凶暴な感情が入り乱れはじめ、ペットボトルをつかんでいた手に自然と力がこもっていく。ペットボトルが潰れ、プラスチックが凹む乾いた音を立てた。

「俺は勝負する」

稲田は顔をあげ、にらみつけるようにハリソン山中に視線をむけた。

「それでこそ、稲田さんです」

葉巻を口にくわえたまま、拍手している。

「最後の女にラオス一の店もたせるって約束したしな」

宏彰が照れくさそうな調子でつづいた。どこか吹っ切れたふうで、その表情にもう憂いの影は見られない。

「いまある我々の手札は決して弱くはありません。きっといい方向に転がってくれるはずです。最後まで見届けましょう」

ハリソン山中のその一言で、にわかに座に活気がみなぎりはじめたとき、テーブルに置かれていたスマートフォンが鳴った。

画面には、発信元であるマヤの名前が表示されている。宏彰が端末に手をのばし、皆が聞こえるようにスピーカーモードにしたところ、こちらが口をひらく前に、受話口のむこうからマヤの声が聞こえてきた。

「ケビンなんだけどさ」

いつになく声が切羽詰まっている。

「可能性を感じないから買わないって言ってるんだけど」

勢いづいた座の空気に、水を差すような一言だった。

ケビンの知人である海運会社の経営者から、北極海航路は温暖化で一時話題にはなったが、経済的な合理性がいっこうに見えず、業界ではその話を真に受けているものは誰もいないとの助言があったという。釧路への投資は北極海航路の開通が前提だったために、ケビンは前向きだった態度をひるがえしたとのことだった。

マヤに対応策を検討すると告げて電話を切ったが、口をひらくものはなく、ふたたび気重な空気がただよいはじめていた。

「どうするよ」

稲田は、ハリソン山中の方に首をむけた。

葉巻をふかしながら思案にふけっているが、焦りのようなものは少しも感じられない。

「宏彰さん、例の秘書官はまだ札幌にいるとおっしゃってましたよね？　たしか領事館のパーティーに出席するとかで」

宏彰は、質問の意図がわからないとでも言いたげな顔をしてうなずいた。

「話をつけて、クルーズ船の件とは別にもう少し金を積みましょう」

ハリソン山中は長くなった灰を空き缶に落とし、

「事前の手出しはなるべくおさえたいところですが、勝負に勝つには、ときに賭け金上乗せ《レイズ》も必要です」

と、二連のリングをまわしながらほくそ笑んだ。

*

ケビンは食後に出された夕張《ゆうばり》メロンを口にはこぶと、ふたたびスマートフォンの画面をスクロールした。

画面に表示されている文章は、今日の午前中にシンガポールにいる部下から送られてきた、北極海航路に関する追加の分析レポートだった。これまでのものといくぶん重複する部分があるものの、識者の主観的な見解は極力避けられていて、より多角的で客観的なデータにもとづいて構成されている。

北極海航路の今後の可能性について肯定的な箇所があるとつい読み飛ばし、ひたすら否定的な箇所ばかり拾い読みしてしまう。それは、海運会社を営む経営者仲間の助言に賛同し、その主張をなおも補強したいという欲求よりはむしろ、断念することとなった釧路のあの埠頭の土地に対する未練のあらわれなのかもしれない。

　これ以上レポートを読むと、いつまでも未練を断ち切れなくなるような気がする。北極海航路が温暖化の影響で通年利用されることは、まずない。釧路は寂れたままで、シンガポールのように今後発展する見込みはなく、したがってあの埠頭の土地に投資する価値もない。

　スマートフォンをテーブルに伏せ、コーヒーカップを口にはこんだ。

　昼どきを過ぎていて、滞在先の高層ホテルに併設されているレストランは空席が目立つ。明るい日差しが店内にあふれ返り、窓に映える空の青さがすがすがしい。にもかかわらず、消化不良にも似たわだかまりが胸底に沈んでいた。

「私のもいる？」

　はすむかいに腰掛けているリナの前には、まだ手つかずの夕張メロンが皿に残っている。

「食べないの？」

「いらない」

　駄々をこねる子供よろしく、不貞腐れたようにうつむいて髪の毛をいじっている。釧路への投資を撤回し、札幌に移ってからというもの、あからさまに表情が暗い。彼女自身、釧路をひどく気に入っていたから、落胆の度合いも大きいようだった。

「せっかく来てもらったのに……なんだかいろいろと振り回してごめん」

　控えめな調子で言葉をかけると、リナが上目遣いでこちらをうかがった。

「もう釧路にはホテルつくらないの？」

「残念だけど。釧路にはまたいつだって旅行で来れるから。ホテルは今度、もっといいところにつくるよ」

笑顔ではげましたが、にこりともしてくれない。

「みんな、そう言うんだよ……」

リナが頬杖をつき、そっけなく視線をそらす。投げやりな言い方だが、なにかしら本心の響きに聞こえた。

「今度、今度って……期待だけさせて」

その表情に諦念と哀愁じみた陰が染み出ている。

前にシンガポールで食事をともにした際、二軒目のバーでリナが夢を話し聞かせてくれた。小さな頃からいい思い出がないという彼女は、いつの日か、過去のしがらみを忘れさせてくれるようなどこか遠い海辺で、静かに暮らすことを願っているのだという。

「嘘じゃないよ。約束する。いつか、リナがずっとそこで過ごせるような海辺のホテルをつくるから」

「いつかっていつ？」

こちらに顔をもどした相手の目に、戦慄するほど鋭い光がひらめいている。気持ちで負けてはだめだと思った。

「すぐ。待たせない」

語気を強めて言うと、

「『いつか』は、もうこれで最後ね」

と、少し疲れたような声を出して表情をゆるめた。

テーブルに伏せていたスマートフォンが着信を知らせて振動している。シンガポールの部下からかと思ったら、東京にいるリュウだった。電話に出なくとも、相手の用件はわかった。釧路の物件への投資を断念して以降、リュウとは話していない。北極海航路の話を最初にすすめてくれ、現地では親身になってさまざまな手配をしてくれただけに、電話に出るのがためらわれた。

「出てあげたら？」

こちらの気持ちを察したらしいリナが、勇気づけるかのようにそっと微笑む。

電話に出ると、相手が話し出すより前に謝った。怒っているかと思ったが、返ってきた声は意外にも冷静だった。

「釧路で国会議員の事務所に行ったとき、一緒にいた秘書おぼえてる？」

青い目をした、日本語を巧みに話すロシア人男性にちがいなかった。

「その秘書が、今夜パーティーに来ないかって。ロシアの領事館でやるやつ。どうしてもケビンに来てほしいらしい」

「パーティー？」

いちおうの詳細は聞いたものの、見知らぬ人が大勢あつまるところは気が乗らず、出席の返事は保留にして電話を切った。

聞き耳を立てていたらしいリナが電話の内容をたずねてくる。かいつまんでつたえた。

「行ってみたい」

「でも、今夜はもう鮨屋予約しちゃったから」

ホテルのコンシェルジュにたのんで、運良く席がおさえられた人気の店だった。予定を早め、明日はシンガポールにもどるつもりでいる。旅の最後は、リナと二人で肩をならべながら美味しいものを口にしたい。

「鮨なんて、シンガポールでも美味しいところたくさんあるよ。ロシアの領事館なんて、なかなか行けないじゃん。行こうよ」

どう説得していいかわからず、もどかしかった。テーブルの上で拳をつくり、窓のむこうに視線をのばしてみても、少しも言葉が出てくれない。

ふと拳に、やわらかなものがおおいかぶさってきた。しっとりとして温かい。リナの手だった。

「行こ」

テーブルのむこうの彼女があどけない表情でほほえんでいた。


在札幌ロシア連邦総領事館の前でタクシーが停まった。道路には、黒塗りのハイヤーが何台も停車している。

ケビンは車を降りると、ドレスアップしたリナに腕を貸しながら道路のむこうの建物に目をやった。

閑静な住宅街の中にひっそりとたたずむ領事館は、そう広くない敷地を目隠しのついた高い鉄柵がかこっており、簡素な建物の上部が見えるだけで中をうかがい知ることはできない。鉄扉《てっぴ》で閉ざされた門の前には警察官が立ち、頭上からは監視カメラが見下ろしている。ものものしい雰囲気に、鮨屋にすべきだったと悔やんだがもう遅かった。

到着の連絡を入れると、まもなく鉄扉がひらき、秘書が笑顔ででむかえてくれた。

「よく来てくれました」

リナに通訳をまかせ、秘書と握手をかわす。釧路で一度会っているというのに、緊張がとけない。

入り口で金属探知機による厳重なボディチェックを済ませたあと、前庭を通り、領事館内にあるホールに案内された。

天井の高いホールでは立食形式で酒や軽食がふるまわれ、すでにグラスを手にした多くの人々でにぎわっていた。参加者はロシア人らしき白人が多いものの、日本人も目につく。おそらくシンガポール人は自分くらいだった。

乾杯し、居心地の悪さを感じながらしばらく談笑していると、秘書がなにかに気づき、ついてこいと手招きをする。

「会わせたい人がいるって」

リナとともに秘書の背中を追いかけると、ホールの端にいた恰幅のいい初老のロシア人女性を紹介された。この領事館のトップをつとめる総領事だという。領事館に総領事がいるのは少しも不思議なことではないが、なにひとつ関わりのない自分に言葉を交わす機会がおとずれるとは思ってもいなかった。

ややかたい表情の秘書にうながされて挨拶をすると、威厳ある見た目に似合わず、ずいぶんと気さくな印象をうけた。英語が話せるだけでなく、以前シンガポールのロシア大使館に勤務していたということで思いのほか会話がはずむ。酒も手伝い、総領事と話しているうちいつしか気分もほぐれていた。

総領事とシンガポールでの再会を約束したのち、気をよくしてリナと軽食のピロシキをつまんでいると、どこかに行っていた秘書がもどってきた。口の周りに白い髭を生やした小柄な男性をともなっている。紹介された髭のロシア人は経済畑の外交官のようで、総領事よりもずっと流暢な英語を話した。

秘書とリナが脇で談笑している間、話題はケビンたちが北海道にやってきた経緯におよび、

「なんでも北極海航路に関心がおありのようで」

と、髭のロシア人がさりげない調子で言った。

「最初はそうだったんですが、今回は見送ることにいたしました……釧路は魅力的なところではあったんですけど」

濁すような言い方になってしまう。早くこの話題を終わりにしたかった。

「どうしてです？」

相手が不思議そうに眉を引き上げている。

ケビンは、北極海航路の将来的な可能性について不透明だという理由をいくつか述べたあと、

「これはシンガポールで海運会社を経営している知人の話ですが、業界では北極海航路に期待している人はいないと聞いています」

と、つたえた。

顎に手を添えながら黙って話を聞いていた髭のロシア人は、理解をしめすように二、三度うなずいてから、慎重な感じで切り出した。

「それは半分正しいですが、半分間違っています。なぜなら、いまお話しされた情報の出処は、すべて西側諸国のものに限られているからです。東側というより、肝心の北極海に国土の大部分を接するロシアからの情報がまったく考慮されていません。たとえば、我が国では北部地方の資源開発が――」

そこまで聞いて、なにかの分析レポートで目にした記述がケビンの脳裏をよぎった。

「ヤマル半島周辺の液化天然ガス《LNG》ですね」

髭のロシア人が意外といった感じで目を見張っている。

「……お詳しいようで。ご存じのように、ヤマル地域は世界の四分の一近い液化天然ガス《LNG》の埋蔵量をほこっています。これをどうにかして東アジアに売りたい」

ケビンは相手の目を見つめながら注意深く耳をかたむけていた。

「そのためには、スケールメリットが働き、もっともエネルギー効率のいい輸送手段である船舶と、ベーリング海峡を経た東アジアへの最短ルートである北極海航路の利用が不可欠なのは明白です」

しだいに話しぶりに熱がこもっていく。

「問題は輸送コスト、とりわけ海氷の増す冬期の北極海航路の利用ですが」

ケビンは、同意するように大きくうなずいて見せた。部下やコンサルタントの分析レポートでも、知人の海運会社の経営者も、コストの問題がクリアされていないとして、北極海航路の将来性を一蹴していた。

「その点につきましてはロシア政府も対策を順次講じています。まだ発表されていませんが、中国政府と連携して、今後ますます対策へのリソースが割かれることが決定しています」

スマートフォンを取り出し、周囲にはばかりながら、開発中のシステムの試験版だという人工衛星画像をそっと見せてくる。人工衛星画像と全地球測位システム《GPS》をもとに、人工知能《AI》によって流氷の動き、形状、厚さを判別し、自動で北極海航路をナビゲーションしてくれるもので、数年以内の導入が決定しているらしい。はじめて目にするどころか、存在すら知らなかった。

「北極海航路の利活用は、ロシア連邦と中国の既定路線であり、国策なのです。西側はこの情勢にまったく追いついていません」

「国策……」

ロシア政府関係者の口からもたらされただけに、重たい言葉だった。思考がブレーキをうしなったように加速し、頭の芯が熱くなった。

「そして、これもご承知と思いますが、北極海航路が本格的に活用されたとき、ハブ港としてもっとも距離的な恩恵をうけるのがカムチャツカ半島のペトロパブロフスクと釧路です」

髭のロシア人がよどみない口調でなおもつづける。

「ただし、ペトロパブロフスクは不凍港ですが、陸路のインフラがない。その点、釧路は鉄道も幹線道路も整備されている。京浜や阪神《はんしん》の港湾とはちがい、太平洋にも行けるし、津軽《つがる》海峡を通って日本海に出れば、世界でも有数のハブ港である上海、寧波《ニンポー》、深圳、広州《コワンチヨウ》、青島《チンタオ》、釜山《プサン》、天津《テンシン》、香港、高雄《カオシユン》、そしてもちろんシンガポールにも行ける」

すでに知識としては頭に入っている情報なのに、新鮮な響きとして聞こえてくる。

「そして、海上物流の要所となるだけでなく、釧路湿原のような世界的な観光資源までそなえている。これはどこにも真似できない。悔しいですが、釧路の方がはるかに有利ですし、魅力的でしょう」

脳裏に散らばったいくつかの点が有機的につながった気がし、あの釧路の埠頭から見た情景が呼び起こされた。埠頭の岸壁を洗うささやかな波音が聞こえ、おだやかな内海が網膜に映り込んでいる。郷愁じみた感慨がこみあげ、強く胸を締めつけていた。

「釧路で、土地を買い漁る中国人を見かけませんでしたか」

相手の声で我に返った。

ケビンが素直にうなずくと、

「きっと、どこかから中国政府の情報が漏れたのでしょう」

と、得意げな顔を浮かべた。いつの間にか、その後ろに秘書が立っている。柔和な表情でこちらを見守っていた。

「釧路に投資するならいましかありません。五年前だと早すぎましたし、五年後だと遅すぎます」

そう断定するように言うと、髭のロシア人は一歩こちらに踏み出して耳打ちした。

「領事館の人間も、個人的に釧路の不動産を買っています」

ケビンはその場に立ち尽くし、全身の血液が逆流するような感覚をおぼえていた。

それではまた、と髭のロシア人が人垣の中に消えたとき、背後で怒声がした。

＊

「ケビンたちは？」

領事館のホール内を物珍しそうに見回していた宏彰が耳打ちしてくる。

今夜は、ロシアに縁のある地元財界関係者をまねいた定期的なパーティーが催されているが、国会議員の秘書に金を積んで参加者リストにねじ込んでもらっていた。

「もういるって」

稲田は視線をめぐらすと、軽食の置かれた丸テーブルがならび、多くの人でにぎわっているホールの一角に目をとめた。

ケビンが神妙な面持ちで、口髭をたくわえた白人男性と話し込んでいる。その背後で、ロシア人秘書とマヤが言葉を交わしながら、さりげなくケビンを見守っていた。

「あの髭のオッサンは、領事館の人なの？」

宏彰もケビンたちに気づいて声をひそめる。

稲田は人垣に見え隠れするケビンから視線をはずし、パーティーを楽しむ参加者をよそおった。

「いや、ぜんぜん関係ないゲストって聞いてる。ふだんは飲食店やってるって」

すべての段取りをととのえてくれたロシア人秘書によれば、英語に堪能な経済通を装った替え玉とのことだった。

「大丈夫かな」

宏彰の声に多少の不安がからみついている。

マヤの報告では、ケビンは明日午後発の便でシンガポールにもどる予定だった。たとえ滞在を延長できたとしても、最後の舞台となるクルーズの出港日は二日後にせまり、当局の包囲網も確実にせばまっている。

ここでつまずけば、時間的に挽回することはむずかしくなる。それは、プロジェクトの失敗を意味するはずだった。

ドリンクを取ってくる、と宏彰が入り口脇のバースペースにむかった。

稲田は、ケビンたちの方にむきなおろうとしたが、目の端に鮮やかな赤色が見えて思いとどまった。隣のテーブルに、赤いドレスを着たロシア人らしき同年代の女性が立っていた。ストレートのブロンドは腰近くまでおよび、瞳は青みがかったグレーに艶めいている。ハイヒールをふくめた背丈は、自分とそう変わらないのに、手足は細く引き締まっていて、見惚《みと》れるほどしなやかなボディラインをえがいていた。

一人だろうか。肘をかかえたブロンドは、退屈そうに赤ワインを口にしている。なにかの付き合いで呼ばれただけで、これといった知人もいないのかもしれない。

稲田が伏し目がちな横顔にそれとなく視線をおくっていると、相手に感づかれ、視線がぶつかった。

ひとまず会釈してみたものの、退屈そうな表情をたもったまま反応がない。昔の恋人によくしていたように猿を真似て故意に顔をゆがめてみたところ、相手は噴き出し、きれいにそろった白い歯を見せてくれた。笑ってくれさえしたら、親しくなったも同然だった。

稲田が微笑むと、思いがけず、

「変な顔」

と、日本語がかえってきた。

「日本語話せるの？」

「少しだけ」

訊けば、ブロンドは外資系の製薬会社の日本法人に勤務しており、東京の大学に留学経験もあるのだという。

「あなたは？」

稲田は少し考えてから、

「ギャンブラー」

と、うそぶいた。地面師も乱暴に言ってしまえば、根っこの部分では博徒みたいなものだった。

「一人？」

相手は曖昧な微笑を浮かべて、はぐらかすように首をかしげている。どちらともとれる態度で、がぜん興味が湧いた。

「このあと予定ある？」

ケビンがどのような出方をするにせよ、ここを出たら、適当に食事を済ませて、あのカビ臭い元風俗店にもどるだけだった。少しくらい羽目を外したからといって、仕事に支障が出るわけではない。

「あなた、誘ってる？」

灰色の目はどことなく挑発的で、この駆け引きを楽しんでいるように映った。

「誘ってる」

迷わず言い切ると、ブロンドは、おかしくてならないといったふうに声を出して笑い、こちらに甲をむけて左手をかかげた。薬指にシルバーのリングがはまっている。自身を軽く見せないためめの、形ばかりの飾りにしか思えなかった。

「関係ねえって、そんなの。行こうよ」

もうひと押しすれば、落とせると思ったとき、

「稲ちゃん」

と、宏彰の低声がした。

「あとにしてよ」

「いいからちょっと」

言われて振り向くと、両手にシャンパングラスをもった宏彰が焦った様子で、すぐ横で談笑している日本人とおぼしき中年の男女を盗み見ている。

稲田はいぶかしみつつも、二人の会話に意識をあつめた。

「なに、先生の知り合いなの?」

学者仲間なのかもしれない。女が慣れ親しんだ口調でたずねている。二人とも言葉を交わしながら、ケビンと話し込んでいる髭のロシア人にそろって視線をおくっていた。

「ほら、先生もこないだ一緒に行ったじゃないですか。狸小路《たぬきこうじ》にあるロシア料理の。そこの店長のニコさんですよ。札幌長いわりに日本語からっきしで、そのかわりきれいなクイーンズイングリッシュを話す」

男の陽気な声を耳にして、稲田はうろたえた。

「お店にいたときはヒッピーみたいにだらしない格好してたけど、ジャケット着てると、別人みたいにちゃんとして見えるわね」

女が感嘆している。

「彼、もともとうちの修士にいたらしいんですよ。競馬にのめりこんで中途でドロップアウトしちゃったみたいなんですけどね。なんでいるんだろ」

まずい流れだった。宏彰を見ると、事態を察して顔が引きつっている。

「せっかくなんで、ニコさんに挨拶だけしておきましょうか」

男の提案に、女が首肯している。

髭のロシア人のもとへむかおうとする二人をどうにか妨害するため、稲田が動き出そうとしたとき、強い力で肩をつかまれた。そちらに目をやると、白人の男が不敵に笑っている。スーツの上からでもわかるほど腕や胸の筋肉がコブのように盛り上がっていて、まるで筋肉の鎧《よろい》をまとったダルマだった。

「私の夫です」

赤いドレスの女が筋肉ダルマの片腕につかまり、

「彼があなたと乾杯したいって」

と、稲田にグラスを手渡してきた。

ビールグラスに透明な液体がみたされている。鼻先を近づけると強烈な刺激臭がする。ウォッカにちがいなかった。

断ろうとしたが、グラスを手にした筋肉ダルマがこちらの肩をつかんだまま無言で乾杯をもとめてくる。その鋭い目には、妻にちょっかいを出した者に対する不満の光がやどっていた。

視界の端で、日本人の男女の背中が見える。二人が髭のロシア人に話しかければ、ケビンに嘘が見破られてしまうかもしれない。なんとかして回避しなければならなかったが、圧倒的な力で押さえこんでくるせいで手を振りほどくことができなかった。

このまま二人が髭のロシア人のもとへ行ってしまうかと思われたとき、宏彰が二人のもとに近づき、口にふくんだシャンパンを女の後頭部にむかって盛大に吹きかけた。

「なにするんだっ」

男の怒号がホールにひびきわたり、場内がざわつく。

騒ぎに気づいたマヤが異変を察し、ちょうど髭のロシア人と話し終えたらしいケビンを外へ連れ出していく。

それを見届けた稲田は、安堵の感情が湧き上がるのを自覚しつつ、筋肉ダルマを睨み返してウォッカを呑み干した。

＊

「ちょっと……失礼します」

釧路署内の遺体安置所を出たところだった。波浪のように押し寄せてくる激しい嘔気に耐えきれなくなり、サクラは藤森班長を置いてトイレに駆け込んだ。

目ににじむ涙もそのままに、便器にむかって何度もえずく。いましがた目《ま》の当たりにしてきた凄惨な光景がしきりに脳裏で明滅し、鼻腔の粘膜にこびりついているかのように悪臭がよみがえってくる。

合成素材のグレー地の袋にそれぞれ収納された二つの死体は、片方は腹部が引き裂かれて内臓のほとんどが体外に露出し、もう片方は顔の半分が原形をとどめないほど損壊されていた。いずれも一部腐敗がすすみ、林の中で何日か放置されていたせいで、ところどころ野生動物が喰い齧《かじ》った跡があった。警視庁に入庁してからいくつも死体を目にしてきたが、浴槽で事切れた独居老人の腐乱死体をのぞけば、これほどむごたらしいものも珍しい。

口をゆすいでトイレから出ると、廊下で待っていた藤森班長がペットボトルのミネラルウォーターを手渡してくれる。

「大丈夫か」

「……すみません、想像以上だったので」

サクラは、脂汗で濡れた額にペットボトルを当てた。

外に目をやると、まだ日も暮れていないというのに相変わらず薄暗い。くすんだ雲が空を覆いつくしている。ときおり突風が吹きつけ、なぶるような豪雨が断続的に窓ガラスをたたいていた。

「ぶくぶくに膨らんで溶けかかったドザエモンよりまだましだけどな。にしても、ヒグマにやられるってのも嫌なもんだ」

藤森班長が苦り切った表情で言った。

検視官の見立てでは、どちらの死体も少なくとも死後三日が経過しており、死因は外傷による失血死が疑われるという。傷痕や現場の状況から、ヒグマに襲われたとみられるが、犯罪死の可能性も否定できず、司法解剖にまわされるらしい。それと並行して実施される、保険加入状況の照会、関係者の事情聴取、その供述の裏付け、携帯電話の発着信履歴や預貯金の払い出し状況などの捜査もあわせれば、犯罪性の有無については今後よりはっきりしたことがわかってくるだろう。

「顔がやられた方の死体《ホトケ》は菅原で間違いなさそうだな。所持品の免許証も本人のものだった」

念のため歯科所見を実施して身元の確認をするという。

「現場にあった事故車と猟銃も？」

菅原名義のものだと藤森班長がうなずいた。

菅原とおぼしき遺体が発見されたという一報がサクラたちにもたらされたのは、今朝方のことだった。それをうけ、ただちに藤森班長と札幌から車で急行した。ハリソン山中の情報を求めて菅原の行方を追っていたから、本来なら新しい情報は歓迎すべきことだったが、すでにこの世を去っているとは思わず、複雑な心境だった。

雨の影響で予定よりも時間がかかり、釧路へ到着したときにはすでに現場検証は終わっていた。

臨場した捜査官の話では、現場は厚岸町にも近い釧路近郊の山中で、血を流して絶命している男性二名を近隣の別荘管理人が発見したのだという。菅原の手には猟銃が握られており、少し離れた林の中で、その猟銃によって射殺されたとみられるヒグマが倒れていたらしい。また、現場近くの道路脇にはエゾシカの死体が横たわっていて、そこから数メートルほど距離を置いた路上に、そのエゾシカと衝突したとおぼしき菅原の高級外車が乗り捨ててあったことも報告されている。

現場の状況から推測すると、菅原たちの乗った車は、滞在していた別荘にもどる途中で不運にも飛び出してきたエゾシカと衝突した。そこから車外へ出たところをヒグマに襲われ、猟銃で反撃をこころみたものの、二人とも力尽きてしまったという見立てがひとまず成立するかもしれない。ただ、たとえそうだとしてもいくつかの不審な点が残されているという。

第一に、ヒグマと菅原の死体の位置関係が離れすぎている。急所である延髄を背後から撃ち抜かれたヒグマはほぼ即死とみられているが、菅原自身も顔の下半分を失うような重傷を負っている。菅原がヒグマにやられたあとに撃ったとすると、近距離で発砲してからかなりの距離を歩いたか、そうでなければ、木々や茂みが立ちふさがって見通しの利かない状況のもと、遠くはなれた標的の一点を撃ち抜いたということになってしまう。瀕死の身で、果たしてそんなことが可能なのか。

第二に、所持品の中に携帯電話が見つからない。菅原も、ともにヒグマに襲われて絶命した菅原の手下とおぼしきスキンヘッドの大柄な男も、財布はあったが、常に携帯しているだろうスマートフォンの類がない。車の中にも、滞在先の別荘にも見当たらなかったという。ヒグマから逃げる途中で、二人とも林のどこかに落としてしまったのか。

第三に、車に指紋が一切残っていない。菅原の車は現場近くにフロント部分が大破した状態で放置されていたが、車内も車外のドアハンドルを調べても、菅原の指紋はもちろん、スキンヘッドの男のものもふくめ、通常の使用で残るはずの指紋がまったく検出されなかったらしい。不意の事故に遭った菅原たちが拭い取ったとはとうてい考えられず、第三者が故意に消したと見る方が自然だった。その場合、誰が、なんのためにそんなことをしたのか。

現場の足跡や血痕などを調べれば、なにかしら手がかりが得られるはずだが、昨夜から降り出した激しい雨がそれを難しくしていた。

「菅原がにぎっていた銃は、ハリソンの野郎が昔もってた奴だったよな……」

藤森班長が自身に問いかけるようにつぶやき、窓の方に顔をむけている。窓越しにひろがる敷地のむこうでは、中継車両とともにレインコートをまとった報道陣が詰めかけていた。

「まだ返却されてませんね。返却予定は今月末なので」

カウンターのむこうに座っている若い店員が、端末のモニターをながめたまま面倒くさそうに答えた。

マウスを操作する彼女の指先は黒いマニキュアが塗られて鋭くとがり、ファスナーの引き手を模したボディピアスが耳たぶと下唇にぶら下がっている。

札幌郊外の倉庫街にあるこの店は個人経営のようで、年季の入った看板がなければレンタカー店には映らない。一見すると自動車の修理工場か中古車販売店のようだった。

「貸し出したレンタカーには、カーナビが装備されているかと思うんですけど、ＧＰＳでいまどこらへんにいるかわかったりしませんか」

大手チェーンのレンタカー店やカーシェアリングサービスでは、すべての貸出車両の位置情報がリアルタイムで管理されている。せめて、現在位置さえ知れたらと思った。

「ウチはそういうのやってないんで」

つれない返事だった。

サクラは、カウンターの上に置いたレンタカーの貸渡証に目を落とした。さきほど渋る店員にたのんでコピーをとってもらったものだった。そこに記載された電話番号は、現在は使われていないでたらめなものだったが、氏名の欄には〝稲田健二〟の文字が悪筆で走り書きされている。

もう一枚の、免許証をコピーした用紙に目をむけた。免許証には、貸渡証と同じ氏名が活字で記載されている。その脇の写真に視線を転じると、若い男の顔がこちらを見つめている。インターネット上に何枚も画像があがっている元プロサッカー選手であり、先日、父が管理をまかされていたマンションのエントランスですれ違った男だった。

稲田が、この店でミニバンを借りたという事実が判明したのは、昨日のことになる。

釧路署で菅原たちの遺体を確認したあと、藤森班長と釧路近郊の射撃場におもむき、従業員から話を聞くことができた。従業員の供述にしたがえば、たしかに、ヒグマに襲われたと推定される日か、その前日に菅原は来店したという。

「三人でいらっしゃいましたね。菅原さんがオーナーと仲いいってのは知ってますし、お連れ様が二人とも背が高かったのでよくおぼえています」

そう話す従業員に稲田とハリソン山中の写真を見せると、間違いなくその二人だと言った。

射撃場の駐車場に設置された防犯カメラ映像を確認したところ、稲田たちがミニバンで移動している様子がはっきりととらえられていた。すぐさまミニバンのナンバーが照会にかけられ、このレンタカー店から貸し出されたということが判明した。

同時に、道内に百数十か所設置されている自動車ナンバー自動読み取り装置《Nシステム》でも照会をかけた。結果、その日の夜遅く、釧路から札幌方面にむかったという記録が残されていたが、その後の足取りは途絶えてしまっている。

サクラは、ふたたびカウンターの貸渡証に目をやった。

貸出期間の欄を見ると、返却日として二週間後の日時が記されている。その間、稲田とハリソン山中はどこで、なにをしているのか。二週間後、返却にあらわれるのか。またどこかへ雲隠れしてしまうような気がしてならなかった。

「稲田《この人》が車を借りに来たときのことですけど、どんな感じだったかおぼえてらっしゃいますか。さっき、一人でやって来たとおっしゃいましたけど、なにか変わったこととか」

「……別に。電話で予約があって、一時間くらいしたら店に来て」

その情報だけでは、なんの手がかりにもならない。

「札幌駅の方にはいくらでもレンタカーショップがあるのに、なんでわざわざこんなところを利用したのかなって。なにか思い当たる理由ってありますか」

近所に潜伏先があるのか、管理体制の甘い店をあえて狙ったのか……と、画面をながめていたはずの店員がこちらをむいていることに気づく。その表情に、不機嫌の色がありありとにじんでいた。

「ごめんなさい……悪く言うつもりはぜんぜんなくて」

「仕事あるんで、もういいですか」

店員は端末のモニターに目を戻したきり、こちらに顔をむけようとしなかった。

店をあとにし、近くの路上に停めていた捜査車両に乗り込むと、会議のため北海道警察本部に詰めている藤森班長に報告の電話を入れた。すでに稲田が借りた車両に手配をかけているが、その上で、捜査本部から応援を呼んでレンタカー店への張り込みをすることがあわただしく決められた。

「焦るなよ」

藤森班長が受話口のむこうでいつになく気合の入った声をひびかせて、電話は切れた。

最寄りのコンビニエンスストアで買い物を済ませ、前夜ホテルで書いた手紙を投函すると、捜査車両の中で少し早い昼食をとった。

食後はヘッドレストに頭をもたせ、ペットボトルの紅茶を口にふくみながら、絶えず車が行き交う眼前の通りを漫然とながめていた。嵐のようだった道東の悪天候と打って変わり、抜けるような青空のもと、夏の陽光がアスファルトにあふれている。

このどこまでも澄んだ空の下のどこかに、ハリソン山中たちもいるのか。まばゆい太陽に背をむけ、悪事をたくらんでいるのか。

なにもしていないと地面師たちのことばかり考えてしまい、体が休まらない。気分を変えようと、私用のスマートフォンでポータルサイトの新着記事に目を通していった。

聞いたこともない若手俳優の泥沼不倫と、地方議員の汚職のニュースにはさまれた記事のタイトルに目がいった。

〝長崎港に浮かぶ巨大ホテル　タクシー消える？〟

なにげなくタップすると、長崎港に全長三百メートルにおよぶ大型豪華客船が寄港したことをつたえるものだった。三千人近い乗客が一斉に観光目的で上陸したために、市内のタクシーが払底してしまったらしい。

サクラは記事を目にしながら、意外な感じがしていた。長崎が歴史ある港町だという知識はあっても、実際におとずれたことはない。長崎にそのような船が停泊しているとは知らなかった。観光資源の豊富な国内なら、自分が把握していないだけで、長崎以外の地方都市にも大型クルーズ船が寄港しているのかもしれない。

ふと、父の言葉が思い起こされてくる。

――あいつら、大型客船に乗るみたいだ。

日本に寄港する大型クルーズ船についてはすでに調べていたが、国内外あわせて毎日のように寄港しているため、どの船なのか見当もついていない。ただ、「大型客船」と聞いててっきり横浜や神戸の都市部の港だとばかり思っていたが、北海道の港の可能性はないのか。そこまで考えて、にわかに落ち着かない気分になってきた。

サクラは、スマートフォンで道内の主要港における大型クルーズ船の寄港情報を調べてみた。調べていくと、小樽《おたる》と函館《はこだて》の寄港情報で手が止まった。

いずれも大型クルーズ船が本日の午前中から停泊している。父が言っていたのはこのことだったのかもしれない。どちらかの大型クルーズ船にハリソン山中たちが乗船しているのか。

さらに調べてみると、小樽に停泊している大型クルーズ船は夕方に釜山にむけて出港し、それから一時間あとに函館の大型クルーズ船はロシアにむけて出港する予定だった。後者は明朝に釧路に寄港するが、釧路からわざわざ札幌まで車でやってきたことを考えると、釧路で乗船する可能性は低い。とすれば、やはり小樽か函館か。どちらの港も、いまから車を飛ばせば出港までに間に合いそうだが、両方は無理だった。

どちらだろう……そう口中でつぶやきながら、ハリソン山中たちが乗船している保証などどこにもないのに、行く気になっている自分に気づく。

――迷ったら、直感にたよれよ。

どこかから父の声が聞こえた気がした。

あらためてそれぞれの航海ルートを見てみると、小樽のそれは日本海にむかって南西方向にルートを取るのに対し、函館のそれは太平洋からオホーツク海にむかって北東方向、すなわち右肩上がりのルートを取っている。

幼少期の苦い記憶がよみがえってきた。

相場師だった父は、部屋の壁に貼られたカレンダーやちょっとした掲示物をすべて右肩上がりにしないと気が済まない質だった。母がそれを怠ると激昂し、耳を塞ぎたくなるような汚い言葉をあびせかけたあとで、こう言い放っていた。右肩上がりじゃねえと縁起悪いだろうが、と。

函館だと思った。

間髪いれずシフトレバーをドライブに入れ、アクセルペダルを踏み込んだ。藤森班長に連絡することも忘れて、ノンストップで高速道路をひた走る。車を走らせることに夢中で、ハンドルを握る手に力が入りっぱなしだった。

函館山のふもとにある函館港に着いたときには、大型クルーズ船の出港時刻がせまっていた。普通自動車が整然とならんでいる港の駐車場を急いで回る。稲田が借りた車が見つからない。時間がなかった。

小樽だったかもしれないと、あきらめかけたとき、見覚えのあるナンバーのミニバンが停まっているのが目に入った。

「……あった」

思わず声が出る。

空いたスペースに停め、車を降りた。途端、怯えにも似た迷いが胸に生じる。眼前には、視界を埋め尽くすほどの巨大なクルーズ船が横たわり、埠頭には観光バスやタクシーが何台もつらなっていた。

行くべきなのか。時間がなかった。

父の言葉がよみがえってくる。

不思議と背中を押されている感じがした。ためらいを振り払い、港の護岸にわたされたタラップにむかって走り出した。

八

辻本拓海様

前略
私は今、この手紙を札幌のビジネスホテルで書いています。札幌は母の故郷で、現在も母は住んでいますが、今回、札幌にやってきたのは帰省が目的ではありません。
前に静岡刑務所でお会いしたとき、辻本さんがおっしゃった言葉をこの頃よく考えます。おぼえていらっしゃいますか。ハリソン山中に命をかける覚悟があるのかといった趣旨のことをおっしゃったと記憶しています。あのとき、私はなにも答えることができませんでした。白状すれば、すごく怖かったです。ハリソン山中のためにも仕事のためにも、自分の命を犠牲にしたくありませんでした。

私が刑事になったのは、いいえ、警察官を職業に選んだのは、なにか人に誇れるような志があってのことではありません。人前では、海外勤務がしたいなどとそれらしい理由を述べてきましたが、本当のところは家庭が複雑で（これじゃあなにを言っているかわかりませんよね、すみません）、好き勝手やっていた父が破産して家庭が崩壊してしまったので、安定を求めて選んだ進路の一つに過ぎなかったのです。

辻本さんからあの言葉をかけられてから四ヶ月が経ちましたが、いまもその答えは変わりません。命をかけるのは怖いです。そんな人間が果たして刑事をやる資格があるのかと思われるかもしれませんが、私にもよくわかりません。

ただひとつだけ、私の中で四ヶ月前と変わっていることがあります。それは、ハリソン山中をなんとしてでも捕まえたい、いいえ、捕まえなければならないという強い思いです。

辻本さんの助言のおかげで、捜査は大きく進展しています。おぼろげだったハリソン山中の影は以前よりかなりはっきりとしてきました。捜査をすすめるにつれ、辻本さんがかかえている無念が我が事のように身にしみる日々です。

必ず捕まえます。

かしこ

令和〇〇年〇〇月〇〇日

佐藤サクラ

＊

「急なお願いにもかかわらず引き受けてくださって、本当にありがとうございます」

ケビンは相手に歩み寄り、かたい握手を交わした。

「とんでもありません。ケビンさんのためなら大歓迎。それに、函館は好きな街なのでお声がけしてもらって嬉しかったです」

女性弁護士が、流暢な英語で言った。チャコールグレーのスーツに身をつつみ、胸元には、中心に天秤がきざまれた金色のバッジが光っている。

彼女とは、何年か前に共通の知人を介して面識をもった。日英のバイリンガルなうえ、四十なかばにして実務経験が豊富で有能なため、以前から日本の法務関係について相談に乗ってもらっていた。

空港ロビーは、ガラスの壁面から外光をふんだんにとりこんで明るい。到着便を知らせる英語のアナウンスが日本語につづいて流れていた。

弁護士は、仕事のパートナーだという男性の司法書士をともなっていて、リナとともに挨拶を交わした。

「でも、本当に急な話だったので驚きましたよ。たまたま予定がずらせたからよかったけど。裁判入ってたら、絶対来られなかったので」

弁護士が、からかうような微笑を目に浮かべている。

函館に来て欲しいと、東京に事務所をかまえる彼女に声をかけたのは、一昨日《おととい》の夜だった。その前に二人ほど専門家に依頼をしていたが、いずれも話が急すぎるという理由で断られている。彼女が引き受けてくれなかったら、この話もどうなっていたかわからない。

「無理なお願いにもかかわらず、助けてくださって心より感謝します。私も、先方からとつぜん突拍子もないことを言われてしまったので、どう対処していいものか困り果ててしまって」

在札幌ロシア連邦総領事館のパーティーで紹介された、経済畑のロシア人領事館職員の話は驚くべきものだった。

最初は半信半疑で話を聞きつつも、ロシア政府関係者の口から直接聞かされるといつまでも疑いつづけることはできなかった。同時に、あの釧路の埠頭を最初に目にしたときにおぼえた、点と点がつながったような運命めいた感触が、決して間違いではなかったのだと思った。

すぐさま不動産業者に連絡をとり、一度案内してもらった釧路のあの土地を購入したいとつたえた。所有者はすでにほかの中国人投資家に売るつもりでいたようだったが、交渉の結果、どうにか譲ってもらえることとなった。ただし、一点だけ条件がつけられた。

契約と決済は、函館に寄港予定のクルーズ船内で実施したいという。売却を急ぎ、かつ船旅中でもあるオーナーの立場を考えれば、それも自然な流れなのかもしれないが、船上でこのような大規模なプロジェクトの契約をするなど、したこともなければ聞いたこともない。それでも、なんとしてでも土地を譲ってもらいたいこちらとしては、拒む選択肢はなかった。

「外に車を待たせています。さっそくですが、行きましょう」

ケビンはスーツケースを手にし、出口の方に足をむけた。クルーズ船の出港時刻まであまり余裕がなかった。

「ケビンさん」

呼び止めたのは弁護士だった。

「あの、お電話でもお伝えしたことなんですけど、委任契約は免責条項をふくんだものでお願いできますか」

弁護士が、小型のスーツケースの上にのせた鞄《かばん》の中から英文の契約書を取り出した。今度の不動産売買の取引において、彼女には主に契約書面のチェックをお願いしている。もし、彼女が契約書の不備を見落としてこちらが不利益をこうむった場合、通常はその責任の一部が弁護士に帰せられるはずだが、今回はあまりにも準備期間が短いのでそれについては免責してほしいというのが彼女サイドの条件だった。

「クライアントの利益を最大限に保護するのが我々の務めで、今日もそのつもりでお仕事をさせてもらいますけど、さすがにイレギュラーなケースなので」

無理をお願いしているのはこちらだった。彼女の要求におかしなところはなにもない。日本語による契約をとどこおりなくすすめてくれればそれで充分だった。

「もちろん、それで結構です。車の中でサインしましょう」

快く答え、ターミナルビルの外に見える車寄せへ皆を誘導した。

＊

「あれ、ちょっと待って。金本さん、しつけ糸」

東京の道具屋からとどいた偽造パスポートと印鑑をあらためていた宏彰が手を止め、テーブルにむかいあう金本の胸元に視線をそそいでいる。

稲田もストローでコーラを飲みながら、そちらに目をむけた。ジャケットの胸ポケットがしつけ糸でふさがっている。麻のジャケットは、資産家の身なりとしてふさわしいよう宏彰が札幌のデパートで見繕ったものだった。

「着る前にはずしてって言ったじゃん。そういう細かいところが大事なんだって」

宏彰が金本を立たせたところ、ジャケットの両サイドのポケットと、後ろのセンターベントにも、購入したままの状態でしつけ糸が残っている。

「いや、ちがうんですよ。これは私もわかってたんですけどね、こんなとんでもないクルーズ船に乗ったことなんてないですから、なんだか舞い上がってしまって。規模も趣もぜんぜんちがいますけど、なんだか昔赤坂にあったミカドを思い出しちゃいますしね」

金本が興奮した面持ちでしきりに背後を見回している。

クルーズ船の屋上デッキにはバースペースがもうけられていて、アップテンポのミュージックが響きわたる中、テーブルをかこんだ乗客が酒や軽食を口にしながらくつろいでいる。バースペースのむこうにはウォータースライダーをそなえた屋外プールがひろがり、子供たちのはしゃぎ声がこちらにまでとどいていた。

「金本さん、買い主が近くにいるかもしれないし、とにかく落ち着きましょう。仕事が終わったらいくらでもプールで泳いだらいいんだから」

力ずくでジャケットのしつけ糸を引きちぎった宏彰が、なだめすかすように金本を椅子に座らせた。

稲田は急に不安をおぼえ、どことなくゆるんだ微笑を口元に浮かべている金本の顔をうかがった。

多くの候補者から選ばれたなりすまし役ではないが、金本の顔立ちは資産家らしい気品が感じられる。七十歳を超えているにもかかわらず、鼻筋のとおった顔はふっくらとしていて肌艶もいい。欠損のない歯列もととのっていて、七三分けにした白髪も密生している。ジャケットにも助けられてか、じっと遠くを見つめているときの横顔などは聡明で、本物の所有者だと信じ込ませるに足る威厳すら感じさせた。

ただ、少し話すともう駄目だった。「資産家」のメッキがはがれ、威厳もなにもかもすべて吹き飛んでしまう。思ったこと感じたことを口にしないと気がすまない質らしく、酒場のカウンターで誰にも相手にされない客みたいに、聞いている側の立場やその場の空気をわきまえず、本人しか面白さがわからないことを悦に入って喋り倒すことがままあった。こちらが気を利かせて話をあわせると、不意に態度をひるがえしてそれまでの関心をうしなったりするから余計に厄介で、時にこちらの神経を逆なでする。

もともと金本は芸人で、全国を飛び回っていたらしい。その後廃業して、知人の仕事を手伝ううち札幌に流れ着き、縁あって菅原たちから、手付金五十万円、成功報酬二百万円になる今回のなりすまし役の話をもらったのだという。金本の半生を聞く限りでは、ここまで順風だったとはとても思えないが、苦労からくるような陰気さがほとんど感じられないのは、どこか調子はずれの楽天的な性格のせいかもしれなかった。

「本日は資産家になりすますという大役《たいやく》をおおせつかったわけですが、私が昔大変お世話になった岡山の大金持ちというのはなかなかの粋人《すいじん》でして、口を利くときは、決まってこう意味深長に口をへの字にゆがめまして、そんでもって顎をさすりながら眉間に皺をこしらえたりなんかしましてですね、バリトンの美声をひびかせるわけでして、これがまたなんともいえず雰囲気があるわけなんです。今夜はひとつ、私もそれにならおうと思いまして――」

スポットライトを浴びていた往時の栄光と感覚がよみがえっているのかもしれない。金本の目に充実した光がやどっている。

「金本さん、お願いだから普通にしてて。むこうの質問に答えて、あとは黙ってれば完璧なんだからさ」

宏彰が辟易しながらたしなめていたが、本人は、

「……そうですか」

と、どこか腑に落ちない様子だった。

「もう一回、予行演習した方がいいよこれ」

稲田は焦燥感をおぼえながら言った。

「それでは金本さん、いや、権堂さん、干支をお願いします」

宏彰がいくらかかしこまった調子でたずねた。

「干支は……えっと、卯《うさぎ》ですね」

金本はそこで不意に思い出したように相好を崩すと、口にせずにはいられないといった感じで、

「干支はえっとなんて、ダジャレみたいでなんだか笑っちゃいますよね」

と、付け加えた。

「ああ、ダメダメ。そういうの本当にいらない。干支を訊かれたら、干支だけ答えて。ですね、も言わなくていいから」

宏彰が熱心に指導していくうち、金本も成功報酬を意識しはじめたのか、役に徹したように無駄口をはさまなくなっていった。

決済の時間が近づき、金本がトイレに立った。二百十億円がかかっているその背中を見送りながら、稲田は口をひらいた。

「なりすまし役って、いつもあんな感じなの？」

「しょせん素人《しろうと》だからね。ただ、金本さんはちょっと癖強めだけど」

いつもならハリソン山中が直接候補者を選ぶが、今回は菅原たちにまかせたことも影響しているのかもしれない。

「あんなんで大丈夫かな」

ケビンとは一度面会しているとはいえ、地面師として決済の場に立ち会うのははじめてだった。金本の演技がケビンたちに見破られないか、あらためて不安がつのった。

「あっちはマヤちゃんもリュウもついてるし、きっとうまくいくって。明日には全部無事に終わって、札幌でうまい酒呑んでるよ」

今夜決済を済ませ、翌朝に到着予定の釧路で途中下船し、札幌にもどることになっている。そこで祝杯をあげ、翌日シンガポールへ発つ予定だった。

「稲ちゃんも、釧路で下りるんでしょ？」

クルーズ船に乗ってロシアのコルサコフまで皆で行くという話もあったが、結局、船に残るのはハリソンだけとなっている。

「シンガポールのカジノでリベンジしなきゃなんないもんね」

言われて、にわかに活力がみなぎってくる。明日の今頃には億万長者となっているにちがいない。カジノに悠々と凱旋する情景が目に浮かび、いても立ってもいられなくなった。

「宏彰さんも、最後の女に貢《みつ》がなきゃでしょ？」

「それは人聞き悪いって。そうじゃなくて、一緒にラオス一の店を作るの。彼女と俺の、両方の夢だから」

真面目な顔で語っているのが面白い。

「騙してんだか、騙されてんだかわかんないね」

笑い返してくると思ったが、手に持ったスマートフォンに目を落としたまま口をつぐんでいる。

「どうしたの？」

宏彰が無言で画面を見せてくる。

目にした途端、空気が薄れた気がし、息苦しさがつのってくる。ポータルサイトに転載されたニュース記事だった。

〝ヒグマに襲われたか　釧路で外傷ある成人男性の二遺体発見　警察、身元特定を進める〟

「……もう引き返せねえから」

そう自分に言い聞かせると、宏彰がうなずきながら物憂げに相好をくずした。

「海の真ん中じゃ逃げらんないしね」

夜風がデッキをわたり、夕暮れの余光が空をあわいグラデーションに染め上げている。

むこうの方から金本がもどってくるのが見えた。テーブルの上の書類や道具を鞄にしまい、どちらからともなく立ち上がった。

＊

「二人で確認しましたけど、一般的な内容で、なにか買い手が不利益をこうむるような留意すべき点は見受けられませんでした」

対面に座る弁護士が、売り主に会う前の最終確認のため、日本語で書かれた売買契約書と重要事項説明書をテーブルにひろげ、一行目から順にその内容を英語に訳してくれる。

ケビンは、いくぶん気分が昂っているのを感じつつ、隣でケーキを口にはこんでいるリナとともに弁護士の説明に耳をかたむけていた。

カジュアルなレストランの店内では、夕食を前にクルーがあわただしく準備をすすめている。窓からは、しだいに遠ざかっていく函館の陸影がわずかに見え、西日が海面に降りそそいでいた。

「金額の確認を再度お願いします」

弁護士が、本件土地の価格が記されている契約書の一点に人差し指を置いた。彼女の隣にいる司法書士が所在地、地積、公図の記された書類をしめしてくれる。

ケビンはスマートフォンのアプリであらためて計算し、金額と数字に誤りがないか確かめた。地積は十万八千三百四平方メートルで、一平方メートルあたりおよそ二十万円とし、本件土地の価格は二百十億円で合意している。周辺の相場からすれば馬鹿げた値段なのかもしれないが、希少性と将来性を考えればむしろ安すぎるくらいだった。採算はじゅうぶんとれる。いや、世界中の人々を魅了してやまない、歴史的高級リゾート施設が誕生するにちがいない。

ジェフリー・バワの思想を引き継いだかのようにホテルの建築物は自然と融けあい、そこにいるものの肉体と精神のバランスをととのえ、宇宙と分かちがたく一つにしてくれる。敷地内には釧路湿原を再現した深遠な庭園がひろがり、眼前のおだやかな湾と調和をなして静謐な風景をおりなす。

この地球上で誰一人目にしたことのないその荘厳な光景を想像すると、あらためて胸がふるえた。周囲はそれを創り出した自分を見直し、そうなれば、これまで自分を否定的な目で見ていた父も認めざるをえなくなることだろう。

「決済って、十八時半からだっけ？」

こちらの思いが感染したのかもしれない。そうたずねてくるリナの目に、興奮の色がひるがえっている。自分以上に釧路を気に入っている彼女にとっても、この取引は今後重要な意味をもつはずだった。

「売り主の方も、仲介業者の方も、我々はほとんど情報がないんですけど、どういった経緯でケビンさんに話がきたんですか」

弁護士が、数少ない売り主の情報であるＳＮＳをスマートフォンの画面にしめしながら言った。そこには、クルーズ船で食事を楽しんでいる売り主視点の写真が掲載されている。

見ると、こちらをうかがう彼女の目に職業的な疑念がちらついている。このような場所で、これほど急な、それも決して小さくない規模の取引は通常なら考えられない。くわえて自分が外国人であり、釧路にも縁がないことを考慮すれば、彼女でなくとも関心をいだくのは自然だった。

「話せば長くなるんですが……どこから話したらいいかな」

あの釧路の土地になにかしら惹かれるものがあったからだと説明してみても、かえって混乱をまねくにちがいない。といって、北極海航路からはじめてみてもまわりくどかった。

「最初に話をもってきたのは私なんです」

日本語なまりの英語で、聞き覚えのある男の声だった。目をむけると、テーブルの脇にリュウが立っていた。

「来てくれたんだ」

思わず安堵の声がもれる。

仕事が立て込んでいて、同席はできないと連絡をうけていたが、わざわざ東京から駆けつけてくれたらしい。

「言い出しっぺとして責任があるから」

リュウは冗談まじりに言って椅子に腰掛けたが、目元に浮かべた微笑はかたく、何日もまともに寝ていないかのように顔に疲労がにじんでいる。相当に無理をしてきたのかもしれない。申し訳なさと、それと同じくらいの感謝の念が胸に湧いた。

リュウは日本語に切り替え、弁護士と司法書士にむかって話しはじめた。これまでのいきさつや、前に会社を通じてプロジェクトをともにした不動産業者との関係を説明してくれているらしい。時折、弁護士が理解をしめすように大きく相槌を打っている。しかるべき情報が共有され、座に安心感と一体感が生じていた。

上機嫌で紅茶を口に運んでいると、テーブルに伏せていたスマートフォンが振動しているのに気づく。

父からのビデオ電話だった。海の底に引きずり込まれるかのように気が重くなる。深く息をつき、意を決して席をはずした。

「どうして電話に出ない」

何度耳にしても緊張を強いられる声だった。おさえた語勢で、画面に映る父の表情に感情めいたものは見えないのに、苛立っていることだけはわかる。

「……電波の状況が悪くて」

壁を背にしたケビンは、窓の方に視線をのばした。水平線にむかって見渡すかぎり海原がひろがり、いつか陸影は見えなくなっている。携帯電話の電波はもはやとどかず、衛星通信を利用したインターネット環境のみが利用できる状態だった。

「日本にいるらしいな」

バカンス気分の、ほんの数日の視察のはずが、気づけば滞在の延長をかさねてしまっている。もともとあったシンガポールでの予定をことごとく反故にし、社員をはじめ周囲に小さくない負担をかけていた。

「またつまらぬことに金を突っ込もうとしているらしいが、どうなってるんだ？」

シンガポールにいる部下に対して、今夜の決済のために送金の要請を出していた。これまでにも社員に釧路の調査を依頼している。どこから父にもれつたわっても不思議ではなかった。

「急にチャンスがまわってきたプロジェクトです。大きな利益《リターン》が期待できます。それに、我が社にとって記念碑的なものになる――」

「記念碑的？　わかるように、論理を尽くして説明してくれ」

落ち着いた口調だが、有無を言わさぬ迫力があった。

「……いまはできません。時間がないので……」

たとえ時間があったとしても、説明する気などさらさらなかった。数字以外のものに興味がなく、興味をもとうともしない父に、釧路のあの土地の魅力や、そこから無限に喚起される創造的な計画を説明してもわかるはずがなかった。

「いいか、よく聞け」

会議室のデスクに座っている父が身を起こし、モニターのカメラに顔を近づけた。

「すべてを止めて、いますぐシンガポール《こっち》に帰ってこい」

スマートフォンの画面に怒気にみちた顔が大映しになる。

「悪いけど、それはできない」

虚をつかれたのか、父が絶句したように見えた。これほど正面きって逆らったのははじめてのことかもしれない。

「今度のプロジェクトは、俺のすべてだから」

俺のすべて——そう、いわばこれは自分の存在証明であり、決して揺らぐことのない原点だった。不一不二。AかBかではなく、AでありBでもある。AかBかではなく、AでもなくBでもない。そうした世界観を自分なりのやり方で表現しなければならなかった。

「……お前がWSDグループ《うち》に入ったとき、この会長室《部屋》で話したことおぼえてるか?」

何年前になるだろう。忘れはしなかった——親子の関係を捨て、新たに君臣の関係として互いに至誠を尽くすこと。

「最後にもう一度だけ聞く。帰ってこないんだな?」

ふたたび父は椅子に背をもどした。その声は、打って変わって見放したような響きをはらんでいた。

「俺は俺の道を信じるよ」

そう返すと、無言のままビデオ電話は切れた。

＊

サクラは、はやる気持ちをいなしながら腕時計に目を落とした。

出港時刻である十七時が間近にせまっていた。すでに函館市内の観光を終えた乗船客は一人残らずクルーズ船に乗り込み、タラップへの進入をさえぎる形でゲートが閉め切られている。

「もう一度お願いできませんか？」

サラクの度重なる要請に困惑していた地上係員の一人が、ふたたび無線でどこかへ連絡を入れたとき、タラップからスーツ姿の男性が下りてきた。

「警察の方とうかがいましたが」

日本語だったが、相手の目に不審の色がうかんでいる。胸元のプレートから判断すれば、上席のスタッフらしい。

サクラは、警察手帳をしめすと、乗客の中にハリソン山中《指名手配犯》が紛れ込んでいる疑いがあるため、船内を捜索させてほしいと訴えた。

「ですが……もう出港時間ですので」

言葉遣いは丁寧だが、乗客の憩いと娯楽の場である船内には一切厄介事をもちこませないという意志が表情にあらわれていた。

「出港はしていただいてかまいません。私一人、釧路まで、指名手配犯がいるか確認するだけです。ご迷惑はおかけしませんので、ご協力いただけませんか」

このクルーズ船は、サハリン州のコルサコフやアラスカ州のジュノーなどいくつかの都市に寄港しながら、アメリカのシアトルを目指すが、その中で釧路は国内最後の寄港地だった。札幌にいる藤森班長からは、稲田が借りたレンタカーが放置されていた函館港周辺については応援の地元警察と海上保安部にまかせ、自分はクルーズ船内の密行を命じられている。

「捜索令状はないんですよね？」

足元を見るような高圧的な言い方だった。

「ありませんが……警察官職務執行法第六条により、人の生命、身体又は財産に対し危害が切迫した場合において、その危害を予防し、損害の拡大を防ぎ、又は被害者を救助するため、已《や》むを得ないと認めるときは、船内への立ち入りは認められています」

いつかテキストで暗記した条文が口をついて出てくる。

「もし断ったら？」

令状がない以上、そのときは引き下がることになるかもしれない。

「あくまで可能性の話ですが、法人個人を問わず、犯人蔵匿、犯人隠避の容疑で罪に問われる恐れがあります」

とっさに出たはったりだったが、あからさまにスタッフはうろたえた。クルーズ船の運航責任者と調整がはかられ、まもなく乗船が許された。

あとでこの捜査プロセスは問題になるかもしれないと思いつつ、背筋におりる疚《やま》しさを振り払うように、サクラは足早にタラップをのぼっていった。

絨毯敷きの船内に足を踏み入れ、呆気にとられた。

そこには、船上とは思えないような贅をつくした巨大な空間がひろがっていた。グランドピアノが置かれた受付のロビーは、何層もつらぬく見上げるほどの吹き抜けになっており、百メートルはあろうかというプロムナードにブランドショップが軒をつらねている。船内には多彩なレストランやバーラウンジのみならず、屋内外のプールやシアター、カジノまで完備しているというのもうなずけた。

釧路に到着するのは明朝の九時で、停泊をはさみ、ふたたび次の寄港地にむけて出港するのが同日の十七時だった。その間に、乗客乗員あわせて数千名が活動する、もはや街としか言いようのないこの巨大な空間から、特定の人物を、たった一人で見つけ出すというのはあまりにも無謀のように思えた。

先ほどのスタッフに乗客リストの閲覧をもとめると、難色をしめされた。

「ハリソン山中は、拳銃を使用した殺人未遂の容疑もかけられている凶悪犯《指名手配犯》です。船内にまぎれこんでいるとしたら、ほかの乗客や乗員の皆さんを危険にさらすことになりませんか」

感情的になりすぎないよう気をつけた。スタッフが思案げな表情で口をつぐんでいる。

「指名手配犯には協力者がいます。その協力者の名前だけで結構ですから」

仮にハリソン山中が乗船していたとしても、本名で手続きをしているとは思えない。乗客リストで手がかりになるものがあるとすれば、札幌郊外のレンタカー店でもそうだったように稲田の名前しかなかった。

「……わかりました」

スタッフはそう言うと、階下のバックヤードに通してくれ、机上の端末にむかってキーボードをたたきはじめた。

サクラはかたわらに立ち、じっとその作業を見守っていた。

果たして稲田とハリソン山中はこのクルーズ船に乗っているのか。もし彼らが乗っているとするなら、アメリカへ逃亡しようとしているのか。

厳しい目でモニターを見つめていたスタッフの手が止まり、顔をあげた。

「稲田……健二さま？」

「そうです」

登録されたパスポートの写真を見せてもらうと、間違いなく稲田の顔だった。

「珍しいな……函館で乗って釧路で下りるのか」

スタッフが不思議そうにつぶやいている。ほとんどすべての乗客が目的地であるシアトルまで船旅を楽しむ中、その途中の寄港地で、それもほとんどの旅程を消化せずに下船するケースは急用や急患をのぞいてまずないのだという。

「ロシアの代理店を通じて予約されてるんですけど、稲田様のほかに八名が同時に予約されていますね」

「八人も？」

なにかのツアーにまぎれこんでいるのか。

「そのうち七名は、稲田様と同じ釧路で下船予定ですが、一人だけロシアのコルサコフまでのチケットになっています」

戸惑いつつも、一人ロシアにむかうその乗客の氏名をたずねた。日本人男性の名前だが、記憶に引っかかるものはない。

念のため写真を見せてもらうと、心臓が大きな音を立てて鳴った。髪型や髭の感じは少しちがうものの、ハリソン山中にひどく似ていた。ロシアへ逃亡をはかろうとしているのか。

ただちにインターネット回線を通じて藤森班長と連絡をとると、船内でハリソン山中の現認をこころみる間に、陸上で捜査員の態勢をととのえ、釧路港で身柄を確保することが決められた。

「それとな。こっちからも報告がある」

電話を切ろうとしたところで、藤森班長が言った。

「今日の午前、札幌市内の豊平川で男性の水死体が見つかった。身元を確認したところ……お前の親父さんだった」

なにかしら発言しようとしたが、口をうすくひらいたまま言葉が出てこない。

「死因は溺死《できし》らしいが、自殺や事故死にしては不自然な点があるらしい」

だとすれば、犯罪死しかなかった。

釧路警察署で目にした菅原たちの無惨な遺体が脳裏によみがえってくる。菅原はかつてハリソン山中が所有していた猟銃を譲り受け、その猟銃をにぎりしめたまま絶命しているところを釧路近郊の山中で発見されている。そして、その猟銃の管理をまかされていたのは父だった。

「なんにせよ詳しいことはこれからだ。釧路に到着したら、すぐに札幌にもどれ」

すでに父の訃報にふれているはずの母の顔が頭をかすめた。

「いえ、残ります」

反射的にそう答えると、真意をはかりかねているかのように受話口のむこうが静かになった。

「父はもう私と関係ないので」

＊

稲田たちが、まだ客のまばらなバーラウンジに到着すると、ケビンたちが奥のロングテーブルに着席していた。

互いにむかいあって席についたところで、簡単な挨拶を交わす。売り主側に宏彰、稲田、金本がならび、買い主側はマヤ、ケビン、弁護士、司法書士が顔をそろえていた。

リュウも出席予定だったが、体調不良のため部屋で休んでいるらしい。不測の事態にそなえた買い主側のサポート役だったが、いなくても大きな問題にはならないだろう。

ケビンが胸に片手をそえながら、金本にむかって英語で言葉をかけている。マヤが日本語に訳した。

「釧路の土地を売ってくれて、ありがとうございます。とっても嬉しいです」

取引はなごやかな空気ですすんだ。銀行やオフィスの会議室とはちがい、多彩なエンターテイメントをぎっしり詰め込んだクルーズ船の華やかな空間や、細かなニュアンスがつたわりきらない二か国語を織り交ぜたやりとりがいい方向に作用しているのかもしれない。

場にいる全員が、取引の主役である金本にさりげなく、それでいて最大限の気を配っているのがわかる。一方の金本はそのことを自覚しているのかどうか、ゆったりとラウンジチェアに身をあずけ、ややうつむきがちに静観している。無気力と見えなくもない態度がそれっぽい余裕をかもしだしていて、疑いの眼差しをむけるものはいなかった。

「こちらが私の資格証です」

宅地建物取引士証を提示した宏彰が進行を仕切り、事前に書面で共有していた重要事項の説明を、売り主にも理解できるよう日本語でおこなっていった。それをマヤが英語に逐一訳して、ケビンに話し聞かせている。

テーブルの上で手を組んでいた稲田はいくぶん見直したような感心をおぼえつつ、隣の宏彰の横顔をそっとうかがった。

「それから本件売買物件の土地ですが——」

書面とケビンを交互に見つめるその目は、ふだんの軽薄な姿からは想像もできないほど、自信と誠実さにみちている。よどみなく紡ぎ出される説明も、不動産業者として豊富な経験をもっているだけあり、さすがに堂々としていた。

この段階では、売り主の情報をのぞけば、売買物件である土地の情報は登記記録もふくめて本物かつ正確で、なにか問題になりそうなところはない。安心して聞いていられる。このまま売買契約が締結できれば、そのあとは決済だった。そこで無事に金が振り込まれれば、プロジェクトは成功する。全身の筋肉がいつしか緊張し、指がじっとりと汗で湿っていた。

「次に法令上の制限ですが、都市計画法につきましては——」

宏彰がそう言って、重要事項説明書のページをめくったときだった。

「すみません。ちょっと、いったん止めてもらってもよろしいですか？」

それまで黙って耳をかたむけていた弁護士が不意に口をひらいた。険しい顔つきで、横のケビンにむかってなにか英語で話し込んでいる。話しながら、時折、マヤの方に不満の視線をむけているのが不穏だった。

「なんつってんの？」

稲田は、宏彰の方に顔を寄せた。その目に、動揺の色が浮かんでいる。

「……マヤが専門用語ぜんぜん訳せてないって」

宏彰が小声で言った。

こちらに不都合な情報が出た場合にはそこだけ訳さないと事前に取り決めていただけで、正確に訳すことなど端《はな》から重要視していなかった。

弁護士と話し合っていたケビンが、マヤの方にむきなおって気さくな感じでなにか話しかけたかと思うと、笑顔でしきりになにかをうながしている。

稲田は状況がつかめず、ふたたび宏彰に説明をもとめた。

「……決済は弁護士にまかせるから、プールで泳いできなって」

見ると、マヤがしぶしぶといった様子で席を立ってケビンに小さく手を振っている。去り際にこちらを振り向く彼女の顔に困惑の色がひろがっていた。想定外だった。

「あれ、トイレ？」

なにもわかっていない金本が見当外れなことを言っている。

「大変失礼しました。どうぞつづけてください」

弁護士が歯列をのぞかせて会釈した。

宏彰が落ち着きをうしなった様子で書類に目をもどしている。稲田は口角をあげてみたが、引きつった感覚がぬぐえなかった。

マヤが離席し、かわりに女性弁護士が通訳をつとめてから、それまでなごやかだった座の空気が一変した。

「一度、そこで区切りましょう」

メモをとっていた弁護士が手元に視線を落としたまま、人差し指を宙にかかげた。

律儀な性格のためか、職業意識の高さなのか、それとも両方なのか、細部まで正確に訳さないと気が済まないらしい。湿り気のない明朗な声をひびかせつつ、たびたび宏彰の説明をさえぎっている。

商談はまったくの弁護士ペースだった。

気づけば調子を乱されてしまった宏彰からは、当初の余裕がうしなわれ、その話しぶりはいかにも後ろめたさが滲み出た早口におちいっていた。

「——つづいて、敷地と道路との関係ですが」

「すみません。聞きとりづらいので、もう少しゆっくり話していただけませんか」

稲田は、弁護士の要求にしどろもどろの受け答えをしている宏彰の横顔をうかがった。額が汗で濡れ、しきりにハンカチでぬぐっている。目には動揺の光がちらついていた。

「かわりに読もうか」

声をかけると、宏彰は気丈に首を振り、いくぶん落ち着きをとりもどしてどうにか重要事項の説明を終えた。

その後、売買金額をふくめ契約内容の最終確認を求めたが、ケビン側から異議は出されず、双方合意にいたって売買契約の締結にうつった。

あらかじめ用意していた二通の契約書に、金本とケビンがそれぞれサインをしていく。

愛用品らしいモンブランのボールペンを手にしたケビンは、流れるようにペンを動かしていて、見惚れるほど美しい筆記体のサインだった。

対する金本は、稲田がコンビニエンスストアで買ったボールペンを奇妙な握り方で短く持ち、身をかがめてテーブルに突っ伏している。気分でもすぐれないかと思ったが、そうではなかった。丁寧に仕上げようとする心がけがそうさせるのか、鼻先が触れそうなほど契約書に顔を近づけ、小刀の刃を突き立てるみたいにして慎重にペンを動かしている。見張った目でペン先を凝視しつつ、一画線を引くごとにペン先と連動して、口からのぞく舌が悩ましげに身をよじらせていた。

テーブルが静まっていることに気づく。

稲田が顔をあげると、すでにサインを終えたケビンや弁護士たちの表情に当惑の色が浮かんでいる。なにか珍獣でもながめるみたいだった。

サインの仕方が変わっているからといって、注意をするわけにもいかず、ひょっとしたら本物の所有者である権堂も似たような書き方をしていないとも言いきれない。これで偽物と見破られてしまう可能性は低いのかもしれないが、妙な空気につつまれている。

機転を利かせた宏彰が、英語でケビンのモンブランを褒めたたえているうち、ようやく金本が署名と偽造印鑑による捺印を終えた。

稲田は契約書をうけとり、不備がないかそれらしく目を通していると、宏彰が顔を寄せてきた。弁護士たちに口元が見えないよううつむいたまま耳打ちする。

「……間違ってる」

体が固まった。

「漢字……」

あらためて見れば、権堂英世の「英」が「秀」の字になっている。金本の兄弟だか親戚だかの名前と読みが同じと言っていたから、取り違えてしまったらしい。

サインの仕方はうやむやにできても、名前の誤記はそのままやり過ごすわけにはいかなかった。自身の名前を間違えることなど通常は考えられず、生真面目なこの弁護士ならすぐに誤りに気づいていぶかしむにちがいない。

稲田は、激しく胸をたたく鼓動を聞きながら、助けを求めるように横に目をむけた。宏彰が、どうしようとでも言いたげに不安の表情で見返してくる。

頭をめぐらしても、打開策が思い浮かばなかった。口の中が乾く。

ツイてないときはジタバタしても仕方がない。妙に他人事じみた教訓が脳裏の片隅をよぎったとき、一つのアイデアがおりてきた。稲田は反射的に口をひらいた。

「権堂さん、契約書なんでここは本名でお願いしますよ。通名じゃなくて」

金本にそう言ってから、弁護士たちに顔をむけた。

「権堂さんは、運気があがるからって、別の漢字を氏名に使ってらっしゃるんですよ。画数の関係で」

権堂が普段から風水や運気を大切にしていることは、SNSの記事内でしばしば言及されていたが、苦しい言い訳であることに変わりはなかった。ケビンに訳して聞かせている弁護士や司法書士の表情に、納得しきれない色が見受けられる。

「ここに二重線を引いて、その脇に本名でもう一度サインしていただけますか」

勢いのまま金本に言ったが、自身の誤りに気づいていないらしい。混乱した表情でこちらを見ている。

あまりの勘の悪さに、苛立ちがつのる。

「ほら、ここの漢字です。ちゃんと正しく、お願いします。ね、本名で」

訴えるように相手の目をのぞきこむと、金本は、あっ、と間抜けな声を出して、ふたたびペンを動かしはじめた。

知らないうちに息を詰めていたらしい。溜め込んでいた呼気が長々と鼻腔から漏れ出てくる。宏彰と弁護士の意見をあおぎながら誤った箇所を訂正し、ケビンから承認のサインを再度もらったときには、ジャケットの下のシャツが汗で肌に張りついていた。

無事に契約締結までこぎつけたが、重要なのはこのあとの決済だった。金が口座に振り込まれなければ、いくら双方のサインがあっても契約書などせいぜい印紙代程度の価値しかない紙切れに過ぎない。

待ちかねていたように、それまで静観していた司法書士が場を仕切り出す。バカラテーブルに立つディーラーを彷彿《ほうふつ》とさせた。

「では、これより決済の手続きにうつりたいと思います」

事務的な調子の声がひびき、隣の宏彰がしきりに座り直している。かすかに緊張しているのがつたわってきた。決済の段階で、偽の所有者だと露見したり、言動や書類などから猜疑心《さいぎしん》をもたれたりして、買い手《ターゲット》に逃げられてしまうことは往々にしてあると前に話していたのを思い出す。

五十がらみの小柄な司法書士は、物静かで、テーブルが笑声につつまれても、一人表情を崩さない。仕事に徹し、豊富な経験に裏打ちされた職人といった印象をうける。隙がなく、弁護士と同じくらいやっかいな相手に思えた。

「本人確認をいたしますので、写真付きの身分証明書の提示をお願いします」

うながされた金本がジャケットの内ポケットから偽造パスポートを取り出す。

司法書士が受け取り、パスポートの写真と金本の顔を念入りに見比べはじめた。

偽造したパスポートについては、外見だけは精巧につくられているらしく、ＩＣチップの情報を参照されない限り、偽造品と見破られる恐れはないはずだった。パスポートの写真は、宏彰がスマートフォンで撮影したもので、権堂の顔を知らなければ不自然には映らないだろう。それでも、鋭い目つきで丹念にチェックする様子は、さながら警察の鑑識のようで気が気でなかった。

「権堂様。恐れ入りますが、ご自身の生年月日を教えてください。西暦ではなく和暦でお願いします」

司法書士の問いかけに、

「昭和二十六年九月十七日」

と、金本が間違えることなく答えている。練習どおり余計なことを口にせず、やや投げやりな言い方がほどよい真実味をあたえていた。

「干支もお願いします」

司法書士が持参した書類に目を移す。

「干支は、え……」

答えかけて、途中で電池が切れたように静かになった。

忘れてしまったのかと思い、稲田が焦って隣をうかがうと、金本が梅干しでも口にしたみたいに顔をしかめている。何度か目にしたことのある、笑いをこらえているときの表情だった。地金が出たらしい。

稲田は、頭を張り倒したいのを我慢し、ケビンたちに気づかれぬようひそかに足をのばして金本の靴を踏みつけた。

金本の目から油断の光が消える。

「……卯」

その回答に満足したように、司法書士が静かにうなずいている。稲田はそれをながめながら、かたくこわばっていた肩がほぐれてくるのを感じていた。

「権堂様、こちらの釧路の土地を、ケビン・ウォン様にお売りしてもよろしいでしょうか」

形式ばかりの最終質問が発せられ、一同の視線が偽の所有者にあつまる。稲田も皆にならった。ただ一言、売りますとだけ答えればいいはずなのに、なぜか渋面の金本は意味ありげに顎をさすっている。

「先代から大事にしてきた土地ですので、本音を申し上げれば、やはり誰にも譲り渡したくはないんですよ」

注目されてふたたび虫が騒いだのか、予定にはないアドリブを入れている。

直で握りつぶされたみたいに胃に鈍痛が走り、たまらず歯を食いしばった。顔面に膝蹴りを食らわせたかったが、テーブルの下で靴を踏みつけることしかできない。

じっと通訳に耳をかたむけるケビンが不安そうに目をしばたたいている。

「譲り渡したくはないんですが……」

そこで数秒の沈黙をはさみ、いくらか芝居がかったふうに言った。

「ケビンさんでしたら、きっと有効に活用してくれるでしょうから、喜んでお譲りいたしましょう」

ケビンは破顔し、身を乗り出しながら金本に両手で握手をもとめていた。

今後の所有権移転登記のために、司法書士の指示にしたがって委任状をはじめとする各種書類に金本とケビンがサインをしていく。相変わらず金本は突っ伏してサインをしていたが、もう誰もそれを奇異な目で見るような者はいない。

いつの間にか、弁護士が権利証を手にとってたしかめている。

誰も当該物件の現物を目にしたことがない。実物を模倣した釧路地方法務局の朱印をのぞき、オリジナルの書式の、コーヒーとオーブンで紙自体を経年劣化《エージング》させたという特製品だった。一見して年季の入った、いかにもそれらしい出来だが、専門家の目をあざむける保証はどこにもなかった。

なにか気がかりな点でもあるのか。たしかめている時間が長い気がする。

「……どうかされましたか？」

こらえきれなくなった宏彰が声をかけた。弁護士がなにか言いたそうに上目遣いでこちらをにらむ。

稲田は息をのんだ。

「なんだかこれ、いい香りがします」

弁護士はいたずらっぽくほほえむと、司法書士同様、なにも問題は見当たらないというふうにテーブルにもどした。

窮地を脱した稲田は、金本のサインと捺印を補助しつつ、いつしか座が奇妙な一体感につつまれているのを自覚していた。自分たちだけでなく、ケビンたちも疑いもせず自発的に書類にサインをしている。一方的にあざむいていたはずの関係が、あたかも偽札造りの共同チームのごとく錯覚され、その滑稽さに思わず頰がゆるみそうになった。

やがて、必要書類のすべてに双方の署名と、〝権堂〟の捺印が済むと、司法書士が一枚ずつ不備がないかあらためはじめた。

稲田はその様子をさりげなく、しかし注意深く見守っていた。相手の細かな動作のいちいちが気になって仕方がない。少しでも手が止まると、心音が高まってしまう。

——勝ちか、負けか。

勝てば二百十億円という、気が遠くなるほどの巨額の利益《リターン》が転がり込むが、負ければ監獄暮らしが待っていた。

最後の書類に達したとき、不意に司法書士の手が止まった。書面の一点を凝視したのち、すでにチェック済みのほかの書類も見返しはじめた。脇の弁護士も顔を寄せている。

なにか不備があるのか、それとも偽物と気づかれてしまったのか。

司法書士の行動の意味が理解できず、いたずらに体温があがり、毛穴から汗が噴き出してくる。それとなく問いただしてみたかったが、唇は硬直して微塵も動いてくれない。

——負けた……？

おもむろに司法書士が顔をあげた。その目に、いぜんとして厳しい光がやどっている。いつかの、裏カジノ通いを理由に無期限出場停止を宣告してきたサッカークラブの経営陣のそれと似ていた。

スピーカーのボリュームを絞ったみたいに、店内のＢＧＭと雑音が小さくなっていく。スリルとも興奮ともつかない恐怖が絶え間なく足先からせり上がってきて、呼吸がままならない。心臓が暴走し、胸を突き破りそうだった。

「これで、もれなく書類がととのいました」

鼓膜を震わせたのは、思いがけずやわらかい声だった。

「振り込みを実行していただいて結構です」

髪の毛が逆立ち、熱く心地よい痺れが四肢を撫であげてくる。自分のシュートで決勝点を決めたときのようにフロアを叫びながら駆けまわり、渾身のボディブローを虚空に打ち込みたかった。

宏彰も勝利を確信したらしく、喜びを分かちあうように革靴の足先で小突いてきた。

スマートフォンを手に、部下だか銀行だかに振り込みの指示を出していたケビンが、弁護士になにごとかつたえ、金本にむかって軽く会釈していた。

「早ければ、十五分ほどで指定の口座に着金するとのことです」

弁護士がおだやかな表情で告げると、以降は、ハリソン山中からの着金確認の連絡を待つのみとなった。

煩雑な書類のやりとりから解放されたうえ、取引がほぼ成立した安堵感からか、ケビンたちの間には笑声まじりのなごやかな空気が流れていたが、着金までは気が抜けない。上機嫌をよそおう宏彰に問われるままに、やや興奮気味のケビンが手振りをまじえて、釧路の開発構想を披露している。

稲田は、感心したふりをして相槌を打ちつつも、頭の中は、数日以内に手にする金のことでいっぱいだった。約束した成功報酬は騙し取った金の五パーセント、ゆうに十億円を超える。ジャンボ宝くじの一等当せん金よりもはるかに多い。Ｊリーガーのトップ選手でもそれだけ稼いでいるのは数えるほどだろう。

夢だったそれが現実のものとなってしまった。信じられない。冷静でいられる方がどうかしている。

一時はシンガポールで無一文になりはしたが……いや、あれがあったからこそこのゲームに参加できた。あらためて自分の引きの良さと勝負強さに感謝したくなった。

金が入ったら、ハリソン山中にたのんで新しい身分証をまず手に入れる。それから、ファーストクラスでシンガポールにもどり、カジノでリベンジを果たす。それから、マカオやラスベガスといったカジノを周遊してもいいかもしれないし、どこか気に入った都市で気が済むまでのんびり過ごすのも悪くない。それから……それからもずっと、なにをしても、なにをしなくてもいい自由が約束されている――。

「もし差し支えなければ、釧路の土地を売却することになった理由をお訊きしてもいいですか」

発言したのは弁護士だった。ケビンの質問を訳したらしい。事前に想定していた質問の一つで、対策は講じてあった。

「中国人が釧路の土地を買い漁って、相場が異様に上昇しているっていうのもあるにはあるんですが、じつは、奥尻《おくしり》にウイスキーの蒸留所をつくろうと思ってまして……」

短時間ながら練習した甲斐もあって、金本がうまく答えている。ハリソン山中が用意した想定問答のシナリオは、おおむね調査に基づいており、蒸留所についても実際に権堂が検討している節があった。

それで話が終わると思っていた。

「素敵。シングルモルトですか」

意外にも弁護士が食いついてくる。

シナリオにはふくまれていない質問だった。日頃は安価な合成酒しか呑まない金本がうろたえて口ごもっている。

「シングルモルトですよね、権堂さん」

宏彰が助け舟を出すと、役者の顔にもどった。

「おっしゃるとおりです。コスト面を考慮して、ダブルとトリプルも検討はしてみたんですが、ここは思い切ってシングルでいくことにしました。混ぜものが入っているとどうしても悪酔いとか、最悪、失明したりしてしまうので、純度勝負ですね」

話しぶりは自信にあふれていたが、まったくのアドリブだった。

蒸留所のオーナーとして自然な回答なのか。稲田もウイスキーはあれば呑むものの、知識はなく、なんの原料でできているかも気にしたことがない。

「純度勝負……」

相手の薄い反応が不安にさせる。

「私はアイラが大好きなんですけど、ケビンさんはジャパニーズ呑まれるんですよね？」

気を取り直すように言った弁護士が英語に訳すと、ケビンは嬉しそうに目を丸くした。

「ヤマザキ、ヨイチ、イチロー……オオタニ」

どうして「オオタニ」の箇所だけおどけたように強調して笑いを誘っているのか稲田にはわからず、それは隣で口元に微笑を浮かべてうなずいている金本にしても同じにちがいなかった。

これ以上、蒸留所がらみで突っ込んだことを聞かれると、ボロが出てしまう。嫌な流れを断ち切りたかった。

「ウイスキー以外では、お酒はなにを呑まれるんですか」

稲田がやや強引にたずねると、ケビンからいささかリップサービス気味に日本酒《ジャパニーズ・サケ》という答えが返ってきた。

「最近は北海道の地酒も美味しいって評判ですよね」

宏彰が話を継ぐと、

「ワインみたいに、温暖化でだんだん北に移ってるっていうのも要因なんでしょうかね」

と、タイミングよく、それまで聞き役だった司法書士が意見してくれた。

危機が去り、稲田は深く息をついて手元のスマートフォンに目を落とした。ハリソン山中からメッセージはまだとどいていない。一刻も早く着金確認の知らせをもらって安心したかった。

「少し話もどりますけど、どうして奥尻に蒸留所をつくろうと思われたんですか」

せっかく話題を変えたのに、弁護士が無邪気な笑顔を金本にむけている。蒸留所の立地にどのような意味があるのか、見当もつかない。

「……それはあの、なんと申し上げたらいいんでしょう。いくつかの、その……候補地に足をはこんだりする中でですね」

金本が、どうにかアドリブで対応しようとしているものの、インスピレーションに欠けるらしい。見るからに苦しそうだった。

スマートフォンをいじっていた宏彰が画面から顔をあげた。

「たしか、スコットランドと緯度が近いんですよね」

インターネットに転がっていた情報を適当にひろってきたのだろう。宏彰も、ワインについては多少知っていても、ほかの酒はさっぱりだった。

「おっしゃるとおりです。緯度は蒸留所の立地を決める際にとても重要なファクターになりました。スコットランドには、何度も視察に行きましたけど、それはもう確信しましたね」

きっかけ一つで適当に話をふくらませられるのが、ある面では、かつて芸人として舞台に立っていた金本の強みなのかもしれない。声の調子も、資産家らしい風格がともなっている。

「私、アードベッグとか、アイラのあのピート感が本当に好きで……奥尻でつくられるものはどういった方向性を目指されているんですか」

ウイスキー好きならなんでもない質問かもしれない。稲田には弁護士の言っていることが少しもわからなかった。

「ピート感はやっぱりウイスキーづくりにおける、言ってみればスパイスですから、我々はスコットランド出身のビートルズ、これを前面的に打ち出していきたいと思っています。レット・イット・ビーを基本線として、ヘルプやイエロー・サブマリンあたりのビート感は、どうやったってはずせません」

「ビートルズのビート感……」

弁護士がすっきりしない面持ちで反芻し、自信なさげに訳している。それを聞くケビンも難しい顔をしていた。つたわりづらかったのかもしれない。

音楽が植物や動物の生育に影響するのは、稲田もなにかで見聞きしたことがあった。すぐさま助太刀《すけだち》をした。

「どっかの養豚場では、厩舎《きゅうしゃ》にクラシック流すって言いますもんね。ストレスが減って肉がうまくなるとかで」

それで納得したのか、弁護士は特に感想も言わず、いくぶん不思議そうな顔でケビンに訳して聞かせている。

「とにかく流通をおさえなければならないですから。なんといいましても、ウイスキーは鮮度が命なので」

悦に入った金本の声がつづいた。

ビールと同じようにウイスキーも鮮度が大事なのだろうか。稲田は不安をおぼえて、弁護士に目をやった。釈然としない感じでわずかながら首をかたむけている。

たまらず口をひらいた。

「高速までの距離が大事っておっしゃってましたよね。すぐに運べるような」

「じつはそれが決め手だったんです。少なくとも、敷地の入り口に立って、高速のインターチェンジが目視できるのが最低条件でしたから」

即座に打ち返してくる金本のアドリブに、鋭さがます。

蒸留所の正確な予定地を誰も把握していなかったが、多少の誤差は目をつむるべきだった。

「あの……」

司法書士が遠慮がちに口をはさむ。

「奥尻って……島ですよね？」

「……島？」

てっきり北海道本島のどこかの町だとばかり思い込んでいた。金本も、呆気にとられて言葉をうしなっている。

テーブルのむこう側で弁護士とケビンがささやきあっている。不穏な空気が流れている気がし、動悸がおさまらなかった。

——終わった。

そう思った途端、すべてが馬鹿馬鹿しくなった。凶暴な気持ちさえ芽生えてくる。テーブルの書類を力まかせに破り、ケビンたちに投げつけてやりたくなった。

実行に移そうと腰を浮かせようとしたときだった。

「もちろん、奥尻町は島ですよ。函館から飛行機に乗ると、三十分で行けます。大きくはないですけど、自然豊かな美しい島。蒸留所からの眺めは圧巻です」

切り出したのは、宏彰だった。

見れば、奥尻島など一度も行ったことがない都会派なはずなのに、清々しいほどひらきなおった顔をしている。人を騙していることをなんとも思っていない、いや、騙していることすら自覚していない、誠実そのものの地面師の顔がそこにある。救われた思いだった。

負けじと稲田もつづいた。

「そうですよ、権堂さん。奥尻の蒸留所じゃなくて、その次に計画してる苫小牧のビール工場とごっちゃになってますよ」

まるで事実を話しているかのように、よどみなく言葉があふれてくる。

相手がなにか言いかける前に、スマートフォンが着信を知らせる。待ち望んでいたメッセージだった。

稲田は姿勢を正し、ジャケットのボタンを留めた。充足感が勢いよく全身をめぐる。

「皆様」

自然と笑みがこぼれる。

「ただいま無事、着金が確認できました。これをもって決済を終了したいと思います。本日はお忙しいところ、誠にありがとうございました」

九

店内を一通り歩いてみたが、それらしき人物は見当たらなかった。

サクラはソファに腰掛け、英語で注文を取りにきた黒人の若いクルーにオレンジジュースをたのんだ。

「日本人？」

英語を使っていたクルーが片言の日本語で言った。見ると、人懐っこくほほえんでいる。

「日本語、話すの？」

相手の気さくな雰囲気につられ、サクラも日本語で返した。

「少しだけ。いま勉強中」

クルーは、日本の漫画とアニメが好きだと具体的な作品を得意げにいくつか挙げると、足取り軽くバーカウンターにもどっていった。

サクラは、あらためて周囲を見回した。

十七階デッキの舳先側《へさきがわ》にひろがるここは、船内に十五ほどあるラウンジやバーの中でも、もっとも広いかもしれない。あわい間接照明のもと、窓辺に沿うように多数のソファセットがゆったりと配されている。客の姿は数えるほどで、稲田はもちろん、ハリソン山中らしき人物もいない。すでに日付は変わっており、あれほど賑わっていた船内も人影がまばらになっている。

歩き過ぎたせいで、痺れを帯びたように足の裏や踵が痛む。パンプスから踵だけそっと抜き、疲労の溜まった体をソファに深くしずめた。

瞼が重い。気を抜くとこのまま眠ってしまいそうだった。眠気を吹き飛ばすようにトートバッグから冊子状の船内見取り図《デッキプラン》を取り出し、テーブルの上にひろげた。

冊子には、四階から十八階まで、各層のデッキがそれぞれ平面で図解されている。乗船してからひたすらハリソン山中たちの姿を求めて船内を探索したが、全長三百メートル、全幅四十メートルを誇る大型クルーズ船というだけあって、とても一人でまわりきれるような広さではなかった。

バーラウンジのほかに、レストランやダイニングは十を超え、そのほかナイトクラブや劇場、ジョギングやウォーキングコースをかねたプロムナードデッキ、ショップをつらねたプロムナード、ジムやスパ、複数のプールやスポーツコート……これらにくわえて千四百にのぼる客室やランドリールーム、十五基のエレベーターをそなえている。乗客乗員四千名が活動するこの複雑かつ広大な空間の中で、特定の数名と出くわすのは、もはや偶然にたよるほかないのかもしれない。

十階のデッキに目を移した。いくつかある客室階のひとつで、細かく区切られたおびただしい客室がデッキ全体にならんでいる。中央右舷側に位置するバルコニー付きの九室が稲田たちが予約した客室だった。

途中一度だけ、誘惑に負けて客室の前までおもむいた。

運航スタッフをよそおい、一部屋ずつノックをしてハリソン山中がいるかどうか直接自分の目で確かめ、もしいるならその場で身柄を確保したかった。だが結局、なにもせずに客室の前をはなれた。

藤森班長からは、船内の密行による、ハリソン山中および稲田の現認を命じられている。指名手配犯の検挙はいまの自分には求められておらず、そもそも女一人の丸腰では、大柄な相手の前ではなにもできないどころか、むしろ返り討ちにあう可能性の方が高い。ヒグマに襲われた菅原たちの遺体が脳裏によみがえり、自覚もないまま、豊平川に浮かんでいたという父の水死体を想像していた。

さきほどのクルーがもどってきて、コースターとともにオレンジジュースをテーブルに置く。

「あなた、元気ない。どうしたの？」

サクラは、なんでもないと言うかわりに黙って口角をあげた。

「カジノ負けた？」

六階にカジノがあるのは知っているが、乗船してから間を置かずおとずれたときには閉まっていた。

「カジノは、やってないでしょ？」

「やってるよ。やってる」

クルーが英語で説明してくれたところによると、十二海里はなれた公海上では日本の法律がおよばないため、免税店とともにカジノの営業がみとめられるのだという。言われてみれば、当然のことだった。函館から釧路までの航路だから、つい「国内」とばかり思い込んでいた。現在、この船は公海上を航行し、明朝ふたたび日本の領海に入るまで、夜通しカジノは営業しているという。

「あなた、行く？」

ためすような目だった。

サクラが曖昧に首をかしげていると、

「がんばって《Good luck》」

と、クルーは笑顔で去っていった。


エレベーターが下降していく。サクラはしきりに欠伸を噛み殺しながら、頭上の表示灯を見つめていた。

すでに午前一時を過ぎている。明朝は、釧路港に到着する前から応援部隊と連携をはからなければならない。このまま階下にあるクルー専用の休憩室で少しでも長く仮眠をとりたかったが、カジノが引っかかった。稲田がメディアにすっぱ抜かれたスキャンダルは裏カジノ通いだった。

数秒の葛藤の末、足は六階にむかっていた。

漫画好きのクルーが言っていたとおり、カジノは営業中だった。

店内は臙脂の絨毯が敷き詰められていて、思っていた以上にひろい。ずらりとならんだスロットマシンが多彩な照明をはなっていたが、客の姿はほとんどなかった。

フロアの奥にすすみ、何台ものゲームテーブルが置かれたメインコーナーで立ち止まった。

霧が晴れるように眠気が消え失せていく。

ルーレットテーブルに一人の男性客がいた。中に立つ女性ディーラーと談笑しながらチップを張っている。稲田だった。

一人で遊んでいるのか。店内を再度見てまわったが、ハリソン山中だけでなく、ほかに仲間らしき姿もなかった。

少し離れた場所から、客をよそおってひそかに見張ろうとしたものの、閑散としすぎていて逆に目立ってしまいそうだった。明朝の釧路港では、藤森班長ら応援部隊が待機している。稲田を現認できただけでも、ここはよしとすべきかもしれない。

カジノをあとにしようとしたとき、とうとつに稲田の笑声が聞こえてきた。無遠慮な高笑いだった。ゲームに熱中しているだけで、自分とは関係ないはずなのに無性に胸がざわついてくる。

サクラは踵を返し、ルーレットテーブルにむかった。

「一人なんですけど、いいですか」

「もちろんです、どうぞ」

ディーラーの女性は日本人だった。稲田の斜向かいの席に座るよううながされる。

こちらを値踏みするような稲田の視線が意識されたが、それもわずかの間だけで、警戒心は感じられない。札幌のマンションのエントランスですれ違ったことなど記憶にないのだろう。

サクラは、貸与されていたスタッフ用のクルーズカードで黄色のルーレットチップを購入し、簡単にルールを教えてもらいながら最低賭け金でゲームに参加した。

「ルーレットなんて簡単。駆け引きもないし、頭も使わない。適当にチップ置けばいいんだよ、こうやってさ」

稲田が手本を見せるように、積み上げた水色のルーレットチップをぞんざいにつかみ、テーブルに記されたインサイドの数字の上に置いていく。ビールグラスが脇にあったが、アルコールがまわっている感じではない。ただ、ひどくくつろいでいて、心地よい余韻にひたっていそうなのはつたわってきた。

「一人って、本当に一人で乗ってるわけじゃないよね？」

稲田がおどけるように言って、ホイールに投げ込まれたボールの行方を追っている。

「母と二人旅。先に寝ちゃったから」

自然と嘘が出てくる。敬語を使うつもりはなかった。

「そっちこそ、誰と来たの？」

ハリソン山中は一緒ではないのか。

「俺は仕事。だから明日の釧路でおりる」

ここまで正直な答えが返ってくるとは思っていなかった。胸が騒ぐ。動揺が表情に出ないよう平静をよそおった。

「仕事って？」

稲田たちが、何の目的でこのクルーズ船に乗ったのかいまだにわかっていない。ハリソン山中の逃走の手助けなのか。

相手は少し思案して、

「まぁ……やくざな仕事。博打みたいなもんだから」

と、はぐらかすように口の端に微笑を浮かべた。

そのゆるみきった表情を見ているうち、さきほど話した漫画好きのクルーの声が耳奥で再生された。

――十二海里はなれた公海上では日本の法律がおよばない。

もしかしたら、稲田たちは函館から釧路の間でなにか法令をおかしていたのかもしれない。なんだろう。傷害や暴行をはたらいたあとのような殺気立った興奮は一切感じられず、チップをつかむ指や拳も綺麗だった……この船上で地面師詐欺を仕掛けていたのか。

「でも、すごく景気は良さそうな感じがするけど」

そこで言葉を切り、

「悪いことしてるの?」

と、思い切って訊いた。

稲田が目を見開き、すぐに弾けるように笑い出した。

「ちょっと待って、悪いことしてないやつなんていんの? 聞いたことないんだけど。ね、思わない? カジノは? ギャンブルって悪くないの?」

困惑するディーラーにひとしきり同意を求めたあとで、稲田がつづける。

「で、お姉さんの仕事は?」

言葉に詰まった。正体を明かすわけにはいかなかった。

「……公務員」

引け目が声色にあらわれてしまう。

「公務員？　公務員って市役所とか？」

見下げた言い方に聞こえた。

冷静な頭で適当に誤魔化さなければならないのに、激した感情が高まってくる。迷ったが、一度は閉じかけた唇をひらいた。

「警察」

稲田が息をのんだように瞠目している。

「って言っても、教養課の通訳だけど」

「刑事」という言葉はかろうじてのみ下した。

「……なんだ、通訳やってんだ。でもさ、公務員だったら大変でしょ？　いろいろと、安い給料でこき使われて」

答えなかった。

「結局、仕事は金だよな」

自身に言い聞かせるような話しぶりだったが、声の端々に哀れみと驕《おご》りの響きがふくまれている。

「シンプルなんだよ。みんな難しく考えすぎ。金さえ追ってれば、それで大丈夫なんだから。ほかはなんもいらないんだって」

サクラはうつむきがちに聞きながら、幼い頃に見た父のことを思い返していた。相場師として兜町で名を馳せた姿はすでに朧気《おぼろげ》で、晩年の廃人じみた父しかはっきりと思い起こせない。だがそれも、そう遠くないうちに、溺死した遺体に塗り替えられることだろう。

チップをにぎる手に力がみなぎっていく。

「それは違う」

顔をあげる。稲田と視線がぶつかった。そらさなかった。

「いまだけだと思う。そんなこと言ってられるのは。このさき、きっとしっぺ返しを食らうと思う」

語気を強めて言い切ると、相手の表情から余裕がうしなわれた。

「そんなに言うんなら賭けようぜ。どっちが正しいか」

望むところだった。

「赤か、黒か。好きな方選んでいいよ」

稲田がチップをもてあそびながら言う。

タイミングを見計らっていたディーラーが、ホイールを時計回りにゆるく回転させると、無駄のない動作で、ホイールの回転と逆方向にボールを投げ入れた。ボールは、すり鉢状となったホイールの端を残像が見えるほどの速さで周回し、しだいに減速していく。

サクラは、すべてのチップを「赤」に置いた。

相場師だった父の血がさわぐ。直感だった。

それを見た稲田が、水色のチップを一枚残らず、「黒」の上に押し寄せている。

「ノーモアベット」

ディーラーが両手で制した。

やがて勢いがおとろえ、ボールが斜面を転がり落ちていく。

赤と黒に塗り分けられたポケットの縁にはじかれ、乾いた音を立てながら跳ねた。回転するホイールにふたたび落ち、ポケットの上を滑るように転がる。ポケットの溝に小刻みに当たり、それにともなって音も限りなく小さくなっていく。

音がやんだ。

稲田は口をつぐんだままだった。

ホイールがゆるく回転しつづけている。サクラは、ポケットに落ちたボールをじっと見つめていた。

＊

座禅を組んだまま目をつむっていると、ないだ海原を舳先がかきわける、ささやかな波音が鼓膜をふるわせてくる。夜もまだ明けきらぬ暁闇《ぎようあん》のこの時間は、ウォーキングデッキの一角にもうけられたこのフリースペースにもまだ人影はない。

ケビンは、ゆっくりと腹式呼吸を繰り返しつつ、青く澄みわたった海中にただよっているような心地よい浮遊感につつまれていた。

昨晩は、無事に取引がまとまった祝いに、弁護士、司法書士、リナ、それに体調不良で客室で休んでいたリュウと船内のイタリアンレストランで食事を楽しんだ。互いに労をねぎらい、何本かボトルを空けたが、自分は一杯つきあっただけで二軒目のバーの誘いは断り、客室にもどってきてしまった。

気分がすぐれなかったわけでも、誰かの言動に気分を害したわけでもない。そうではなく、いまだかつて経験したことのないような精神の充足を、アルコールの酔いなどでうやむやにしたくなかった。誰にも邪魔されず、一人静かにその感慨にひたっていたかった。

客室のバルコニーでデッキチェアに身をしずめ、空と海が一色に溶け合った暗闇を見つめながら、しきりに心にこみあげてきたのは、自らの力で逆境に打ち克《か》ったたしかな手応えだった。そこには、なにもかも自身の支配下で物事を推しすすめようとする父親の助力は一切ない。むしろ、自分自身の信念をつらぬいて、父親の主張するところの真逆をいった。

釧路の開発は、これから世界でも指折りの建築家、ランドスケープデザイナー、日本の大手開発業者、あるいは一流ホテルブランドといったパートナーと手を組み、必ずや素晴らしい結果を生み出すだろう。仕事だけじゃない。まだ手すらまともにつないだことがないとはいえ、通訳兼コーディネーターとその依頼主という関係にしてはあまりに距離が近すぎるリナと、互いに結ばれるのは時間の問題だった。

そっと瞼をひらいた。網膜に淡い光を感じる。

東に目をむけると、いつの間にか柵のむこうは青紫の大海がひろがっている。頭上は透き通るような紺青の影がおおいつくし、太陽が姿を隠したまま水平線ぎわの空を目の覚めるようなラズベリー色に染めあげていた。

その後、客室で休息をとり、荷物をまとめてから、リナとリュウとダイニングで朝食をとった。

「釧路に着いたらさ。空港にむかう前に、もう一度埠頭に寄らない？」

ケビンはフォークとナイフを握りしめたまま言った。

話したいことが止めどなくあふれてきて、つい食事がおろそかになってしまう。ほとんど寝ていない影響もあって逆に頭は冴えわたり、いまだ成功の興奮が冷めやらないでいた。

「寄ってどうするの？」

隣でエッグベネディクトにナイフを突き入れていたリナが、気乗り薄そうな声を出す。どことなく不機嫌な気がした。昨晩の二次会を断ったことが腹に据えかねているのかもしれない。もっとも、素直に不満をぶつけてくるのも、自分と特別な関係だからこそなのだと思うと、いじらしく思えた。

「三人で写真撮ろうよ。せっかくだから」

今後、何度となくおとずれ、その度に開発によって風景が一変していくだろう原点の地を、その縁をもたらしてくれた二人と一緒に記録におさめておきたかった。

「リュウはどう？　飛行機の時間、大丈夫でしょ？」

「ああ……俺はかまわないよ」

まだ体調は万全ではないのか、食事は受けつけないようだった。にもかかわらず、寛容な微笑を返してくれるリュウの友情が、あらためて身にしみる。

「ドリンクとってくる」

リュウが席を立つと、それと入れ替わるように欧米人の若い女性クルーがテーブルにやってきた。

「ケビン・ウォンさまですね？」

「そうですけど」

コーヒーを注ぎにきたわけでも、空いた皿を下げにきたわけでもなさそうだった。

「本日、釧路で下船予定かと思いますが、その件に関して運航スタッフが確認したい点があるようです。この後こちらに来るようなので、食事がお済みになってもテーブルでお待ちいただいてもいいですか」

「確認したいことって？」

クルーは、なにも聞かされていないのだと肩をすくめて下がっていった。

「なんだろ、精算のことかな」

リナが首をかしげながら、フォークとナイフを動かしている。好物だというエッグベネディクトを口にしたからか、いくらか機嫌を取り戻しているように映る。

客が群がるビュッフェボードの方に視線をのばすと、順番待ちの列がのびている。リュウがもどってくるにはまだ時間がかかりそうだった。

「リナ、今後なんだけどさ」

胸が高鳴っていた。

「今回の件であらためて確信したんだけど、僕たち、最高のパートナーだと思うんだ。だから、ビジネスだけじゃなくて……このままリナとずっと一緒にいたい。恋人として」

昂りすぎて、胸が締め付けられる。異性に告白したのははじめての経験だった。

リナがカトラリーを皿に置く。

「……ありがと、嬉しい」

やはりリナと心は通じあっていた。自分の判断は間違っていなかったし、あの万能感も偽りではなかった。

無言のままその目を見つめ、うすい肩を抱き寄せようと腕をまわそうとしたところ、なぜか、喜んで迎え入れてくれるはずの相手が、拒絶の意思をしめすように身をかわす。

「ごめん、恋人は無理」

言っていることがすぐには理解できなかった。

「釧路のホテルが完成したら、僕と一緒に過ごしたいって言ったじゃないか」

「……そんなの知らない」

リナが迷惑そうに眉をひそめる。まるで見知らぬ他人をあしらうような酷薄さで、どうして嘘をつく必要があるかもわからなかった。

「両親が破産して家族がばらばらになって……だから家庭は大事にしたいって話してくれたのも……おぼえてないって言うの？」

決済の前夜、天井のアーチが印象的な札幌のホテルのバーでカクテルグラスをかたむけていると、めずらしく深く酔ったリナが、心のわだかまりをそっと吐き出すように語っていた。本心からの言葉としか聞こえなかった。

リナがテーブルの天板をにらみつけている。その目にかすかな逡巡の光が浮かび、おもむろに口をひらきかけたときだった。

ガラスの割れる派手な音がし、野太い絶叫がフロアのなごやかな空気を切り裂いた。

むこうのビュッフェボードの付近でなにかを避《よ》けるように人垣ができている。人垣越しに誰かが暴れているのが見えた。リュウだった。狂ったように喚《わめ》き散らし、ボードの上にならんだ皿やドリンクサーバーをなぎ倒している。

ケビンは瞠目したまま、おもむろに立ち上がった。なにが起きているのか、まったく事態が飲み込めない。

リュウの叫び声と周囲の悲鳴が飛び交い、フロアは騒然としていた。男性クルーたちが集まってきて、声を荒らげながらリュウを取り押さえにかかっている。

ケビンも慌てて駆け寄った。

なにごとか日本語で叫びながら皿やトレーをなぎ倒し、闇雲にテーブルに拳を打ち下ろしているリュウを、屈強な黒人男性のクルーが背後から近づき、羽交い締めにした。そのまま力で圧倒し、料理の散乱した床に組み伏せる。ほかのクルーが加勢し、ケビンもその輪にくわわった。

なおもリュウは意味不明の怒声を振り絞り、トマトソースの海に顔面を押しつけられながらクルーの太い腕の中で必死にあがきつづけている。血走ったその目は混乱をきたし、なにも見ていなかった。

「リュウ、落ち着けっ。落ち着け」

ケビンは、リュウの顔をのぞき込んだ。動転した視線が宙をさまよっている。

「こっち見ろ、こっち」

視線がぶつかる。その目に驚きの色が浮かんでいた。

「俺だよ、俺」

なだめるように言うと、観念したのか、抵抗がやんだ。この場は任せてほしいと告げると、クルーたちがリュウから離れていった。

「どうしたの?」

床にあぐらをかいたリュウは唇をかたくむすび、厳しい目でこちらを見つめている。数瞬、リュウの顔に殺気立った表情があらわれた、かと思うと、こらえきれなくなったように嗚咽《おえつ》をもらしはじめた。

「……その女にハメられたんだ」

リュウが口をゆがめながらこちらの背後を指差す。

指差す方を見ると、リナが立っている。血の気が引いた顔をこちらにむけていた。恐れをなしたように踵を返して人垣のむこうに消えていく。

「シンガポールのバーでリナに声かけられて……自分のホテルに連れ込んだ。そしたら後日、無理やり犯されたから警察に訴えるって言われて……こっちの勤め先も住所もなにもかも知ってた。シンガポールじゃ、むち打ちと禁錮六年の刑だって言われた。捕まりたくなかった。指示されて……ケビンを騙《あいつ》した」

切れ切れに話す相手の言葉を呆然と聞きながら、名状しがたい不安がつのってくる。

そのさきを聞くのが怖かった。膝頭が激しく震える。逃げ出したいのに、どこかで聞きたがっている自分がいる。

「……それで？」

自分の声とは思えないほど嗜虐的《しぎやくてき》な訊き方だった。

「北極海航路の話も、中国人が釧路の土地を買い漁っている話も、釧路の埠頭の土地が売りに出されている話も、所有者も、昨晩の取引も」

話すにつれ感情的になり、声が激していく。

「ぜんぶ、でたらめなんだ」

懇願するように首を何度も横に振り、泣き崩れた。

「……許してくれ」

手をあわせて許しを乞う相手を無言で見下ろしながら、不気味な浮遊感にとらわれていた。周囲の景色に変化はないのに、底の見えない暗闇をひたすら落下していく。

ふと落差が意識され、足がすくむ。

落ちたくなかった。

その場にとどまりたくても、どこにも足がかりがない。しだいに落下速度がまし、恐怖がつのってくる。あまりの速さに声が出せない。食いしばって顔を引きつらせたまま、足元の暗闇を必死に見つめていた――。

出し抜けに声をかけられ、振り向いた。

スーツ姿の男たちがこちらを取り囲んでいた。目には険しい光がうかび、運航スタッフにも乗客にも似つかわしくない。部下らしき一人が口をひらいた。

「警察です。通報がありました。地面師事件に巻き込まれた疑いがあるので、詳しく話を聞かせていただけますか」

英語だった。

「……Gee-men-shi？」

聞き慣れない単語を、言葉をおぼえたての子供のように一音節ずつ機械的に真似ていた。

＊

前を歩く藤森班長が振り返る。

「ハリソン山中《ホシ》の客室は？」

「一〇一九六です」

サクラは、十階のデッキプランが表示されたスマートフォンに目を落としながら答えた。客室の前まで行ったから、忘れるはずがなかった。前夜と違い、今朝は自分一人ではない。後ろをついてくる応援の捜査員たちの足音がたのもしかった。

「ほかのやつらはもういないんだったよな？」

藤森班長の声がかすかに緊張をおびている。不安と期待が錯綜しているような落ち着かない響きに聞こえた。

「客室にはもういないはずです」

運航スタッフの責任者に帯同している捜査員から、連絡が入ったばかりだった。九名の予約者のうち、稲田をふくむ五名がすでにチェックアウトを済ませており、釧路港の波止場で待機している捜査員が任意で事情を聴取することになっている。そのほかの、シンガポール国籍のケビン・ウォン、日本国籍だが外国風のファミリーネームとミドルネームをもつマヤ・アイシャ・ヒシャム、日本国籍の谷口竜太《たにぐちりゅうた》は、船内で朝食を摂っているということが判明し、すでにそちらにも捜査員が急行している。

客室に残っているのは、ロシアのコルサコフへ国外逃亡をはかろうと、他人名義のパスポートで乗船しているハリソン山中だけだった。

サクラは藤森班長の背中を追いながら、体の内側が熱くたぎっているのを感じていた。

匿名の男から道警本部に通報がもたらされたのは、このクルーズ船が函館港を出港して三時間ほど過ぎた頃らしい。クルーズ船上で不動産の詐欺事件が起きているという密告だった。内容は細部にわたって克明で、実際、そこで名前が出た被害者のケビン・ウォンや、地面師で元プロサッカー選手である稲田健二などの氏名が乗客名簿に記載されていた。

密告の中でもっとも捜査本部を沸き立たせたのは、事件の首謀者がこのクルーズ船でロシアまでむかうという話だった。稲田たち九名の中で、ロシアまでむかうのは一人だけで、その人物が登録したパスポートの写真はハリソン山中に酷似している。密告という組織内からもちこまれた指名手配犯の潜伏情報なだけに、多分に信憑性をはらんでいた。

目的の客室が近づいてくる。

動悸が高まる。ようやくあのハリソン山中を追い詰めるところまできた。

ハリソン山中と対峙し、手錠をかけている情景が網膜に明滅する……しだいに動悸が激しくなり、右手が震え出す。反対の手で押さえてもおさまってくれない。武者震いの類ではなかった。

「……平気か？」

藤森班長がいぶかしげに振り返っている。ほかの捜査員たちも足を止めていた。

その場にうずくまりそうなのをこらえていると、辻本拓海の声が耳奥で反響した。

──必ず……あいつをつかまえてくれますか。

病院をおとずれた際、鼓舞するように手をあげて見送ってくれた辰の姿も目に浮かぶ。

──たのみますね。

どこか懐かしい匂いが鼻腔にただよってくる。何年ぶりかに母と再会した父が吸っていた煙草の匂いだった。

──迷ったら、直感にたよれよ。

サクラは心配無用と手を振り、ふたたび前にすすんだ。手の震えはおさまっていた。

目的の客室にたどりつくと、何人かの捜査員たちが両隣のチェックアウト済みの客室に入り、万が一バルコニーづたいに逃亡をはかったときのためにそなえた。

藤森班長の指示のもと、防弾チョッキを身につけた捜査員の一人が、客室のチャイムを鳴らす。

サクラは後方から息を殺して見守っていた。

応答がなかった。

チャイムだけでなく、パスポートの名前を何度も呼びかけても、いっこうにドアが開く気配はない。捜査員がドア越しに耳を澄ましたが、とくに物音は聞こえてこないようだった。

不在なのか。場に緊迫した空気が張り詰めていた。

マスターキーをもった運航スタッフに中の様子をたしかめてもらう。運航スタッフが丁寧な語調で名前を呼びながら、ゆっくりドアを開けていく。

サクラは、捜査員たちの肩越しに見えるドアの隙間に全身の神経をあつめていたが、衝動的に捜査員たちを押しのけ、客室の中へ突っ込んでいった。背中に、待てとも行けともつかない誰かの声が聞こえたが、気に留めなかった。

入り口脇の洗面室にも、部屋の中央に置かれたクイーンサイズのベッドにも、ライティングデスクにも人影はない。

バルコニーに視線をのばす。湾を望むデッキチェアにバスローブ姿の大柄な男が身を横たえていた。

慎重に近づいていく。

寝入っているのか、微動だにせず、こちらに気づく様子もない。バルコニーに出て、ゆっくりと正面に回り込む。臍《へそ》のあたりで手を組んだ男はヘッドフォンを耳にかけており、顔を隠すようにタオルで日差しをさえぎっていた。

周囲に目を走らせる。凶器も、凶器になりそうなものもなかった。

声をかけた。なんの反応もない。

そっとタオルの端をつかむ。

勢いよくめくった。

目を見開き、その顔に視線をそそいだ。

「……なになに？」

喫驚《きつきよう》した男が半身を起こし、ヘッドフォンを外す。捜査員たちが次々と男を取り囲み、追いやられるようにサクラははじき出された。

男たちの怒号が飛び交う。

「クルーズ船でロシアまで行ったら、金くれるって言われただけですけど……」

すぐそこで狼狽する男の声がひどく遠くに聞こえた。

視界の隅に、何歳も老け込んだような顔で悄然とベッドに腰掛けている藤森班長が映っていた。

＊

ボストンバッグを肩にかけた稲田は、重たい体を引きずるようにしてエレベーターを降りた。左側の後頭部に脈打つような鈍痛がする。全身が倦怠感につつまれ、時折、吐き気がこみあげてきた。

顔をしかめながらロビーの方に目をやると、一時下船する乗客の人垣の中から、宏彰が小型のスーツケースを転がしながら近づいてくるのが見えた。

「大丈夫？」

からかい半分の、笑いをふくんだ声だった。大仕事をやり遂げた達成感と余裕が言葉ににじみ出ている。

「……調子に乗りすぎた」

苦し紛れに額に手を当ててみても、少しも楽になってくれない。体中の毛穴から甘酸っぱい匂いがただよっている気がする。

「何時までカジノいたの？」

祝勝会をかねた晩飯の後、カジノに誘ったが、疲れたからといって宏彰は先に部屋にもどっていた。

「ギリギリまでやって、そっから部屋もどって、一人で呑み直してた」

目が覚めたのは、さだめられた下船時刻ぎりぎりのつい十分ほど前だった。椅子に座ってグラスをもったまま、いつの間にか眠ってしまったらしい。シャツの腹のあたりに、ウイスキーの匂いをはなつ薄茶色の染みが地図状にひろがっていた。

「マヤは？」

周囲を見回しても、それらしき人影は見当たらない。

予定では、すでに用済みとなったケビンとこのクルーズ船で関係を断ち切る段取りになっている。早晩、法務局の登記官から申請却下の知らせが司法書士にとどく。その頃には、ケビンは詐欺に遭ったと気づいているだろうが、マヤは本人がかねて人生の最終目的地と決めているハワイ島のリゾートホテルで優雅な時間を満喫し、自分たちもどこかの国へ高飛びしている。

「まだ、ケビンたちと朝飯食ってるかもしんない。一緒に仲良くしてるところケビンとか弁護士に見られてもまずいから、先に行ってよ」

観光目的の一時下船の乗客をのぞき、釧路で下船するのはケビンや弁護士らもふくめ自分たち八名だけのようだった。残りの一名、ハリソン山中の影武者は、クルーズ船がロシアのコルサコフに寄港したタイミングで、指名手配犯が搭乗していたと匿名で自分が通報する段取りになっている。

「預け荷物ないよね？」

宏彰が乗客が列をなしている下船口の方へ足をむける。頭痛をこらえながらその後にしたがった。

宏彰につづいて、下船口にもうけられた端末に、クルーズカードをタッチし、チェックアウトをすませる。

下船口を出て、波止場へつながるタラップにさしかかったときだった。潮の香りをまとった冷たい外気に刺激され、激しい吐き気が突き上げてきた。胃酸が喉元までせりあがってくる。

「ちょっと先行ってて」

前を行く宏彰に断り、人波に逆行して引き返す。

下船口の端末の前を通過しようとしたところで、日本人の女性クルーに引き止められた。一度、チェックアウトしたら、船内にはもどれない決まりだという。

「気分が悪いんだよ……トイレぐらい行かせろって」

大声を出せば口からあふれそうで、怒鳴ることもできない。クルーも、港のトイレを使えの一点張りでゆずろうとしなかった。

もう限界だった。

「じゃあ、ここで吐く」

その場で身をかがめ、口の中に指を突っ込もうとしたところで、ようやくクルーの方が折れた。

壁づたいに船内のフロアをすすみ、あえぐようにしてツアーデスク脇のトイレに駆け込んだ。

胃液と涎《よだれ》しか出なくなるまで吐きつくすと、いくぶん楽になった。

洗面台の水道水で両手の汚れを落とし、念入りに口をすすぐ。シャツが濡れるのもかまわず乱暴に顔を洗った。

「……呑みすぎたな」

洗面台の鏡に映る、青白い顔の自分と視線をぶつけていると、その救いようのなさに、声を出して笑ってしまった。

ペーパータオルをとり、手や顔を拭いていく。

拭き終えたペーパータオルをゴミ箱に捨てようとして、かたわらの窓に目がいった。さきほど渡りかけたタラップが右手に見え、のぞき込むと、コンクリートで固められた波止場が眼下にひろがっている。

タラップから次々と乗客が吐き出され、近くで待機していた観光バスや入れ替わり立ち替わりやってくるタクシーに吸い込まれていく。

気になったのは、タラップから少し離れた場所に停車している車だった。一台や二台ではなく、十台以上ならんでいる。二台のミニバンをのぞけば、ほかはシルバーやブラックのセダンだった。タクシーであることをしめす提灯は確認できず、ハイヤーの類かとも思ったが、それにしては車に乗り込む乗客がいっこうにあらわれない。

なにかがおかしい。もう一度注意深く観察してみた。

車外に出ているスーツ姿の男たちは、乗客を待っているように見えながら、しきりになにかを警戒している。運転手にしては、車の数よりあきらかに人数が多い。

男たちが無線に使われがちな黒いイヤホンを耳にしていると気づいたとき、ちょうどタラップからスーツ姿の男たちが降りてきて、車の方に近づいていくのが見えた。スーツケースを引いたひとりの男が、両脇と前後をかためられながら、落胆するように歩いている。

心臓が音を立てて鳴った。宏彰だった。その後ろでは、ワンピース姿のマヤが身をよじって両脇の男たちの腕を振りほどこうとしている。リュウとケビンの姿もあった。

稲田は、あわてて窓からはなれた。

男たちが警察関係者なのは疑いようもなく、自分も標的になっているにちがいなかった。

タラップを使って逃げることはできない。おそらく、クルーズ船内にもすでに捜査員が入っているはずだった。

このまま夕方の出港まで、船内のどこかに身を隠していようか。当局が血眼になってハリソン山中を捜している事実を思えば、どんな手段を使ってでも共犯者を見つけ出すだろう。クルーズ船はいわば巨大な密室で、大量の捜査員を投入できる相手の能力を考えると、時間が経つほど不利な状況に追い込まれるように思えた。

八階のプロムナードデッキから海に飛び込むのはどうだろう。喫水を考慮しても、相当の高さがあるはずだった。仮に無傷で、誰にも気づかれずに着水できたとしても、まるきり泳げない自分の場合、そこで溺れてしまう気しかしない。

これという打開策が思い浮かばず、全身から汗が噴き出してくる。逃げ出したくとも、逃げ道がなかった。

足元に放り投げたボストンバッグが目に入った。

このバッグは預けなかったが、もし預けた場合は波止場で受け取る段取りだと記憶している。下船口とタラップを通過するのは乗客だけだった。別の搬入口があるのかもしれない。

もう一度慎重に窓の外に目をやると、タラップとは反対側で、何台かのトラックが横付けされ、フォークリフトが行き来しているのが見えた。あそこまで行けばなんとかなるかもしれなかった。搬入口のある下層階には、スタッフやクルーしか立ち入れない。運良くクルーの制服をどこかで調達でき、なりすませたとしても、内部へ入るにはセキュリティカードが必要なはずだった。

またしても振り出しにもどり、焦りがつのってくる。

稲田は洗面台に両手をつき、鏡の自分をにらみつけた。誰にむけるでもない罵声を口の中でつぶやいているうち、身につけているスーツに意識がむいた。船内でダークスーツを着ている乗客は、ほぼ皆無だった。ためしにスーツの前ボタンを留めてみる。シャツにひろがったウイスキーの染みはうまい具合に隠れた。

後ろになでつけるように、念入りに髪の乱れを手ぐしで直す。バッグの底に転がっていた有線のイヤホンを片耳だけ取りつけ、プラグ側はそれらしく見えるように空の内ポケットにしまった。鏡にむきなおる。こわばった顔の自分がいた。激しく胸をたたく心臓が痛かった。

「……やるっきゃねえだろ」

稲田はボストンバッグを個室に残したまま、トイレを出た。

いまにも捜査員に呼び止められそうな気がし、縮みあがる。悟られないように堂々と胸を張り、一直線にロビーのフロントデスクを目指した。

ロビーには乗客があふれていた。そこかしこに捜査員がいるような気がしてならない。狙いをつけたフロントデスクの日本人女性クルーに近づき、声をひそめるようにして話しかけた。

「警察なんですが」

一か八かだった。

クルーがこちらの顔を見て、驚いたようにうすく口をあけている。バレたのかもしれなかった。

息を呑んで身構えていると、事情を承知しているように相手が小さくうなずき返してくる。思惑がはまり、胸が沸き立った。

「客の荷物、ちょっと調べたいんで、下の搬入口へ案内してもらえませんか」

無線で手の空いたクルーを呼び出してもらい、階下へ連れていってもらう。廊下の先に搬入口が見えてきたところで、クルーを呼び止めた。

「捜査に支障が出るんで、一人にしてもらえますか。終わりましたら呼びに行きますから」

なんら不審がる様子もなくクルーは事務室にもどっていった。

稲田は、搬入口に通じる作業場に置かれたヘルメットを躊躇なくかぶると、近くの壁にかかっていた蛍光テープのあしらわれた作業用のジャケットを羽織った。

搬入口におもむくと、フォークリフトから段ボールの資材が積み込まれ、作業員たちが船内に運び入れている。

稲田は当然のようにその作業にくわわり、周囲が作業に気をとられている隙をみはからって船外に降り立った。

ヘルメットの鍔《つば》を下げ、さも作業の延長かのように波止場を悠然と横切っていく。

視界の端にタラップが映っていた。いまにも誰かに呼び止められそうな気がし、全力で走り出したい衝動に駆られる。それでも、全身から汗を流しながらできるかぎりゆっくりと歩をすすめた。

集合場所に指定されていた商業施設の駐車場まで歩き、目的のナンバープレートの車を探す。事前に手配していたミニバンはすぐに見つかった。

フロントタイヤの上に手をはわせる。指先にキーが触れた。

車内に身を入れ、ヘルメットとジャケットを脱ぐと、深い溜め息がもれ、張り詰めっぱなしだった全身の神経がわずかながらゆるんだ。

エンジンをかけ、札幌にむけて車を走らせる。

高速道路と有料道路を避け、ひたすら下道をすすむ。しばらくすると、昨夜クルーズ船で通過した太平洋が左手にひろがり、陽光を弾き返していた。

計画では、宏彰とマヤもこの車に乗る予定だった。手錠はされていなかったが、たぶん、あのまま勾留されてしまうだろう。そもそも警察はどのようにしてクルーズ船に乗っていることを突き止めたのだろう。追い詰められたリュウが警察に垂れ込んだのか、それとも……。

前の信号が赤になる。ブレーキを踏んだ。

スマートフォンを手にし、発信履歴を呼び出す。迷ったのち、スピーカーモードにして電話をかけた。

受話口から規則的な発信音が鳴りひびく。

いつもなら三コール以内に応答があるのに、いっこうに出ない。まだ受け取っていない自分の報酬が頭をよぎり、不安がふくれあがってくる。

もう一度、かけ直す。コール音がむなしく車内にひびきわたる。

「なんで出ねえんだよっ」

思い切りステアリングを叩いたときだった。

唐突にコール音がやみ、聞き慣れた低声が聞こえてきた。

「ご苦労様です」

十

札幌丘珠《おかだま》空港の車寄せでミニバンを飛び降り、ターミナルビルのエントランスを駆け抜けていく。

稲田は焦燥感をいなしつつ、左右に視線を走らせた。

同じ道内にある新千歳空港とは比較にならぬほど小さく、地方空港の中でもとりわけこぢんまりとした到着ロビーには、数名の係員がいるだけで、それらしき人物は見当たらない。もうどこかへ飛び立ってしまったのか。出発ロビーのある二階を見てまわっても同じだった。

電話をかけてみても、不通を告げる機械的な女性のアナウンスが聞こえてくるだけだった。釧路からここに来るまでの道中、電話がつながったのは最初の一回だけで、そのあとは何度連絡してもつながらない。

電話越しのハリソン山中は、いつもの落ち着き払った声をひびかせながら、札幌丘珠空港で待っていると言っていた。

――稲田さんとのファイナル・ベッツを心より愉しみにしています。

電話の最後を締めくくった言葉は、祝勝会を兼ねて海外のカジノでひと勝負する意味だと受け取ったが、こちらを油断させるための方便だったのか。

壁にかかげられた案内板の〝送迎デッキ〟の文字が目に入る。三階の屋上が開放されているらしい。

引き寄せられるように階段をのぼっていく。

滑走路を見晴らす幅三十メートルほどのT字形の送迎デッキに出ると、舗装材の敷きつめられた床面に、夕暮れをひかえた優しい日差しがひろがっている。期待に反し、誰もいない。

「いねえじゃねえかよ」

拍子抜けして踵を返そうとしたとき、建物の死角になっていた端に誰かいるのが目に入った。視線をもどしてみれば、足元にエルメスのアタッシェケースを置いて、ダークブラウンのソフトスーツを身にまとったハリソン山中がフェンス越しに滑走路を見つめていた。

動揺が表に出ないよう、平静をよそおって歩み寄っていくと、すぐにこちらに気づいた。

「災難でしたね」

ハリソン山中が労をねぎらうような微笑を浮かべた。

「気が長いんだな。俺だったらとっくに逃げてる」

虚勢を張ったものの、頭の中で自分を待っていた理由を探っていた。単に約束を守っただけなのか。

「待つのは苦ではありません。それに、空港にいると時間を忘れるんですよ。ただこうやって、飛行機の離発着をながめたりしているだけなんですけどね」

ハリソン山中がフェンスのむこうに視線をもどす。

滑走路では、プロペラ機が虫の羽音に似た鈍い低音をとどろかせながら加速をつづけ、ほどなく仰角をつけて大空へ飛び立っていった。

「あんなふうに、くだらない地上の面倒やしがらみをきれいさっぱり断ち切るようにして、いつでも世界のどこかへ羽ばたける自由がここにはあります。ゆえに、知らず知らずのうちに安心しきってしまうのかもしれません」

相手の言う面倒やしがらみの中に、自分もふくまれているように聞こえた。

「パクられた宏彰さんやマヤも面倒な存在だったしな」

意表をつかれた感じでハリソン山中がこちらに顔をもどす。

「お二方の不運には心を痛めています。彼らの活躍がなければ、今回のプロジェクトは早々に頓挫していたのは疑いようもありません。苦難にみちた戦いにはいつだって犠牲はつきものですが、しかし、叶うことならともに勝利の栄光に浴したかった」

声に実感はこもっているのに、他人事のような話しぶりに感じられる。

「俺がパクられなかったのは誤算だった？」

相手の目に鋭い光がきざした、ように見えた。

数瞬の沈黙のあと、

「まさか」

と、ひかえめに笑った。

「ただ、ご自身では自覚がないかもしれませんが、稲田さんがここにいるというのは相応の意味があると思います」

「意味？」

称賛するような響きだった。

「菅原さんたちがヒグマにやられて道なかばで命を落とした一方で、同じようにヒグマにおそわれた稲田さんは無事だった。そして、宏彰さんとマヤさんが当局にとらわれてしまったにもかかわらず、同じクルーズ船に乗り、同じスケジュールで下船した稲田さんは当局の手を逃れ、いまここにいる。それを分けたものって、いったいなんでしょう」

すでに正解を知っているというよりも、ハリソン山中自身が知りたがっているようだった。

「知らね、たまたまだろ」

自分は特別な存在だから、という本音は飲み込んだ。

「たまたま……そういうことなのかもしれませんね」

納得した顔で小さくうなずいている。

「それより、俺の金はどうなってんだよ」

ここにいること自体が幸運だとしても、報酬を手にできなければなんの意味もない。もし相手が拒否した場合はどうしようか。この場に二百十億円の現金があるはずもなく、力ずくで奪い取るような真似はできそうもなかった。

「稲田さんの報酬は、こちらに入っています。相場の変動が多少ありますが、十億円分の仮想通貨です」

ハリソン山中は、トラウザーのポケットから赤いスティック状の機器を取り出した。事前に聞かされていたとおり、仮想通貨の秘密鍵が保存されたコールドウォレットらしい。意外なことにあっさりとわたしてくれる。

手にしてみると、たかだか数十グラムにもかかわらず、ずっしりとした重みがあるように感じられる。とうとう億万長者となってしまったことに戸惑いをおぼえつつ、心地よい陶酔感が胸にひろがっていた。

「それと」

ハリソン山中がそう断って、トラウザーのポケットにふたたび手を入れる。取り出したのは別の青いコールドウォレットだった。

「こちらの方には、宏彰さんとマヤさんの成功報酬が入っています。プロジェクトそのものは成功しましたが、しかし、彼らはここに来ることができなかった。つまり、彼らにとっては失敗だったわけです。酷な話ですが、お二方に受け取る権利はないでしょう」

宏彰とマヤの顔が脳裏をかすめたが、それも一瞬だけだった。

「成功した我々で仲良く分けるか。それとも……」

ハリソン山中は、フェンスをささえるコンクリートブロックの基礎に青いコールドウォレットを置き、

「どちらの運が強いか、これを賭けて勝負するか」

と、一枚のコインを自身の掌にのせた。

コイントスで勝負を決めようという。バカラと同じ、己の運しかたよれない。思い返せば、ハリソン山中と出会ったのも、バカラテーブルの丁半博打だった。

「面白い。乗った」

ひさびさの賭けらしい賭けに血がさわぐ。

宏彰とマヤの報酬は、二人あわせて四十億円におよぶ。想像もつかない、目が回りそうな額だった。

「それでこそ、私の見込んだ稲田さんです」

ハリソン山中は、どこかの外国の硬貨らしいコインをあらためてしめし、女神のレリーフがきざまれた表か、数字の〝10〟がきざまれた裏か、好きな方を選ぶよう言った。

稲田は、コインに意識をあつめた。

——表か、裏か。

一回きりの勝負で、流れもなにもない。サッカーではエースナンバーとされる〝10〟という数字も惹かれるものがあるが、それ以上に女神の横顔が魅力的に感じられる。女神だと思った。表でいく。そう心に決めたものの、いまひとつ高揚感に欠ける。四十億円もの金が掛かった賭けなのに、賭けている感じがしない。たぶんそれは、この賭けに負けてもなにひとつ失うものがないからにちがいなかった。

「表。女神に賭ける」

手に握っていた赤いコールドウォレットを、青いそれの隣に置くと、ハリソン山中の表情に、怪訝そうな色が浮かんだ。

「もう一つあるだろ？　そっちの分が」

稲田は、ハリソン山中がもっているはずの自身の分のコールドウォレットを要求した。

「勝者総取りにしようぜ」

勝てば二百十億円が転がりこみ、負ければこれまでの苦労が水の泡となり、すべてを失う。これからどこか国外のカジノで挑もうとしているバカラの勝負などかすんでしまうほどの、一世一代の勝負だった。正気の沙汰ではないと頭では理解しつつ、汗ばむ体は狂おしいほどの興奮で熱くたぎっていた。

口をつぐむ相手の伏せがちな目に、思案の光がちらついている。互いの賭け金に極端に差がある乱暴な話だから、無理はなかった。

沈黙が長い。

まったく焦るところのない澄ました相手の表情を見ていると、しだいに落ち着かない気分になってきた。考えてみれば、賭けなどしなくとも宏彰とマヤの報酬の半分を足した三十億円というこちらの利益は確定している。気の遠くなるようなその大金をリスクにさらそうとしていることに、なにか恐怖に似た感情をいだきはじめていた。

「イモ引いてるんなら、やめたっていいよ」

その挑発は、ほとんど自分にむけられたものだった。

いまなら、まだ引き返せる。みっともないが、恥をしのんで発言を撤回し、素直に三十億円、いや、当初の十億円だけもらって引き下がればいい。それなのに、撤回の言葉はどうしても口から出てくれなかった。

「いえ、やりましょう。ときにはこういう遊びも悪くないものです」

ハリソン山中は、ジャケットの内ポケットからシルバーのコールドウォレットを取り出すと、赤と青のコールドウォレットの脇にならべた。

慣れた仕草でコインを親指に載せ、二百十億円の勝負を前にしたものとは思えないような、くつろぎきった微笑を口の端に浮かべている。

「ちょっと待ってくれ。コイントスは俺にやらせてほしい」

どんな細工をされるかわからない。勝負は公正に、すべてを運にたくしたかった。

「もちろん、どうぞ」

受け取って丹念に触れてみたが、なんの変哲もないコインだった。

人差し指の腹に親指の先をひっかけ、その上にコインを表面が見えるように載せた。コインに視線をそそぐ。

この女神に二百十億円がかかっていると意識した途端、手が小刻みに震えはじめた。コインがずり落ちそうになる。もう片方の手でコインを載せ直し、呼吸をととのえた。手の震えはおさまりそうにない。

ハリソン山中が無言で嘲笑《あざわら》っているような気がする。女神の横顔は不満をにじませているようにも、微笑んでいるようにも映った。

思いきって親指ではじいた。

コインが回転しながら頭上高く舞い上がる。夕暮れの陽光にさらされて、絶えずひらめいている。間もなく失速していき、瞬間、空中で静止するかに見えて、落下してきた。

コインが硬質な音を立て、足元で跳ねた。フェンスの下の隙間をくぐり、そのむこう側に勢いよく転がっていく。

「どこ行った」

稲田はフェンスに両手でしがみつき、コインの行方を追った。

「どこだ」

鉄格子に顔を押しつけて目を凝らすと、フェンスから一メートルほどの間隔にある膝丈の囲いのそばで、コインが独楽《こま》のように回転している。

表か、裏か。

女神か、エースナンバーか。

しだいに回転がおとろえ、間もなく静止した。

息を詰めた。

コインが女神のレリーフを上にむけて横たわっていた。

「女神だよな……」

わななく声を絞り出し、誰にともなく問いかける。

「俺が女神だよな」

女神を見つめたまま、繰り返した。泣き出したくなるような無言の笑いが突き上げてくる。少しでも気をゆるめれば、失禁してしまいそうだった。

後ろから、ゆったりとした拍手が聞こえてくる。

「おめでとうございます」

背中に触れるハリソン山中の声は、いさぎよく自身の負けを認め、こちらの勝利をたたえるものだった。二百十億円をつかみとった実感がこみあげ、自然と口元がほころんでくるのが自覚される。

「全部は悪いから、十億は返すよ」

振り返ると、強い力で右腕がフェンスに引っ張られ、バランスを崩して尻もちをついた。見ると、手首に手錠がかかっている。いつの間にされたのか、対になったもう片方の手錠はフェンスの鉄柵に固定されていた。

「いかがですか、自由を失った気持ちは」

「んだよ、これ。はずせよ」

ただのおもちゃと思いきや、体重をかけて引っ張ってもびくともしない。手首に金属製の手錠が食い込むだけだった。

「これは失礼しました」

いくぶん慌てた様子で、ハリソン山中が手錠の鍵を差し出してくる。届かなかった。

「早くよこせよ」

苛立ちがつのった。冗談にしては度が過ぎる。左手を伸ばしても中指の指先がかろうじて鍵の先端に触れるだけで、つまむことすらできない。限界まで伸ばそうとすると右手首がちぎれそうになり、それ以上は無理だった。

苦しげな呼吸音が断続的に聞こえてくる。そちらをむくと、ハリソン山中が顔をゆがめながら必死に笑いをこらえていた。

少年じみた無邪気な笑顔を目にし、ハメられていることに気づいた。

「……この野郎」

「いい表情です。どうです。かりそめとはいえ、浮浪者から王様になった気分は？」

ハリソン山中は引っ込めた手錠の鍵を宙にほうり投げると、サッカーボールみたいに思い切り蹴り上げた。鍵が格子状のフェンスを抜け、音もなく地上へ落ちていく。

「極上のエンターテイメントをありがとうございました。またいつかお会いしましょう」

拾い上げた三つのコールドウォレットをポケットにもどし、エルメスのアタッシェケースを手にした。

「おい、待て」

ハリソン山中の背中が建物の中に消えていく。

「てめえ」

着陸してきた飛行機のエンジン音が送迎デッキに鳴りひびく。

「これで勝ったと思うなよ」

自分の叫び声すらかき消されて聞き取れない。

「ハリソン山中とどこで知り合った？」

取調室のスチールデスクでむかいあった中年の男性刑事が、目に厳しい光をたたえながら低声をひびかせている。

稲田は、相手から視線をそらしたまま黙秘をつらぬいていた。

座り直すと、腰縄にくくりつけられたパイプ椅子が鈍い音をたてってきしむ。ハリソン山中にハメられた銀色のそれとはちがい、黒い塗装がほどこされた手首の手錠がわずらわしかった。

これから長らく惨めな環境に閉じ込められると思うと、際限なく凶暴な気持ちがふくれあがった。

「いいから、さっさと弁護士呼べよ。この野郎」

しばらく不毛なやりとりがつづき、埒があかないとみなしたのか、刑事がうんざりしたように席をはずした。

稲田は体をひねるようにして、背後に目をやった。

鉄格子のはめられた窓の下半分は磨りガラスで外の様子がうかがえない。上半分には、室内の蛍光灯や街の光でうすめられた、星のない夜空がビルの間にひろがっていた。

扉がひらく音がする。

稲田は、むきなおった。取調室に入ってきたのは、自分と同年代くらいのスーツ姿の女だった。

「私のこと、おぼえてますか」

むかいの席に腰をおろす女を見て、記憶がよみがえってくる。クルーズ船のカジノで、同じルーレットテーブルにいた乗客にちがいなかった。

「……刑事だったのかよ」

「黙秘してるそうですね」

女がつづけた。

「逃走中のハリソン山中を追っています。話していただけませんか」

稲田は、黙ったまま手首の手錠に目を落としていた。

「まだ約束を果たしてもらってないので」

「約束？」

互いのチップをすべて賭けたルーレットの勝負は、「赤」に賭けた女が勝ったが、負けた腹いせにかすかに口走った覚えがある。

——このさき俺がしっぺ返しを食らったら、なんでも言うこと聞いてやるよ。

「クソ」

いまのこの無様な状態は言い訳する余地もなかった。

「誰にも話すつもりはない」

相手の顔に警戒の色がにじむ。

「けど、あんたにだけは話してもいい」

ひとたび黙秘をあきらめると、これまで張り詰めていた気が抜けてくる。温泉にでも浸かったみたいに顔の筋肉がゆるみ、足腰が立たなくなるほどの疲労感が心地よく身にしみていた。

＊

正面の扉がノックされる。

緊張を意識しながら椅子に掛けていたサクラは、腰を浮かせた。

どうしてふたたびここを訪れたのか自分でもよくわからない。義務でもなければ、たぶん、新しい手がかりも得られない。それでも来なければならないと思っていた。

特別面会室にあらわれた辻本は、最初にこの刑務所で会ったときのように作業着をまとい、冷たく静かな目をしていた。

座るなり、こちらの近況伺いをさえぎり、

「あいつはどうなりました？」

と、おさえた語調で言った。

言葉に詰まる。臆する気持ちを振り切って、口をひらいた。

「辻本さんから貴重な情報をいただいておきながら、大変申し上げにくいのですが、またしても逃げられてしまいました。現在どこでなにをしているか、わかっていません」

サクラは相手の視線に耐えられず、目を伏せた。

「まかせてほしいと言ったじゃないですか」

怒号が室内にひびく。

「必ず捕まえるって」

長らく極限のところでたもたれていたものが一挙に決壊《けっかい》したような物悲しい声だった。

サクラは言葉を選びながら、話せるぎりぎりの範囲で一連の事件のあらましを丁寧に報告した。

辻本に納得する様子は見られない。

「死なないでよかったですね」

テーブルの天板を睨みつけながらつぶやいた言葉は、こちらを案ずるというより、当てつけに近かった。

「辻本さんが忠告したとおり、今回の事件でも犠牲者は出ています。ハリソン山中がどれだけ関与したかはまだはっきりしませんが」

釧路の林でヒグマに襲われた菅原の死因に関しては、司法解剖の結果、外傷による失血死ではなく窒息死と断定され、犯罪死の疑いが浮上している。

「私の父も」

辻本が絶句したのがわかった。

「間接的にですが、ハリソン山中一味に手を貸していたようです。溺死でした」

父の司法解剖が終わり、火葬が済んだのはつい先日のことだった。骨壺は札幌の母のアパートに持ち帰り、日の当たる場所に安置してある。骨壺のまわりを一心に向日葵でかざりつける、母の思い詰めた顔がなかなか脳裏から消え去らない。

話が途絶え、室内に重苦しい沈黙が流れていた。

辻本が先に口をひらいた。

「まだ、あいつを追うつもりですか」

前回のように、覚悟を問われている感じはしない。もう充分やった、と慰撫《いぶ》するようなたずね方に聞こえてくるのはどうしてなのか。心のどこかで、これでハリソン山中を追及する旅を終えていいと思っているからだろうか。

サクラは、顔を上げた。最初にして最後になるかもしれない自分の覚悟を信じたかった。

「捕まえるまではあきらめません」

語気を強めて言葉を返すと、相手は肯定も否定もせずこちらを見つめ返していた。

＊＊＊

「家族は駐在喜んでんじゃなかったっけ？」

岡島《おかじま》はルーレット台にチップを置きながら隣に目をむけた。

この日は、会社の辞令をうけて南アフリカに駐在が決まり、日本にいる家族より先発して単身やってきた後輩の国場《くにば》を歓迎するため、出張がてらケープタウンで休暇をとっていた。

「嫁と子供はいいんですけどね。ただ、両親がちょっと……」

国場が表情をくもらせる。

「なんかあったの？」

「めちゃくちゃ揉めてるんですよ。離婚するとかしないとか言って」

岡島はルーレット台に視線をすえながら、国場の方に耳をかたむけた。

「うちの親、宮古島《みやこじま》に割とおっきな土地もってて、遊ばせてるんですけど、海沿いなんで、業者から引き合いがすごいんですよ。宮古って、いまインバウンドとか観光すごいじゃないですか。土地が高騰しまくって、とんでもない値段で売れるらしいんですよね」

宮古島が開発ラッシュに沸いているのはニュースなどを通じて知っていた。

「遊ばせてるんなら、売ったらいいじゃん」

やっかみ半分でそそのかす。

「父親はそうしたいんですけど、母親は景観や環境が大事だって言って猛反対してるんですよ。富裕層むけのリゾート施設とかって、がんがんできてますけど、プライベートビーチ作ったりして地元のひとを排除しちゃったりしてるんですよね」

国場の話に相槌を打ちながら、適当にチップを張っていたが、あくびが込み上げてくる。岡島は腕時計に目をやった。そろそろいい時間だった。

携帯電話を手に取ると、ホテルからここまで送迎してくれたタクシー運転手からメッセージがとどいている。

「こいつ、なに言ってんだよ」

帰りも依頼していたが、面倒になったのか、急な用事でもできたのか、こちらの約束を反故にして帰ってしまったらしい。

「大丈夫ですか」

国場が不安そうにこちらをうかがっている。

「どうすっかな」

ホテルまで高速を使っても二十分はかかる。治安の劣悪なヨハネスブルグよりましとはいえ、ダウンタウンの夜道を歩くことは無理で、なんにせよ車がなければもどれない。明朝はゴルフがあるため、早く休みたかったが、台数のとぼしいタクシーは運に頼らざるをえず、前にここで手配したときは一時間以上も待たされた。

「ホテルはウォーターフロントですか」

左隣から不意に流暢な日本語で声をかけられた。

そちらに目をやると、さきほどからルーレットに興じていた男がこちらに顔をむけている。アジア人風の顔立ちはしていたが、まさか日本人とは思わなかった。年齢は六十なかばくらいか。背筋はのび、銀色だが長く豊かな髪のせいで、実際より若く映るかもしれない。

「ご迷惑でなければ、お送りしましょうか。外にハイヤーを待たせてあるので」

恩着せがましさを感じさせない、さりげない言い方に警戒心がゆるむ。

「ご旅行ですか」

時間に追われがちな短期の旅行者にしては、余裕を感じさせる。羽織ったジャケットは上質そうで、頭にかけたサングラスもハイブランドのものだった。聞けば、ウチダと名乗る男は、バカンスのためしばらく日本を離れ、ケープタウンに長期滞在しているのだという。日本ではさぞかし裕福な暮らしをしているにちがいなかった。

「サファリツアーで動物ばかり相手にしてたら飽きてしまったので、刺激を求めて文明に触れにきました。ですが、もう充分です」

右手の小指にはめられた二連のリングをまわしていた男は、堆《うずたか》く積まれた手元のルーレットチップに目を移し、

「これで最後にします」

と、微笑んで、一枚も残さずルーレットテーブルの一点に押し寄せた。

【主要参考文献】
『［新訳］禅マインド ビギナーズ・マインド』鈴木俊隆 著、藤田一照 訳（PHP研究所）
『リー・クアンユー回顧録 上 ザ・シンガポール・ストーリー』リー・クアンユー 著、小牧利寿 訳（日本経済新聞社）

【初出】「小説すばる」二〇二二年五月号〜一〇月号、二〇二二年一二月号〜二〇二四年一月号

＊単行本化にあたり、加筆・修正を行いました。なお、本作はフィクションであり、実在の個人、団体とは関係ありません。

【装幀】泉沢光雄
【写真】Adam Gault/gettyimages
123rf.com
Yuto.photographer/imagemart

新庄　耕（しんじょう・こう）
一九八三年、東京都生まれ。慶應義塾大学環境情報学部卒業。二〇一二年「狭小邸宅」で第三六回すばる文学賞を受賞。著書に『狭小邸宅』『ニューカルマ』『サーラレーオ』『地面師たち』『夏が破れる』などがある。

地面師《じめんし》たち　ファイナル・ベッツ

二〇二四年 七 月三〇日　第一刷発行
二〇二四年一一月二七日　第五刷発行

著　者　新庄《しんじょう》 耕《こう》
発行者　樋口尚也
発行所　株式会社集英社
〒一〇一－八〇五〇　東京都千代田区一ツ橋二－五－一〇
電話　〇三－三二三〇－六一〇〇（編集部）
〇三－三二三〇－六〇八〇（読者係）
〇三－三二三〇－六三九三（販売部）書店専用
印刷所　TOPPAN株式会社
製本所　加藤製本株式会社

©2024 Ko Shinjo, Printed in Japan
ISBN978-4-08-771873-7　C0093
定価はカバーに表示してあります。

造本には十分注意しておりますが、印刷・製本など製造上の不備がありましたら、お手数ですが小社「読者係」までご連絡下さい。古書店、フリマアプリ、オークションサイト等で入手されたものは対応いたしかねますのでご了承下さい。
本書の一部あるいは全部を無断で複写・複製することは、法律で認められた場合を除き、著作権の侵害となります。また、業者など、読者本人以外による本書のデジタル化は、いかなる場合でも一切認められませんのでご注意下さい。

新庄 耕の本

集英社文庫

狭小邸宅

学歴も経験も関係ない。すべての評価はどれだけ家を売ったかだけ。大学を卒業して松尾が入社したのは不動産会社。きついノルマとプレッシャー、過酷な歩合給、挨拶がわりの暴力が日常の世界だった。松尾の葛藤する姿が共感を呼んだ話題作。第三六回すばる文学賞受賞作。

（解説／城 繁幸）

新庄 耕の本

集英社文庫

ニューカルマ

大手総合電機メーカーの関連会社に勤務するユウキ。かねてから噂されていたリストラが実施され、将来に不安を募らせる中、救いを求めたのはネットワークビジネスの世界だった。成功と転落、失ってしまった仕事と友人……。もがいた果てに、ユウキが選び取った道とは――。

（解説／大矢博子）

新庄　耕の本

集英社文庫

地面師たち

ある事件で妻子を亡くした拓海は、大物地面師・ハリソン山中のもとで不動産詐欺を行っていた。次に狙うのは市場価格百億円という物件。一方、刑事の辰は、彼らを追ううちにハリソンが拓海の過去に関わっていたことを知る。一か八かの詐欺取引、難航する捜査。双方の思惑が交錯した時、衝撃の結末が明らかに――。

（解説／大根　仁）